JN262215

アーサー王物語日誌

The Arthurian Book of Days

冒険とロマンスの365日

ジョン＆ケイトリン・マシュウズ 編著
中野節子 訳

東洋書林

THE ARTHURIAN BOOK OF DAYS
by
Caitlín and John Matthews

Text copyright © Caitlín and John Matthews 1990
This edition copyright © Eddison Sadd Editions 1990

Japanese translation copyright © 2003
by
Setsuko Nakano

Translated and published by Toyo Shorin Publishing Co., Ltd., Tokyo
by arrangement with Eddison Sadd Editions Limited, London
through Tuttle-Mori Agency, Inc., Tokyo

［装画］木村晴美
［装幀］林リール

上段：聖職者や騎士たちが見守るなか、ウエストミンスター大聖堂の石から剣を抜こうとする若者アーサー。下段：騎士として、また王としての誓約に備えて、祭壇に剣を置くアーサー［1月1日］

ベイドン（多分バースのことか）の戦いを描いた15世紀の絵。この戦いでアーサーは、ついにサクソンの侵入者を破る。サクソン人の指導者ヘンギストと一騎打ちをするアーサーが描かれている［6月19日］

天蓋の下に座り、貴族たちに囲まれてブリテンの王冠を受けるアーサー。外の草原では壮観なトーナメント試合が行なわれている［5月27日］

アーサーに、世間のしきたりや王としての義務の手ほどきを教えるマーリン。アーサーの養父エクターがそれを見守る［1月10日］

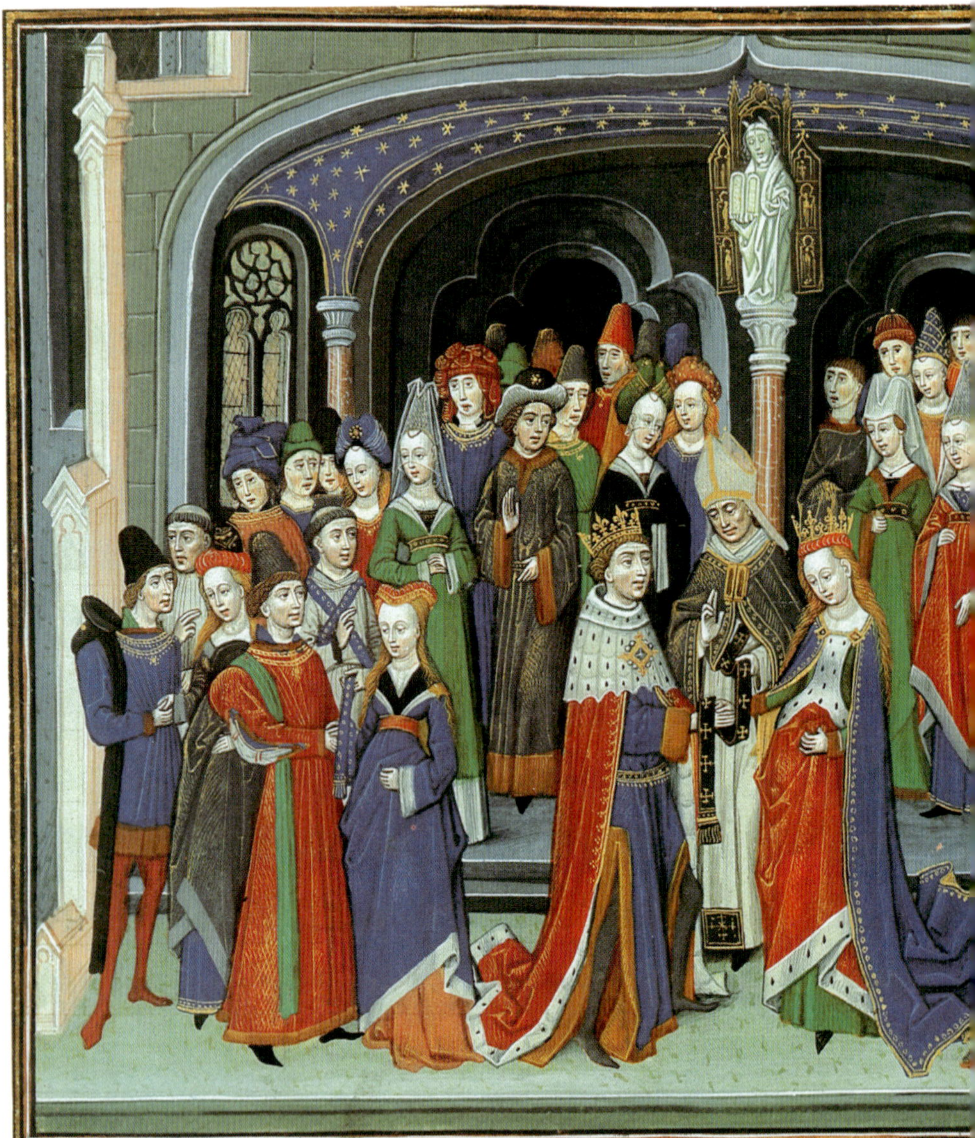

豪華な取り巻きの人々、高貴な領主や婦人たちに囲まれて結婚するアーサーとグウィネヴィア。善王フィリップのための、ブルゴーニュの王や王妃たちの華麗な行列が、1408年に、名高いウィレム・ヴレランによって描かれている。衣装や建物は15世紀の典型となっている。エノー年代記からとられた挿絵［5月19日］

コンウォールへ向かう船上で、チェスの試合に興ずるトリスタンとイソルト。のどをうるおそうと、ふたりはイソルトとコンウォールのマルク王の婚礼の夜のために用意された媚薬を飲み干し、恋に落ちる。背後に描かれているのはイソルトの信頼する侍女ブランゲイン [3月7日]

恋人同士であることを知られないようにと、イソルトに竪琴を教えるトリスタン。ここではトリスタンに竪琴を奏するイソルトと、鎧をつけたまま寝台に横たわるトリスタンが描かれている［6月30日］

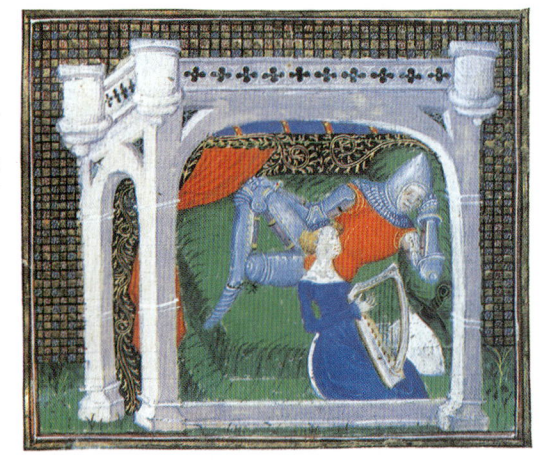

トリスタン不在のとき、恋人たちが逃亡していた「喜びの園」からイソルトを誘拐するマルク王［9月1日］

アーサーの宮廷に到着したときから、争いと不和の中心にあったサラセンの騎士パロミディズ。トリスタンと地面に落ちるラモラックと戦う彼の姿が左手に見られる。イソルトの愛を求めての競争者の一人パロミディズは、後に画面背景に描かれている怪獣探求に従事することになる　[5月17日]

目　次

序…3
この本の使い方…9

1月✝January…11
2月✝February…37
3月✝March…57
4月✝April…83
5月✝May…107
6月✝June…131
7月✝July…153
8月✝August…177
9月✝September…201
10月✝October…223
11月✝November…247
12月✝December…271

アーサー王伝説群✝年代記…295
参考文献…304
謝辞…305

訳者あとがき…306
人名索引…309
地名・事項索引…313

序

　アーサー王と円卓の騎士の伝説は、私たちの想像力の中にとどまり、いつまでも色あせることがない。けれど、いったいどんなふうにしてこのような物語が始まったのであろうか。伝説と歴史とがあまりにも広範囲にわたって重なり合っているため、背後にどんな真実があったのかを確定するのは、とても難しくなっている。しかし、伝説的なアーサーが生まれてくる以前に、歴史的なアーサーが存在したということは確かである。すなわち、ローマの軍団が引き上げてから一世紀が経ったとき、アルトスという野戦指揮官の領主が、ブリテンを守っていたのである。この男の一生を語る証拠は少ししかない。とはいうものの、考古学者や歴史学者が6世紀の初めごろ、このような野戦指揮官が確かに生存していたことを証明している。侵略してきたサクソン人たちの襲撃に抵抗して、分散して闘うブリトン人の部族を結集し、ひとつにまとめた能力を評価されて、伝説上の人物となった男がいたのである。ここに、アーサー王として初めて知られるようになる人物、ペンドラゴンが登場する。

この男の周囲に、後になって有名になる勇ましい騎士たち、たとえばグアルッフマイ（ガウェイン）、ケイ（カイ）、ベドウィル（ベディヴェール）、そしてオウァインなどの、おぼろげな影を探ることができる。最古のものとされるブリテンの文献『ウェールズの三題歌』の中には、古き昔の偉大な男や女たち、アーサーの同志たち、王国内で最も美しい女性といわれた彼の妻グェンヒヴァル（グウィネヴィア）のことが語られている。

　ブリテン島の先住民ケルト人たちの野戦指揮官アルトスは、サクソン人たちが王国を形成したずっと後まで生きつづけていた。彼らにとってこの男は日没後も生き残り、祖国の危急に際して蘇ってくる人物であったのである。西部そして北部の地へとケルト人たちが撤退していってからも、彼の物語は決して姿を消したわけではなかった。1136年に、モンマスのジェフリーが、神話的書物『ブリテン列王記』を書いたとき、これらの古い物語が引き合いに出された。しかし、彼はそれらを義侠の戦士や騎士たちの活躍する、中世の偉大なキリスト教の王の物語へと移し変えたのだった。それ以来、このジェフリーの書物が、アーサーの生涯と行動を語る主たる源泉とされてきた。その上に後代の作家たちが、さまざまな付加や、変更や、書き換えなどを行なってきたのである。

　12世紀ヨーロッパの優雅な宮廷には、クレティアン・ド・トロワ、ロベール・ド・ボロン、ハルトマン・フォン・アウエ、ヴォルフラム・フォン・エッシェンバッハ、そしてエリエール・フォン・

オウベルジュといった物語の語り手たちが登場した。それぞれが、アーサー王伝説として知られるようになるこの「ブリテンもの」に、独自の見解をもたらしたのである。その上にまた、無名の作家たちが、「ガウェイン卿と緑の騎士」とか、「聖杯の物語」とか、「マーリンのお話」というような、胸踊る冒険の物語を付け加えた。ウィリアム・カクストンの印刷所で刷られることになった最初の書物のひとつに、トーマス・マロリー卿の『アーサーの死』があり、その中では、新しく生まれたより広範囲にわたる読者たちに向かって、ごく初期の多くの物語が再話されている。

　このようにして、この野戦指揮官は帝国の指導者、騎士道の典型、弱者の保護者、そして正義の授与者アーサー王となったのである。やがて彼の使っていた革製の戦闘馬具は板金の鎧へと変わり、彼の騎兵のスパーサ（短剣）がふたつの柄を持つ幅広の剣に取って代わっていった。再武装したアーサーが、新しい戦いに生きることになるのである。それは竜、巨人、そして魔術師を相手の戦いとなった。彼の取り巻きたち、妻であり女王であるグウィネヴィア。ランスロット、ガウェイン、ガレスといった彼の騎士たち。そしてマーリンや湖水の貴婦人といった彼の相談役たち、またモルガン・ル・フェイ、モルゴース、モードレッドといった主たる敵対者たちが、常に彼と行動をともにしていた。

　初期の放浪の詩人たちが、このアーサーの物語を文明世界に流布して回って以来、この「ブリテンもの」には変わらぬ興味が注がれ

つづけてきた。ずっと近代になってからも、アーサーの伝説には、アルフレッド・ロード・テニソン、チャールズ・ウィリアムズのような詩人たち、そしてT・H・ホワイト、ローズマリー・サトクリフ、ジョン・スタインベック、メアリー・スチュアート、そしてマリオン・ジマー・ブラッドレーなどの小説家たちが新しい追加を行なっている。またこれら活字の作品に加えて、『キャメロット』とか『エクスカリバー』などといった映画も登場している。

　アーサー王は、単にブリテンだけの所有財産ではない。というのも、アイルランドからロシア、そしてアイスランドからイタリアにいたるまで、彼の物語はくり返し語られているからである。それぞれの国が、アーサー伝説の中に、（およそ物語というものに共通する）普遍的な常数といったようなものを持っているように思われる。すなわちフランスにはカール大帝と仲間たちの伝説があり、ロシアには黄金のテーブルの騎士たちの物語があり、ドイツにはチュートン人の騎士たちがいるといった具合である。それぞれが、独自のやり方で、アーサーと彼の騎士たちによって確立された騎士道のおきてを映し出している。君主たちは自らの起源をアーサーに求め、一方で抑圧された者たちがこの王がいつかふたたび現われて、不正を働く支配者の手から自分たちを解き放ってくれると考えてきた。

　この特別な本を編むに当たって用いた物語は、多くの国々の、多

様な材料から取られている。そのうちの多くは、英語で初めてここに書き留められたものである。無尽蔵と思われるほど多種多彩のアーサー王文学からの選択を行なうとき、私たちは次のような基準方針に従うことにした。物語は、すべてのアーサー王作品の根底に存在する、神話的な世界へ貢献するものでなければならないということである。それらの物語は、できうるかぎり新鮮で、独特のものでなければならず、原典の精神を伝えるものであるべきである。そのために私たちは、物語の持つ力を伝えるような発話、そして叙事詩的な文学のリズムを感じさせるような言葉を使おうと試みた。取り扱うのに不便な本にすることなく、包括する365（実際は366）の物語に縮小するということは、必ずしも易しい仕事ではなかった。そのため、細部の叙述が失われてしまったこともあるだろうことは承知している。しかしながら、原典の精神を損なうようなことはしなかったという点では、大いに満足している。最終的に、そこに興奮と不思議のいくばくかが残ればと望んでいる。

　この本は、主として中世の「歳時記」（日めくり日誌）と同じように使われることを意図している。すなわち、一年中毎日読まれる、連続したテキストとして使って欲しいと思っているのだ。中世に物語が初めて登場して以来、物語と結びついて描かれてきた挿し絵類と一緒に読んでいただけると、この本は、読者が一年の歳月の輪が回るにそって、物語をただ一度限りでなく、好きなだけ何度も読めるような書物となるだろう。最初に一読したときには気がつか

なかった物語の細部が、そんなふうにつづけて読むことによって、新しい顔を見せてくれるかもしれない。
　ほとんどいつも、テキストに忠実に従う一方で、必要と思われたときには、物語の失われてしまった箇所を補ってみたり、ひとつひとつを関連づけてみるという試みは、躊躇なく行なうことにした。この本の性質上、物語を細切れにして、その結果極度に圧縮したり、ある場合には、ふたつの別々の物語をひとつにするようなことも必要となってきた。最終的に、この本の終わりに、簡単な書誌を掲載することにした。物語の全容を読んでみたいと思われる人々にとっての資料となり、またこの集大成をまとめるに当たって、私たちが使用した、広範囲にわたっての資料に対する索引としても役立つだろうと考えたからである。

　　　　　　　　　　　　　　　　　ジョン・マシューズ
　　　　　　　　　　　　　　　　　ケイトリン・マシューズ
　　　　　　　　　　　　　　　　　ロンドン、1989年

この本の使い方

　この『アーサー王物語日誌』は、それぞれの日が、アーサー王物語群の中に現れている出来事を記念するように編まれている。アーサーの生涯を語る物語は、1月から12月まで、直線的に語られているのではなく、人の生涯と同様に、出来事はそれぞれ異なった年の、いくつかの日にまたがって起こっている。この年代記はまた、読者が物語の輪郭を連続して読んでいけるように考慮されている。
　著者である私たちは、できるだけ広い範囲にわたってのテキストを吟味することによって、緑の騎士の登場はクリスマスのことであったとか、聖杯はペンテコステ（聖霊降臨祭）の日に現われたというようなことを、自信を持って言えるようになった。しかしいくつかの出来事は、何か特別な日に関連を持っているというわけではない。そんなとき私たちは、出来事の起こる順番にそってゆけば当然そうなるに違いないとか、ことの性質上そうなるだろうと予想して、特定な日を選んでみたのである。
　この一連の物語には、ある確かな様式と形態があり、そのために

私たちは独自のアーサー王年というものを作ってみたのだ。それは、アーサー王の時代、また中世の世界に登場する人々が、よく熟知していたであろうキリスト年や聖人暦の特徴にむしろより近いものであり、記念となるような事物を決定するときには、われわれの自由裁量をもって臨んだのである。
　したがって読者は次の三つのどれかにそってこの本を読むことができるであろう。ひとつの読み方は、ここに記したような順序にそって、1月から12月までの季節ごとに読んでゆくという方法である。二番目のものは、必ずしも物語を年代記的に読み進めるのではなく、特別な物語や出来事を選んで読んでゆくといったやり方である。（本文の中に、これから先に出てくる本文と関連を持つものについては、物語の最後に日付けを付して示してある。たとえば、この話は1月1日「〜7月17日につづく」といったふうにである。自然の推移にそって物語がつづいてゆく場合には、「つづく」（〜）といった簡単な記号で示している。）第三番目のやり方は、すべてのアーサー王伝説群へ導く案内人として、いわば年代記のように（295から303ページに記した順序で）読んでゆくといった方法である。

　　　　　✝挿絵のいくつかのものは、全体にゆがんでいる。というのも、写本は、いつも写真を撮るために、ばらばらに解体できるというわけにはゆかなかったからである。

1月

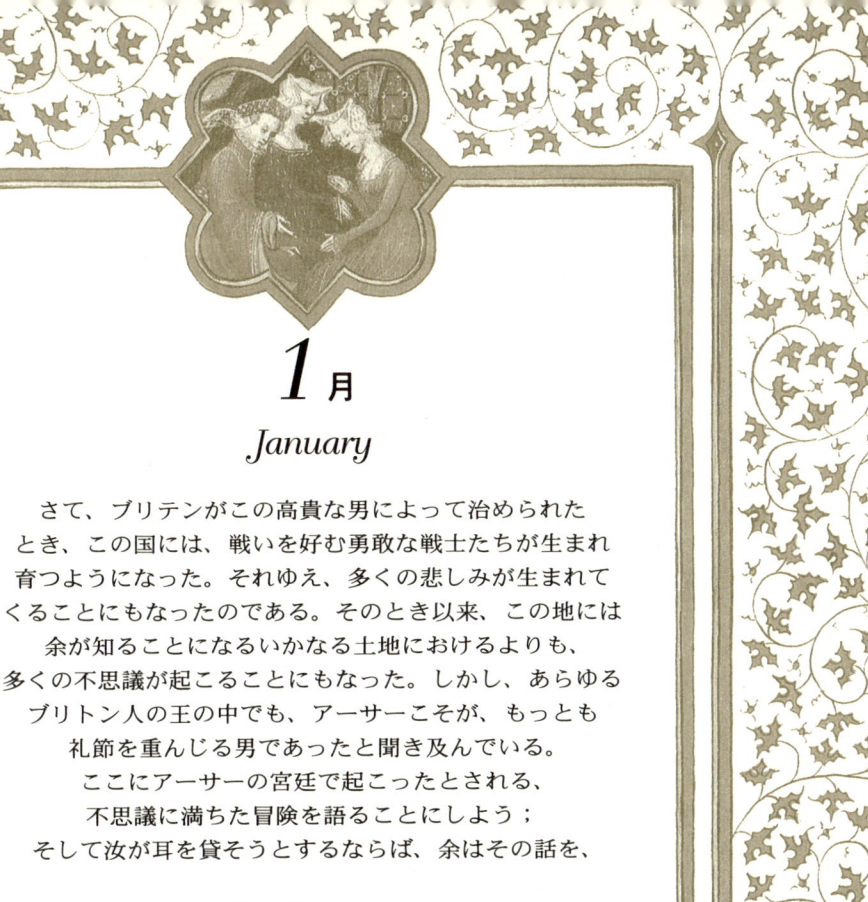

January

　さて、ブリテンがこの高貴な男によって治められた
 とき、この国には、戦いを好む勇敢な戦士たちが生まれ
育つようになった。それゆえ、多くの悲しみが生まれて
くることにもなったのである。そのとき以来、この地には
余が知ることになるいかなる土地におけるよりも、
多くの不思議が起こることにもなった。しかし、あらゆる
ブリトン人の王の中でも、アーサーこそが、もっとも
礼節を重んじる男であったと聞き及んでいる。
　ここにアーサーの宮廷で起こったとされる、
不思議に満ちた冒険を語ることにしよう；
そして汝が耳を貸そうとするならば、余はその話を、

ずっと昔その国で、
古き王家の本の中の、
勇敢で力強い物語の中に、
余がそれが語られるのを聞いたように、
語ることにしよう。

『ガウェイン卿と緑の騎士』

January

1 一年の最初の明るく晴れた日、ロンドンの町には、多くの人の群れが集まっていた。この土地でそれぞれの地域から集まった王侯や騎士たちが、剣試しに挑もうとしていたからである。その中には、サウヴェイジの森からやってきたエクター卿と息子のカイ、そして養い子のアーサーがいた。カイはその日、騎士に列せられたばかりで、大トーナメント試合で最初の戦いに挑むところだった。メイレイ*（飛び入り試合）が始まろうとしたときになって、カイは剣を忘れてきてしまったことに気づいた。そして自分の従者のアーサーに、剣を取ってくるようにと命じた。少年が戻ると、家は閉まっていた。落胆した少年は、剣を求めて町をうろついた。やがて静かな、荒れ果てた場所にやってくると、石と金敷きから一本の剣が突き出しているのが目に入った。深い考えもなく、少年は剣を引き抜こうとした。その瞬間、頭の中で大きな声が鳴り響いたように思い、めまいがした。彼は剣を抜き取ると、カイが待ちわびているところへ急いで戻ってゆき、剣を手渡した。カイはそれをじっと見つめ確かめてみると、その剣が、例のあの石から抜いたものであることが分かった。すぐにエクター卿のところへ赴き言った：「父よ、これがあの剣です。この私が新しい王なのです。」しかしエクターは、息子を長いこと見つめてこう言っただけだった。「証明してみよ。」もちろんカイにはできなかった。剣を元には戻せたものの、ふたたび抜き取ることができなかったのだ。アーサーだけがそうできたのだった。できると信じて、今まで多くの者たちが抜こうとしたが、うまくゆかなかった。それから、確かに若者のまわりで声が響いた。その声は、「アーサー王の御世が永からんことを」と叫んでいた。しかしアーサーは、自分の養い親たちを決して忘れてしまうことはなかった。そしてエクターの頼みに従っ

1月

て、カイのつかの間の過失を許し、ブリテンの執事として取り立ててやったのである。その辛らつな言葉遣いと忍耐心のなさにもかかわらず、カイはその仕事を忠実に勤めたのだった。　　　　　　　　　　　　　　　（～7月17日）

　✝メイレイ：最後の一人が残るまで、多くの騎士たちが自由に参加して戦う飛び入り試合。

2　キャメロットの王妃の庭で、ランスロットがくつろいで座っていると、グウィネヴィアの侍女のひとりが、狩人としての彼の技能をからかい始めた。「私は、どなたも捕らえることのできない鹿を存じております」と彼女が言った。「それは白い片足をした鹿で、ランスロット卿、あなたさまでも捕らえることは無理でございますわ。」今までこんなふうにからかわれたことのないランスロットは、侍女の言葉をしっかりと胸に秘めた。その日のうちに、彼は白い片足を持つ鹿を求めて旅に出た。ときには休息しながら、夜となく昼となく馬を進めてゆくと、今まで見たこともないような森へとやってきた。険しい丘の頂上に洞窟があり、そこでひとりの年老いた隠者が日向ぼっこをしていた。「こんにちは、聖なる父よ」と彼は声をかけた。「白い片足の鹿のことを聞いたことはありませんか？」隠者はぼんやりとした目で見つめ返して言った。「それでしたらよく目にいたしますよ。毎朝こちらへ参ります。」ランスロットはその晩、この隠者の洞窟に泊まった。翌朝、目をこらしていると、たしかに白い片足の鹿がやってきた。しかしそれだけではなかった。1頭の獅子と、豹も一緒だった。そのうえランスロットが今までに見たこともないような動物たちもまた、やって

January

きた。「ああ、私は何か不思議な使いに出されたようです」と騎士が言った。そしてこの鹿をそっと追跡し始めた。しかし鹿を捕らえてみると、それは鹿などではなく、王妃の庭で自分を煽動した娘であった。それから娘はランスロットと戯れようとした。しかし彼は厳しく拒んだ。すると声を立てて笑いながら、娘は姿を消してしまい、いずこへ消えたのか誰も知る人はなかった。宮廷でふたたび彼女の姿を見たものはいなかったが、ランスロットはその晩、夢の中で、自分の養い親である「湖水の貴婦人」の城にいる彼女の姿を見た。そして自分がまだ娘に慕われていることを知って、微笑したのだった。

3 円卓が据えられてかれこれ10年が経ったとき、アーサー王と、サルルースの若い領主、傲慢王子ガルハウトという短気な若者との間に騒動が起こった。もめごとの発端は、王子がアーサーの所有する、ある土地の権利を主張したことだった。誤解を解くため、アーサーは小規模な軍勢を遣わした。しかし彼らは血まみれになって戻ってきて、王子がアーサーの権利を拒否しているとの知らせをもたらした。12人の円卓の騎士と100人の兵士とともに、次に使いに立ったのはランスロットだった。彼らはガルハウトの軍隊と、短い間ではあったが激しい戦闘を交えた。その間、ランスロットは王子を馬から突き落とし、とどめを刺さずに、鞍に戻るのを助けてやった。ガルハウトはこの紳士的な振る舞いに深く感銘し、すぐに停戦を申し出て、仲直りを求めてきた。それから彼は、他ならぬこのランスロットの手で、円卓の騎士に任じてもらいたいと頼んだのだった。彼らは一緒にキャメロットへ赴き、アーサーは寛大にも王子の願

1月

いを認めてやった。それ以来、ガルハウトはランスロットに信頼を寄せる友人となり、贈り物や城までも差し出そうとしたが、ランスロットは丁重に彼の申し出を断った。しかしながらガルハウトは、自分の英雄ともいうべきランスロットを何とかして喜ばせたいと、感謝と愛情を示しつづけたのである。　　　　　　　　　　　　　　　　　　　　　（～）

4　サルルースとブリテン王国の間に和平がもたらされたので、アーサーとグウィネヴィアは、傲慢王子ガルハウトを訪問した。ガルハウトは王子らしく自分の最も壮大な城に彼らを迎え、ランスロットとの再会をことのほか喜んだ。彼がランスロットとグウィネヴィアとの間の感情を見抜くのに、そう長くはかからなかった。そして近年の戦いでこの騎士が示してくれた、騎士としての振る舞いに応える方法をも見出したのだった。ガルハウトは城内に自分だけの庭を持っていて、秘密の扉には常に鍵がかかっていた。彼は好んでここに座り、冒険や征服のことを夢見ていたのだ。彼は一計を案じて、ランスロットとグウィネヴィアが、自分とともにこの庭へ入れるようにした。そしてここで、ふたりの恋人たちははじめて言葉を交わし、ついには口づけを交わし合ったといわれている。そしてこの瞬間から、彼らの情熱は永久に封印されたのだった。しかし、今やこの友人に自分の思いを知られているといった罪の意識から、ランスロットはガルハウトをしばらく避けるようになり、間もなく長い探求の旅に出発し、一時は行方知れずになったと思われたのである。　　　　　　　　　　　　　　（～）

January

5 ガルハウトは長いこと一心に友人を探し、ついに消耗性の病に犯されてしまった。自分の城へ引きこもり、数週間後に亡くなった。困難な探求の旅からやっとのことで戻ってきたランスロットは、悲しい気持ちでこの知らせを聞いた。深々と頭をたれると、こんなにも短い一生を、輝きに満ちて生き抜いたこの若者の墓を訪れ、祈りをささげたのだった。

6 キャメロットの宮廷におけるクリスマスには、そうそうたる円卓の仲間たちすべてが集まった。ある年、一同が食事の運び込まれるのを待っていると、不思議に満ちたこの場所においてさえも、今まで見たこともないような、恐ろしい様相の男が馬で乗り入れてきた。巨人ほどの背丈のある男で、髪と皮膚は緑色、両眼は血のように赤かった。頭のてっぺんからつま先まで緑の衣装を身に着け、同色の馬にまたがっていた。片方の手には大きな斧を持ち、もう一方の手にはヒイラギの大枝を握っていた。アーサーの面前まで馬を引いてくると、唖然としている宮廷の人々を尊大な態度で見回した。それから、大音声を響かせて叫んだ。「ここを治めているのは誰か？」「私、アーサーだ」と王が静かに答えた。「私がこの場の主人である。」「しからば」と巨人が大声で言った。「ここにおる誰もが自由に参加することができるような、クリスマスのゲームをしようではないか。選ばれた者は誰でも、この斧で私に打撃を加えてかまわない。ただし、その後で私からのお返しの一撃を受けるという条件でな。」

この話を聞くと、沈黙が広がった。誰ひとりとしてこのゲームを受けて立とうとはしなかった。血走った赤い両眼をぐ

1月

るぐる回しながら、緑の騎士は、反応を求めて宮廷の騎士たちひとりひとりの顔を挑むように覗き込んだ。すると、アーサー自身が、自分の騎士たちの煮え切らない態度に腹を立て、自分の席から半ば身を起こした。とその時、若いガウェインが一歩前に進み出た。「私にその権利をいただきたい」と言うと、緑の騎士の差し出した斧を取った。すると、巨人はひざまずき、頭をたれると、自分の首を差し出した。ガウェインはその大きな刃を持ち上げ、打ち下ろした。刃は肉と骨を切り裂き、頭を打ち落とし、タイルを張った床に食い込んだ。

　緑の頭は落ちてゆき、転がって、人々の足から足にぶつかった。それから体が動き、大股に一歩を踏み出しゆらゆら揺れると、そこに踏みとどまり、髪の毛をつかんで頭を持ち上げた。赤い両眼をぐるぐる回し、緑色の唇を開くと、そこから言葉が飛び出してきた。「一年後に、ガウェイン卿よ、緑

切り離された自分の頭を高くかかげ、一年後のこの日、お返しの一撃を受けに出向いてこいと命じる緑の騎士。恐怖にうたれてこれをながめるアーサー、グウィネヴィア、そしてふたりの騎士たち

の礼拝堂で待っておるぞ。そこでわが一撃を受けるがよい。」それからこの怪物のような騎士は、何事もなかったように踵を返し、緑の肩に頭をのせると、馬にまたがり、すっかり打ちひしがれ動揺している男たちと涙を流して取り乱している女たちを残して、大広間から出ていった。

　アーサーはすぐに力を奮い立たせて叫んだ。「さあ宴会を始めよう。われわれはすでにクリスマスの不思議を目撃したのだ。はればれとした気持ちで、私たちの救い主の誕生を祝おうではないか。」しかし、かたわらのガウェインには、「勇気を出すがよい、甥よ。光がまだキャメロットを支配しておる。この暗闇を照らし出そうではないか。」　(〜12月21日)

7　ペルシヴァルにはディンドレインという妹がいた。森の中で聖なる修道女たちによって密かに育てられ、いまやアンカレス'となってひとりで暮らしていた。ある日のこと、彼女の聴罪司祭を務める年老いた隠者がやってきて、「死の城」(キャッスル・モータル)の領主が近隣の国々に荒廃を撒き散らしていることを報告し、「我らの主の聖なる経かたびら」によって、このよこしまな騎士が制圧されるやも知れぬというお告げを受けたと語った。

　しかしこの聖なる遺物は、「危険の墓」にあるという。そこはあまりにも恐ろしく、悪い噂が立っているために、誰ひとりとしてこれらの恐怖に、勇敢に立ち向かおうとはしないとのことであった。

　「わたしをそこに遣わしてください」とディンドレインが言った。「兄が武器の使い方を学んだように、わたしも騎士道の精神にのっとって、やってみとうございます。」すると隠者は長いこと考え、祈りの中に導きを求めたすえ、彼女が

1月

そこで徹夜の祈りを捧げることを許し、その場所にあるあまたの恐怖のために、彼女がたじろぐことのないようにとの、長い祈りを与えたのだった。　　　　　　　　　　　（〜）

　　　　†アンカレス：独住修道女、女の世捨て人のこと。

8　真夜中ごろ、ディンドレインは墓場に入ってゆき、炎のように燃える剣と、あたりを彷徨する呪われた魂の朽ち果てた姿を目にして、自分の魂を主に委ねた。ついに彼女は聖母マリアの立像が置かれている礼拝堂へやってきた。祭壇のまえに、求めていた遺物があった。うやうやしくその布を抱えると、しっかりとふところにしまい込んだ。すると天使の声が聞こえてきた。「ディンドレインよ、間もなくこの地に聖杯がもたらされる。女の中で汝こそが、われわれの救い主であるお方の栄光を目撃するよう運命づけられておるのだ。この探求に向けて十分に備えるがよい。さあこの布をたずさえ、聖なる隠者のところに赴き、『冒険の地』へとゆくのだ。そこで汝の兄に会えるだろう。」そこでディンドレインは心を込めて指を組んで祈り、騎士道の精神が、自分をこのような高き目標へ導いてくれたことをよろこんだのだった。

9　アーサーの宮廷では、人々が今か今かと食事を待っていた。誰ひとり王の前では、彼より先に食事に手をつけることはできず、王は何か不思議を見ることなしにはそうしなかったからである。そこで、ひとりの娘が馬で宮廷へ入ってきたときには、ほっと安堵したのだった。

January

「あなたさまは、円卓の仲間たちによって成された事柄について、名誉に思われていらっしゃることでしょう。けれど申し上げますが、アイルランドの地へいらっしゃって、リゴメルの不思議を探究された方は、それ以上の名誉をもって迎えられることでしょう。わたくしの女主人が、大きな富とご好意を賜りたいと、あなたさまに求めていらっしゃるのです。」一同はおしのように黙りこくって、この娘が出てゆくのを見ながらも、そこにじっと座り込んでいた。ランスロットが、許可がいただけるなら、自分がこの円卓に集う皆に代わって、この娘の後を追ってみたいと申し出ると、アーサーはそれを許したのだった。　　　　　　　　　　（～2月21日）

10　マーリンは、ティンタジェルからサウヴェイジの森深く旅をした。やがて、ウーゼル・ペンドラゴンに忠実に仕えてきた騎士のひとり、エクター卿の城に到着した。ここは、マーリンが若い王子のために用意した家庭であったのだ。というのも、エクターとその妻にだけ、この子どものことを話していたからだった。ふたりはこのマギの出現に大いに驚き、彼の両手に抱かれて大きな声で泣いている小さな子どもの姿に心を動かされた。このようにして、ウーゼルとイグレインの息子アーサーは、人々の目の前から姿を消し、森の中の馬道のただ中で育てられたのだった。彼は戦うこと、狩をすること、鷹狩を学び、エクターの実の息子カイと無鉄砲な遊びをした。こうしてカイは、アーサーの気ままな子ども時代をともに過ごした兄ともなり、心から愛する者となった。時間が許すかぎりマーリンもやってきて、この子に、また別の知識、たとえば星の運行やそれを司る大いなる力のこと、そしてやがてこの子が入っていくことにな

1月

る大きな世界のしきたりなどを教えたのだった。
(～12月31日)

†マギ：魔法使い；賢人のこと。

11 コンウォールのゴルロイスとイグレインには、三人の娘がいた。モルガンとモルゴースとエレインである。彼女たちの父が亡くなった後、ウーゼル・ペンドラゴンが娘たちの未来を考えてやることになった。モルゴースとエレインは結婚するのにふさわしい年齢に達するまで、母親のもとに留まることを許したが、モルガンはエイムスベリーの古い修道院の修道女たちの集団に送ることにした。この娘は、修道女たちが教えることをすぐに学んでしまい、魔術の勉強を始めると、間もなく偉大な女魔法使いになったといわれている。しかし彼女は、ウーゼルが自分たち一家にもたらした不正を決して忘れることなく、それが彼女の義弟アーサーへの敵意を育てて、後に、彼の生涯に多くの災難をもたらすことになるのである。　(～1月10日)

12 アーサー王の時代、ローマの女帝は、1頭の大きな雌豚が、通りで12頭の小柄な豚に追いかけられている夢を見た。皇帝はおふれを出し、臣下の者の中でこの謎の答えを出したものには、褒美を取らそうと伝えた。
　王国の別の地方に、グリサンドルという娘が住んでいた。娘の父親は王の不興をかい、この娘に何ひとつ財産も残さずに亡くなってしまっていた。女帝の夢の話と褒美の大きさを聞いたとき、グリサンドルは自分の運をためしてみることに

January

鹿の姿でローマ皇帝の宮廷に現われたマーリン。やがて森林地帯へ姿を消し、男装した乙女グリサンドルに追いかけられる

した。男のようなふりをし、名前も「アヴェナブル」と変え、ローマへと旅立った。そこでは1頭の牡鹿が現われ、年とった賢人に変身し、その謎の答えを出すと誓ったにもかかわらず、そうする前に姿を消してしまったのだといううわさを聞いた。今や皆が彼を見つけ出そうとしていた。グリサンドルも探究に加わることに決め、町の北の方にある深い森へと向かった。

13 グリサンドルは、ほどなくこの男を見つけ出すことができた。ローマへ連れ帰り、そこで皇帝が男に尋ねた。老人は声を立てて笑い、言った。「女帝陛下の夢を解くのは易しいことです。あの方は今でも、ほんとうは若者であるあの12人の『乙女』とたわむれておいでですよ。ですからあの方ご自身が大きな雌豚、そして彼らは追いかける豚たちなのです。」

1月

そのことが証明された。ただちに女帝と彼女の愛人たちは処刑された。一方、元の姿に戻った「アヴェナブル」には父親の領地が返されて、その勇気と気力とが大いに誉めそやされたのだった。あの老人はといえば、彼こそ他でもなくマーリンその人であったのだが、思う存分世界を旅して回り、知識を探究したり、不正を正したりしていたのである。

14 ペルシヴァルは、まだ女性の愛といったものを知らない若者だった。アーサー王の最も偉大な騎士として認められてはいたものの、宮廷にじっと留まっているような者ではなかった。というのも、彼は森の中で育てられたからであった。いつか外国にいったとき、雪が美しく白く積もった林間の空き地にやってきた。一羽の鷹がアヒルを襲い、落ちたアヒルの死体が雪の中に横たわり、カラスがそれをついばんでいた。カラスの漆黒、血潮の真紅、そして雪の純白が、ペルシヴァルの胸の中に常につきまとっていたひとつの幻影を思い出させた。それは、彼が成人して以来、思い描くようになっていたひとりの女性の絵姿だった。しかし彼はこの女人を見たこともなく、また会ったこともなかったのだ。彼女は、彼の心にこう語りかけてきた。「ペルシヴァルよ、あなたの前に偉大な探究が待っています。聖杯を探し出し、この荒地を癒してくれませぬか。今はわたくしを美しいとお思いになっておいででも、わたくしはやがて打ち捨てられてしまう悲しみにくれることでございましょう。」

(∾)

January

15 ペルシヴァルは、長いこと、雪の中の血潮を見つめて立ちすくんでいた。このようにして、大地の精霊そのものと語り会いながらそこにたたずんでいると、カイとガウェインがかたわらを馬で通りかかった。「あの小僧は心もうつろな状態でおるぞ」とカイが声を立てて笑い、からかい半分の調子でペルシヴァルの肩を打った。ペルシヴァルが無意識のうちに槍の矢はずでカイを払いのけると、カイの鎖骨が折れてしまった。ガウェインは慎重にペルシヴァルに近づくと、若者の様子を観察し、やさしく声をかけた。「貴殿は心にかけたご婦人のことを考えておいでなのか？」すると女性のことなど何も知らないペルシヴァルはため息をつき、深く息を吸い込んで言った。「わたしの永遠の愛の相手、あの方のことをずっと考えているのです。私にとってこの世は、すっかり変わってしまいました。」うめき声を上げているカイをともない、ガウェインは若者とともに宮廷へと戻ってゆき、若者は後になって、この土地の命ともいうべきその婦人と親しく語らうことになるのである。

(～7月20日)

16 ペルシヴァルは丸一年の間、自責の念とともに彷徨し、勇ましい功績を重ねることによって自分を高めようとした。毎晩、長老の賢人たち33人の驚くべき面々が座って食事をしている、不思議に満ちた島の夢を見た。彼らが座っている大広間の床が開いていたため、ペルシヴァルは、大地の声や、その上で暮らしてきた者たちの嘆きの声や、悼む声などを聞くことができた。このことで彼は、過去の人々の心情に入り込むことになった。それは地獄に閉じ込められた人々、彼らを捕囚から救い出し、天国の希望を

1月

与えようとした我らが主の家系につらなる人々の声だった。彼は哀れに思い、泣きながら目を覚まし、これからはこの「不老の長老の城」を探究しようと決心したのである。

17 アーサーが冒険に赴くことは、めったにないことだった。しかしある日のこと、彼はお忍びで馬に乗って出かけていった。「無慈悲な獅子」と呼ばれていた猛々しい騎士との戦いに勝利し、その試合の賞品、ずっと以前にマーリンによって予言された一羽の鸚鵡(おうむ)を手に入れた。その鸚鵡は、アーサーこそがこの世で一番の騎士と宣言するのだった。 (∽)

18 どんな名前で世に知られているのかと問われると、アーサーは「鸚鵡(おうむ)の騎士」だと答え、多くの危険を乗り越えて進んだ。そんな中で、体と、鎧と、武器が一体となって息づいているような恐ろしい怪物、「魚の騎士」の侵略から「黄金の髪の婦人」を救い出したりしたのである。 (∽)

19 アーサーはひとりの巨人と対決し、教会の九時課†の祈祷の頃まで闘いつづけた。暗くなってきたとき、幸運な一撃を巨人の足に与えることができ、巨人の足を切り離してしまった。瀕死の状態で倒れたとき、巨人はアーサーに、父親が彼に教えたという三つの高貴な戒めを授けたのだった。そのひとつは、汝の救い主を認めること、そしてもうひとつは、人がその行為と言動で処理しうる

January

善と悪を理解すること、そして最後に、自分自身を知れという戒めだった。アーサーはこれらの真理を、全生涯を貫いて守っていったのである。　　　　　　　　（～12月17日）

† 九時課：午後3時の祈祷。

20 カエルレオンで盛大な宴が催され、アーサーの名だたる騎士たちと領主たちが集っていた。食事が始まろうとしていたとき、美しい若者が、マルゴンという領主からのアーサー王への贈り物をたずさえて入ってきた。それは三重の金の帯が周囲に巻かれた、素晴らしい象牙の角笛だった。アーサーはよろこんでそれを受け取り、若者に食卓に着いて、食事をするようにと言った。しかし若者は、自分のようなしがない騎士の従者が、このように立派な騎士たちと一緒に食卓に着くわけにはゆかないと言って躊躇し、足早に去っていった。

　若者がいってしまうと、アーサーは角笛をじっと見て、周囲に文字が書かれているのを見つけ出した。それは次のようなものだった：「この角笛から飲む者、彼の意中の婦人が一度でも彼に不実な思いを抱いたとしたら、ワインが彼の上に零れ落ちるであろう。」アーサーは早速ワインを持ってこさせ、飲んでみた。そうするやいなや、一筋のワインが角笛から零れ落ち、彼の外衣を濡らした。彼は黙って、ばら色に頬を染めかたわらに座っていたグウィネヴィアを見つめた。「殿よ」と彼女が言った。「わたくしは今までずっと、善意と誠実をもってあなたさまにお仕えいたしてまいりました。けれどたった一度だけ、ある若者に私の指輪を授け、この宮廷に留まるようにと要請したことがございます。それもひとえ

1月

にあなたへの愛のためにしたことで、それ以外の何ものでもございません。」するとガウェインもまた、声を上げて言った。「殿、いったい誰が、自分の妻や意中の婦人が、あとで後悔することになるかもしれないことをしようとしたからといって、それを咎めることができましょうか。ここに居るすべての人に試してみてください。さあ、私が最初にやってみましょう。」アーサーは角笛を彼に渡すと、多量のワインがガウェインの上に零れ落ちた。彼は声を上げて笑い、それをカイへ渡すと、同じ事が起こったのだった。アーサーは今や微笑みを浮かべ、すぐに大きな笑い声が宮廷中にわき上がった。しかし、すべての女性が、その笑いに加わったわけではないということを言っておかねばなるまい。このようにして、全員が失敗したことが目撃されたので、誰ひとりとして、自分が他の者より優れているとか、劣っているとか考えるわけにはゆかなくなったのだった。

21 マルク王の宮廷では、イソルトがそこにいることで、すっかり足止めを食ってしまっていたトリスタンが、密かに彼女に会う方策を探っていた。彼は木の皮にオガム文字†を書くという方法で、彼女のもとに伝言を送る手立てまで講じたのだった。あるとき、疑いを持ったマルク王は、恋人たちが密会することが判明した場所で、木の枝の中に隠れていた。木の下を流れている小川に映る王の姿をとらえたトリスタンは、イソルトに冷たくあたることによって、王の疑いの矛先をそらせたのだった。

(　6月30日)

†オガム文字：詩人たちが使った、神秘的な古代文字。

January

22 円卓の仲間たちが冒険に赴いた森のあらゆる土地の中でも、「危険の礼拝堂」ほど恐ろしい評判を取っているところはなかった。たくさんの人々が試練に臨んだが、すべての試みをくぐり抜けられたのは、ほんの少しの者に限られていた。ランスロット卿の番がやってくると、礼拝堂の前に、見覚えのあるたくさんの楯が、木からぶら下がっているのを見つけた。しかしそのどれもが逆さまに下がっているのだった。礼拝堂の入り口の前には墓地があり、黒い武具をまとった20人の騎士が横たわり、彼の姿を見ると剣を抜き、兜の中で骨ばかりになった顔がランスロットに向かって笑いかけ、恐ろしげに歯をむいて見せた。しかしランスロットはひるむことなく前進し、この景観に挑みつつ、礼拝堂の中をまっすぐ進んでいった。そこで彼は、両手に大きな剣を握りしめ、布の下に横たわるひとりの騎士の姿を見た。ランスロットはその剣を取り上げ、布の一部を切り裂いた。しかしどうしてそうしたのかは定かではなかった。すると、大地そのものが動き出した。ランスロットは驚いて、その場を後にした。外に出てみると、目の前にひとりの乙女が立ち、自分を恋人にして欲しいと頼むのだった。「というのも、あなたさまを試みるために、わたくしがこれらのことを準備したのです」と彼女が言った。「なぜなら、ランスロットさまだけがこれらの試みをやり遂げることができると分かっていたからでございます。」ランスロットは厳しく彼女を見つめ、言った。「ご婦人よ、私が誰であるかをご存知ならば、私のお慕いする婦人は、王妃さまだけだということもまた、お分かりでしょう。」「そんなことなら、いっそのことあなたが死んでおしまいになったほうがよい。そうすればお体を抱いていられます！」と魔女が叫び、黒装束の騎士を呼び出した。騎士は立ち上がり、ランスロットに再度戦い

1月

を挑んできた。戦いは熾烈を極めたが、ランスロットはついにすべてを鎮圧して、立ち去っていった。ヘルワスというその魔女は、その後悲しみのために死んでしまい、「危険の礼拝堂」を徘徊するようになったということである。

23 ランスロットは、ゆっくりと馬を進めていった。というのも、黒い騎士との戦いで多くの傷を負っていたからである。彼は円卓の仲間の勇敢な騎士、ログレスのメリオット卿の妹に出くわした。ランスロットの姿を見ると娘は手を打ってよろこび、自分と一緒に、気の毒にも病に倒れたメリオット卿が横たわるあばら家まできて欲しいと頼んだ。「というのもわたくしは、つい昨晩夢を見たばかりなのです」と彼女が言った。「あなたさまがおいでになり、お持ちになっている布で、兄を元のようにしてくださるということは、分かっておりました。」こう言われてランスロットは、「危険の礼拝堂」から持ち出してきた布のことを思い出した。そこで彼女と並んで馬を進めた。傷ついた騎士のところへやってくると、この奇蹟の布を取り出して傷の上にのせた。傷はまたたく間に癒え、自分の傷にも同じようにすると、あまたの傷が即座に癒えてしまったのである。

24 ランスロットは、「悲しみの園」と呼ばれている城のことを聞き及んだ。そう名付けられたのは、そこに巣くう邪悪に挑んだ誰もがことごとく、失敗してしまったからであった。もちろんランスロットは、ただちにその城へ向かっていった。到着すると、養い親「湖水の貴婦人」の召使をしているひとりの乙女がそこで待っていた。彼

January

女は言った。「ランスロット卿、お気をつけあそばせ。ここは邪悪なところで、あなたの力のすべてを吸い取ってしまいます。」「覚悟はできておる」と彼が言った。「それでは、この城に入るには、通り抜けねばならない三つの門があるのはご存知ですね。それぞれの門で、20人、30人、40人の騎士たちがあなたを待っているのがお見えでしょう。お入りになる前に、彼らを打ち倒さねばなりません。それに成功したならば、また別の試練が待っております。」

　ランスロットは前進し、娘が予告したとおり、待機している騎士に出くわし、挑戦を受けて立った。その日彼は、円卓の騎士が一時に成した中でも、最も大きな仕事を成し遂げた。城へいたる門を警護する90人の騎士を打ち倒し、痛手を受けていたのにもかかわらず、一番内側の門も通り抜けて進んだ。そこで彼は、無言で城の中の墓場を指し示している老人に出くわした。そこには殺された多くの円卓の騎士たちの墓があった。中央には大きな金属製の厚板が置いてあり、その上には次のような文字がしたためられていた：　「この場所を征服した者だけが、厚板を持ち上げることができる。そしてその者の名前は、その下に書かれている。」ランスロットは身を屈め、全力でこの厚板を持ち上げると、板はまっすぐに立ち上がった。その下には、変色することのない金色の文字で、「ランスロット・ド・ラック」と書かれていたのである。

　すると、何かが壊れるような大きな物音が聞こえてきて、ひとりの巨大な騎士が襲いかかってきた。ランスロットは動じることなくこの騎士を打ち倒した。こうして、この場所に巣くう邪悪は終わりを迎えたのである。人々が挨拶のために現われ、彼に恭順の意を示した。彼はそこに囚われていたすべての騎士たちを解放し、その中にはアーサー王の多くの家

1月

来も含まれていた。そして彼はその城を自分の持ち物としたのだが、城の名前は、「悲しみの」から「喜びの」園と変えたのだった。

25 愚かにも湖に投げ込んでしまったチェス盤を取り戻すために、ペルシヴァルは、公現祭の夜中を費やしてしまった。作業も終わり、今や彼は、その城の持ち主が、何か不思議な難儀をこうむっていると思われる神秘の城に留まっていた。しかし思慮深くもペルシヴァルは、いったいどんな難儀がその主人を悩ましているかを聞こうとはしなかった。

聖杯の城で、聖杯と傷ついた王を見る無垢なペルシヴァル。癒しをもたらす大切な質問は問われずに終わった

26 翌日の夜の食事のとき、灯火が暗くなり、ひどく悲しげな泣き声とともに、神秘的な行列が入ってきた。ひとりの乙女が、とめどもなく血潮のしたたる槍を提げていた。まばゆいばかりのロウソクをたずさえた乙女たちがその後につづいていた。最後に、彼が今までに会ったどんな娘よりも美しい乙女が入ってきて、その両手に、彼

January

が心の底からかかわりを持ちたいと願っているものを抱えていた。その行列が去ってゆこうとしたとき、ペルシヴァルの唇には、次のような問いが浮かんできた。「……いったいこれは何を意味しているのだろう？」しかしこの言葉を発することはなかった。主人の病気を考え、この問いを発することを控えたのだった。大いに戸惑いながら、彼は休息をとることにした。　　　　　　　　　　　　　　　　　　（〜）

傷ついた漁夫王の城で、4人の聖杯の'神秘'の行列を見るペルシヴァル

27　ペルシヴァルは、川岸で目を覚ました。城は消えうせ、そこにいた人々の姿も見えなくなってしまっていた。驚いて座り込んでいると、グロスターの魔女が戻ってきて、彼を叱りつけた。「この愚か者！　そこに座って聖杯の行列を目撃しながら、いまだに声ひとつ上げないとは！　お前のために孤児と寡婦とが生まれ、男たちは戦いで命を落とすことになろう！　災禍がどんなものかを、お前は学ばねばならなくなろうよ！　知っているかい、置き去りにしてしまった母のことを。お前を失った悲しみで、母はず

1月

っと前に死んでいるのだよ。さあ、少しは分別を持って、一人前の男になるがいい！」ペルシヴァルは、魔女の言葉にすっかり沈み込んでしまった。そして立派な騎士となるために、地の果てまで巡礼の旅をつづけようと、固く誓ったのだった。

†グロスターの魔女：ペルシヴァルに武器の使い方を教えた異界の指導者。

28 アーサーがグラストンベリーに宮廷を構えていたとき、ひとりの若者がやってきて、騎士に任じて欲しいと頼んだ。アーサーは自分の剣エクスカリバーで若者の肩を軽くたたくと、名前を尋ねた。「私の母は、リベアウス・デスコマスと私を呼んでおりました。」宮廷にいた皆は、これを聞いてひどく面白がった。するとアーサーが言った、「聖母マリアと彼女のすばらしい息子の名にかけて、おまえを立派な『名なしの騎士』として任じることにしよう。」そしてこのすばらしい「名なしの騎士」には、グリフィンの紋章が授けられたのである。

29 翌日、一同が食事のために席についていると、エレインという娘が、馬で大広間に入ってきた。「私のシナドウンの女主人が、ご自分の城に軟禁されております。あなたさまの最も力のある騎士のひとりを、救出に差し向けてくださいませ！」宮廷の騎士たちは、彼女の横柄な要求に従うことを快く思わなかった。するとあの「名なしの騎士」が飛び出してきて、自分にこの探究をさせて欲しい

January

と頼んだのだった。「この若い騎士を、あなたの助けをするよう差し向けようぞ。若い力を使って、あなたのご主人が自由にならせんことを。」エレインはこんな若い騎士を押しつけられることに当惑し、女主人のところへ一緒に向かうときも、彼の未熟さに大いに不満を唱えたのだった。

(～10月3日)

30 アーサーは、グウィネヴィアが泣いているところに遭遇し、どうしたのかと尋ねた。「円卓の名声に陰りが出てきたからでございます。あなたが聖オースティンの礼拝堂へ出向かれて、何か大きな仕事でもう一度力を獲得できるよう、神さまに祈るべきだという夢を見たのです。」そしてアーサーは、グウィネヴィアがまだ、息子のロホルトと自分たちの系統が絶えてしまったことを嘆いているのを知った。というのもモードレッドだけが、彼の跡を継ぐべく者として残ってはいたものの、この若者は良家の出のロホルトの影のような存在にすぎなかったからである。

「従者カハスをともなって、明日出かけることにしよう」とアーサーは答え、少年に準備をしておくようにと言った。

(～)

31 カハスは夢の中で、王が自分を置いて森の礼拝堂へ出かけてしまい、後をついてゆくと、ひとりの騎士が棺台の上に横たわり、燭台が燃えているのを見た。カハスが燭台を取り上げると、その男が「泥棒！」と呼ばわり、ナイフを自分に突き立ててきた。カハスは司祭の名を大声で呼んで目が覚め、アーサーとグウィネヴィアは、そ

1月

れが夢ではなかったことを知った。というのは、カハスは肋骨にナイフを突き刺さされており、そのそばに不思議な燭台が燃えていたからである。「あなたの夢はほんとうだった、妻よ」とアーサーが言った。「巡礼となって私が出かけ、神に命乞いをしにゆくには、その場所はあまりにも危険なところなのだ。」宮廷には、カハスの死とアーサーの危険を悼む声が起こったのだった。　　　　　　　（～2月1日）

2月

February

　国のまわりには海が広がり、堤防はあまりにも
強固だったがため、誰ひとりとして生きながらそれを
乗り越えられる者はおらず、例外となっていたのは、門が
あるところだけだった。それは、堅固なダイアモンドででき
ていた。そこで、門の内におる者は恐れということを知らず、
城の堀の内部にあるものはいささかも古びることなく、
それがたとえ百年の年月を経たものであっても、
常にそれまでどおりの美しさを保っていた。
また、怒りや妬みで、痛めつけられる者はいなかった。
その地で暮らす婦人たちは、陽気で快活だった。
土地が立っている礎石には、そんな徳があったので…
そこに住む人々は、一日たりとも悲しむことなく、
死にいたるまで、常に喜びの中に暮らしていたのである。

『ランツェレット』

February

1 キャンドルマス（聖燭祭）の宵、アーサーは、オースティンの礼拝堂へとやってきていた。そこで、今まさにミサを捧げようとしている司祭を見た。アーサーは戸口にたたずみ、これから行なわれるすべてを見届けようと思った。祭壇のかたわらに、膝に幼子をのせた美しい婦人がいるのが見えた。パンとぶどう酒が捧げられているとき、婦人は自分の息子をこの司祭の両腕に差し出した。司祭は犠牲の捧げ物の代わりとして、幼子を受け取った。アーサーはこの恐ろしい光景に、おもわず目を閉じてしまった。ふたたび目をあけると、司祭が、血を流しているひとりの男を、しばらくの間祭壇の上に捧げているのを見た。血を流している男の姿はふたたび子どもに戻り、婦人が自分の両腕に抱き、こう言った。「師よ、そなたは私の父、私の息子、私の主人、そして私の保護者です。」アーサーが、「そしてわれわれ皆の保護者であられる」とうやうやしく言葉を添えた。司祭はアーサーのいるところまで出てきて、生活を改めるようにと命じ、間もなく驚くべきことが起こるので、それに備えるようにと言った。アーサーはそうしようと誓い、その晩は、祈りと徹夜のお勤めをしながら過ごしたのだった。

(∾)

2 翌朝、アーサーが礼拝堂を出てゆくとき、ひとりの乙女が無理やりに連れ去られようとしているのを見た。徹夜のお勤めのため疲れを感じてはいたものの、アーサーはその騎士を倒し、娘を解放してやった。感謝して彼女は叫んだ、「騎士よ、感謝申し上げます。いったい騎士殿のお名前は何とおっしゃられるのですか？ あなたさまの勇気を、皆に語ってやりたいと思います。」アーサーが

2月

謙虚に答えた。「アーサーです。」乙女は眉をしかめた。「あまたの名前のうちでも、それはまた最悪のものですね。皆が申しておりますわ。アーサーの宮廷は最もあさましいところだと。王は、王妃を奪われはしまいかと心配して常に宮廷にとどまり、騎士たちもその例にならって、怠惰と安寧に耽っているとか。」アーサーは乙女を自由にしてやり、自分がどんなふうに言われているかを知って、ひどく意気消沈しながら、宮廷に戻ってきたのだった。

聖杯の礼拝堂で、祝福された乙女マリアの幻影を見たときから、アーサーは常にその姿を自分の旗印として掲げることになる

39

February

3 聖杯の探求に一心不乱に励みつつ、ガウェインは荒れ果てた礼拝堂の近くで、一夜を過ごしていた。そこで彼は、一本の腕と手が戸口から差し入れられるのを夢の中で目撃したか、またそれを見たようにも思った。その腕は深紅のサマイト†をつけ、手にはロウソクを持ち、質素な馬の手綱がぶら下がっていた。ガウェインは、いったい何が起こっているのか分からなかった。しかし翌朝、ひとりの隠者が現われて、それらのものは、なぜ彼が聖杯に近づくことができないのか、その理由を語っているのだと言った。手は貧しいものに富をほどこす慈善の印であり、ロウソクは、ガウェインの場合、確固としてゆるぎないものとは程遠い信仰を表わし、また手綱というのは、彼が決して到達することのできない情熱の制御を表わしているというのである。しかしそれにひるむことなく、ガウェインは旅をつづけたのだった。

†サマイト：金糸などを織り混ぜた中世の厚地の絹織物。

4 ペルシヴァルは長い間、アーサーの宮廷を探して馬を進めていた。ある天幕にたどり着き、それを礼拝堂と思ってひざまずき、祈りを捧げた。中に入ると、食事が用意されているのが目に入り、空腹だったので、それを食べた。満腹になって、身のまわりを見回すと、指輪にはめ込まれた宝石を見つけた。しかしその指輪はあるひとつの手にはめられており、それは眠っている婦人の手であった。ペルシヴァルは母の助言を思い出し、指輪を引き抜いた。婦人が目を覚ましましたので、彼は婦人に口づけした。婦人の抗議を無視して、ペルシヴァルは大いに元気になって、ア

2月

ーサー王を訪ねる旅をつづけた。婦人の叫び声がすぐに彼女の騎士を呼び出すことになり、騎士はあからさまにふたりの情欲を糾弾し、婦人の潔癖の主張も何の役にも立たなかった。まさにこの母ヘルゼロイドの助言というものが、息子を苦境におとしいれてしまったのである。　　　　　(～)

5　ペルシヴァルはやっとのことで、アーサーの宮廷に到着した。大広間に入ると、赤い騎士が王妃を侮辱し、彼女の膝にワインをこぼすのを見た。他の者がグウィネヴィアへのこの仕打ちの仕返しをする前に、ペルシヴァルは赤い騎士を追いかけ、木製の槍の柄で彼を激しく打ちつけたので、騎士は死んでしまった。それからペルシヴァルは、騎士の鎧を脱がそうとした。しかしどうやったらよいか分からずに、とうとうまるでえびでもゆでるように、鎧を着せたまま、始末することになったのである。オウァインが彼の苦境を見て、助けの手を差しのべた。「とにかく」と彼は言った。「あなたの振る舞いの結果、この鎧を手に入れられたのだ。もしわれわれのもとに留まるのなら、騎士としての作法をお教えしようではないか。きっとうまくやってゆけるだろう。」このようにして、何も分からなかった森の若者が、偉大なペルシヴァル卿へと成長してゆくのである。
(～1月14日)

6　ランスロットとガウェインが浜辺を馬で進んでいったとき、モリアインという、肌の色がまるで夜のように黒々とした騎士に出会った。ふたりは、「悪しき悪魔その人」に出会ってしまったと思ったのだが、モリア

february

インは礼儀正しい言葉で、ふたりの恐れを和らげた。すなわち、父親はアグロヴァイルといい、ムーア人の姫君を母として、モリアイン自身が生まれたというのである。今や、母がモリアインを父親探しに遣わしたのだった。ランスロットとガウェインはそれを聞くと、いかなる助力をも与えようと申し出た。　　　　　　　　　　　　　　　　　　　(～)

7　ランスロットとガウェインが、アグロヴァイル探しのモリアインの旅に同行することにしたのは正解だった。というのも、この堂々とした黒い騎士を見ると、馬丁も使い走りの者も逃げ出してしまうからだった。やっとのことで、彼らはアグロヴァイルの隠遁の地を探り当てた。そこでモリアインは父に、母のもとへと戻り、結婚の約束を果たしてくれるようにと頼んだ。するとアグロヴァイルは、ずっと以前に自分がこの婦人に与えた結婚の約束と、彼女を侮辱してしまったことを思い出した。そこで即座に取って返し、婦人の治める国の王となったのだった。それ以後、モリアインはしばしばログレスの地を訪れ、円卓の仲間たちの仕事を助けることになったのである。

8　コンウォールのマルク王には、ボウドウィンという弟があり、王自身の評判が悪いのと同じくらいに、人気のある弟だった。そんなこともあって、マルク王は彼を憎み、弟がサラセン人の船団を破って、アーサー自身の感謝を得たのを知ると、マルクの怒りはいっそうつのったのである。マルク王はボウドウィンを召し出した。弟は妻と幼い息子とともに王を訪れた。食事がすむとマルクは喧嘩

の種を探し出し、妻の目の前で怒りにまかせて弟の胸を刺しつらぬいた。妻は自分と息子の身を案じて、森へと逃げのびた。われを忘れたマルクは、サドックという騎士に命じて彼女を追跡し、決して家へは戻れないようにせよと言った。しかしサドックは有徳の士であったので、夫人に追いつくと、家には戻らず、その代わりに従兄弟と一緒にアランディルの城に避難するようにとすすめた。夫人はこの勧めに従った。一方サドックはマルク王のもとへ戻ると、ふたりは死んだと報告したのである。　　　　　　　　　（〜2月14日）

9　ベノイクのバン王は敵に襲われ、妻クラリーネとともに逃げ出さねばならなかった。振り返ると城が炎に包まれているのが見え、クラリーネは夫が瀕死の重傷を負っているのを知った。肩に赤子の息子を負い、一杯の水を飲むために夫が水に飛び込むのを助けた。しかし夫はあまりに弱っていて、ふたたび浮かび上がってくることはできず、そこで命を落としてしまった。悲しみと恐れが極まり、クラリーネは敵から身を隠して、木に登ると、深い眠りに落ちた。彼女がそこに潜んでいると、ひそかに「湖水の貴婦人」が姿を現わして、両腕から子どもを連れ去ってしまった。しかし、この妖精の女がそうするだろうことはあらかじめ予言されていたのだった。というのも、バンの敵たちが眠っている妃を見つけ出し、彼女を囚われの身としてしまったからである。「湖水の貴婦人」が無事に自分の砦の島に連れてゆかなければ、この小さな男の子はきっと殺されてしまっていたことだろう。　　　　　　　　　（〜2月13日）

February

10 遠く離れたある国に、ティトゥレルという善良な真の騎士がいた。ある日のこと、彼が15歳になろうとしていたとき、ひとりの天使が現われて、彼が聖杯の仲間たちに仕えるよう選ばれていると伝えたのだった。「というのも」と天使が言った。「今やこの聖杯は、ブリテンに伝えられて以来何年にも渡って、アリマタヤのヨセフによって建設された網代組み✝の礼拝堂に安置されているのです。あなたはサルヴァティアンの山、ムントサルヴァッハを捜さねばなりません。その地にいたるまでの道は示されます。そこに聖杯にふさわしい建物を造るのです。」

✝網代組み：ハシバミの枝によって編まれたもの。

11 翌日ティトゥレルは旅立った。天使が約束したとおり、彼の足取りは一歩一歩導かれ、大きな森を通り抜けて、ムントサルヴァッハのふもとまでやってきた。そこで彼は、国の四隅から召喚された男女に出会い、ともに聖杯の礼拝堂の建設に取りかかった。彼らはその晩さっそく山に登り、礼拝堂を建てる地面をならしはじめた。それが終わるとティトゥレルはふたたび夢を見て、「出ていって山を見上げよ」と告げられた。するとそこには、炎の線で刻まれた聖堂の設計図があった。以後、何ヶ月もの長い間、聖堂が完成を見る日まで、人の手によってではなく、それを超えた何者かの手によって、一団の人々は導かれ、養われていたのである。

2月

12 ついに聖杯の聖堂が堅固に建設され、遠くから見ると数マイルもつづくと思われるような、輝く塔また塔がそびえ立ったとき、聖なる杯が、聖堂の中心にある、宝石をちりばめられた聖遺物箱の中に安置された。神の啓示を受けたティトゥレルが、ここを建てた人たちに語りかけた。「われわれがここに守っているものを探し求める人々によって、やがて偉大なことが成し遂げられるでしょう。この場所に、新しい王国と新しい騎士道がおかれることを知らしめようではありませんか。ここにいる私たちが、聖杯の家族となるのです。」それ以後、新しい王がムントサルヴァッハを治め、聖杯を求めて探求者たちがやってくるのを待ったのである。

13 「湖水の貴婦人」は、誰も死ぬことがなく、すべての人々が礼儀正しく、喜びに満ちた島に暮らしていた。この島には、妖精の女たちが住んでいて、半人半魚の海の民によって世話されていたのである。そしてまさにこの地でクラリーネの息子が育てられたのだった。人魚の男たちが、彼に武器の使い方や狩の仕方を教えたが、男の子は馬の乗り方や鎧のことなどは知らずに育った。というのも、ここに住む人々は不死身の種族で、外からの害を受けることはなかったからである。少年は成人に達しようとしたとき、自分が何者であるかを知るためにここを離れてみたいと頼んだ。というのも、すべての人々が理解し合っている、祝福されたこの地では、彼にはまだ名前というものが付いていなかったからである。「湖水の貴婦人」は、彼にここを離れて、世界で最高の騎士と戦って勝利を収め、彼女に報いてくれるように命じた。そうする以外には、少年が名前を持つこ

February

とは不可能だったからである。　　　　　　　（～11月28日）

14 ボウドウィンの夫人は、アリサンダー・ル・オーフェリンと名付けられた息子が成人するまで隠れ住んでいた。それから、息子が騎士の叙階を受けた日に、父親の血染めのシャツを与え、それにまつわる話を聞かせてやった。息子は父の死の仇をとることを誓った。以前から槍試合に参加して勇名をはせていたので、噂はすぐにマルクの耳にも達した。マルクは激怒し、サドック卿の姿を求めて城の大広間を探させた。この有徳の騎士はすでに落ちのびていたのだが、マルクは彼を追跡して密かに殺害し、同時にモルガン・ル・フェイに、彼女に敵対してアーサーを助けるひとりの力強い騎士が、キャメロットへ向かっていると知らせてやった。　　　　　　　　　　　　　　　　　　（～）

15 アリサンダー・ル・オーフェリンは、円卓の仲間たちが集うところには、とうとう到着しなかった。途中、彼は多くの冒険をしたからである。一年間は、ひとりの美しい婦人が彼を囚われの状態にし、その後、モルガン・ル・フェイその人に捕まり、彼女は彼の美貌と力に惹かれて、自分のものにしたいと思うようになったのである。しかしアリサンダーは「美しき巡礼者のアリス」という婦人に出会い、彼女は彼の美貌に恋をし、彼もまた彼女に恋をしてしまったのだった。アリスは機転をきかせて、アリサンダーをモルガンの力から逃がしてやることに成功し、彼と結婚した。彼女は息子を生み、彼らはこの子にベレンゲレウスという名を付けたのだが、一緒に暮らしたのはほんの短かい期

2月

間となってしまった。マルクの刺客がついにアリサンダーを捕らえ、殺害してしまったからである。このようにして、ベレンゲレウスには、父と祖父、両方の仇をとることが課せられ、仲間たちが解散した後、マルクを一騎討ちで果たし、やっと仇をとることに成功したのである。

16 ある日のこと、アーサーは喜びのあまり、宮廷の人々の面前でグウィネヴィアに口づけし、彼女を大いに面食らわせてしまった。抗議する夫人に、アーサーが言った。「けれどお前、そなたの私への愛はよく分かっているのだから。」「あなたさまは間違っておられます、殿」と妃は言った。「どんな殿方も、女の性質と心を理解しているとお考えになることが間違っているのです。」そこでアーサーは大きな誓いを立て、カイとガウェインを連れて、まさにこの答えを求めての旅に出ていったのである。（〜）

17 アーサーはたくさんの賢人と会ったが、誰ひとりとして知りたいと思ったことに答えてくれる者はいなかった。ついにゴルラゴンの家へたどり着くと、女性の心と性質についての長い話をしたいから、馬を降りて、ここでくつろいでくれないかと言われた。「あるとき、自分の誕生の際に植えた若木のために深手を負うことになった王がおりました。この若木は、姿を変える力を持つ杖になるだろうと予言されていましたので、王は自分の役に立てようと、密かにそれを所有しておったのです。やがて王は、自分のことを何でも知りたいと願う女性と結婚しました。というのも、彼女は恋人と愛を語り合っていて、何とかして王を退

February

けたいものと思っていたからなのです。彼女は夜となく昼となく王に頼んで、とうとう王はこの秘密のすべてを彼女に教えてしまったのです。彼女はすぐにこの若木を用意し、その先で王を打つと、言いました。『１頭の狼になり、狼の性質と、人間の理解力とを持つようになれ。』この狼人間は、別の国へと逃れ、憤怒と怒りにまかせて、多くの面倒を起こしました。そこでその国の領主が、狩に出かけていったのです。」ここでゴルラゴンは話を中断して言った。「ところで、私はあなたがたをすっかり疲れさせてしまったようですな、殿方たち。まずは食事をしてください、話の結末はそれからにいたしましょう。」 (～)

18 アーサー、カイ、そしてガウェインは、狼人間の冒険と災難の話に熱心に耳を傾け、時の経つのも忘れるほどだった。ゴルラゴンは彼らに、どのようにしてこのよき領主が狼人間を救い出し、家に連れ帰ったかを話して聞かせた。しかし領主の夫人は、それを恐れていたのである。というのも、彼女は密かに自分の執事と恋に落ちており、狼人間はふたりが一緒にいるところを目撃していたからだった。夫人はこの狼男が、自分の子どもたちを食ってしまったというふりをした。しかし狼人間は、子どもたちが安全にかくまわれているところへと領主を案内したのだった。自分の妻が嘘を言っているのが判明すると、領主は彼女を火あぶりにし、執事は生きながら皮を剥がれてしまった。「それから狼男は領主を説得して、惨めな様子で、自分の国への旅をつづけることにしたのです。どこへゆこうと、領主の耳に入るのは、新しい王がどんなに駄目で、前の王がどんなに良かったかという嘆きでした。」ここでゴルラゴンは話を止め

た。「さあ、夕食の時間ですよ。」

19 アーサーはゴルラゴンに、どうぞ時間を気にせず、話をつづけてくれるようにと言った。そこで一同は、その夜は一晩中座り込んで、話に耳を傾けたのだった。「領主はすぐに、この不実な妃のいる宮廷へやってきました。そこで妃を糾弾し、姿を変える杖を持ってくるようにと言いました。そしてその先で狼男を打ち、言ったのです。『人間に戻り、人の理解力を持つように』と。狼男は元の姿を取り戻し、この妃を離縁し、有徳の婦人と結婚したのですよ……さあ、夕食を召し上がりますか？」とゴルラゴンが聞いた。「いいや」とアーサーが言った。「あなたの食卓に座り、血塗られた首にしきりに口づけしている女性がいったい誰なのかを教えていただけるまでは、結構です。」「あの人こそ、私がお話した不実な妃なのですよ。あの首は彼女の愛人のものなのです。そしてこの私こそが、かつては狼男であった者なのです。今は人間ですがね。あなたさまの知恵にお尋ねいたしますが、アーサー、女性の性質と心とはいったいどんなものなのでしょうか？」アーサーはひどく狼狽して、答えることができず、以前よりいっそう沈着で賢い男となって、キャメロットに馬で戻っていったのである。

20 マルク王の花嫁を求めるトリスタンを乗せてブリテンから船出した船は、ついに陸地に着き、その地がアイルランド王の宮廷の近くであることを知って、ひどく動揺した。そしてトリスタンは、あの黄金の髪の持ち主が、イソルトその人であることを理解したのである。彼は

この婦人を愛し、婦人もまた彼を愛していたのだった。しかし彼は叔父と交わした約束、この髪の毛の持ち主を連れて帰るという誓いに縛られていた。彼はそれを公然と、しかも自分の名にかけて誓っていたのだった。このように彼は一か八かやってみることにした。その地でイソルトの看護を受けながら滞在していたときから、すでに王とは親しい間柄にあり、今や使者としてやってきて、王女とコンウォールの領主である自分の叔父との結婚によって、ふたつの国に平和をもたらそうと申し出たのである。その申し出をしたとき、彼の心中には、自分自身のためにイソルトを求めることができるのならどんなによいかという憧れが、あふれんばかりにわき起こっていた。しかし一度誓ってしまった以上、その言葉を取り下げることはできなかったのである。アイルランド王は、ふたつの国のあいだで血が流されることがなくなることをひどく喜んだ。こうしてトリスタンは、ふたたびコンウォールへ向けて船出していった。今度は、彼のかたわらにイソルトを連れていた。　　　　　　　　　　　　　　（〜3月7日）

21 ランスロットはリゴメルの不思議を求めて、アイルランドへ船出した。しかしどこへゆこうと、善意の人々が、その恐ろしい城へゆくことを止めるのだった。その地に近づくにつれ、そこの恐怖に出くわしたという傷ついた騎士たちに会った。彼はまた、戦闘を好む騎士たちには戦いを挑んで彼らを打ち倒し、寛容な処置をアーサーに訴えるようにと言った。　　　　　（〜4月24日）

2月

22 ペンドラゴン一家がログレスを治める以前は、ヴォルティゲルンがブリテンの王であった。アイルランドの海賊たち、北方の体に模様を描いた人々、そして東方の海からくるサクソン人たちなどに周囲を襲撃されて悩まされていたため、ヴォルティゲルンは、ホーサとヘンギストというふたりのサクソン人の王をログレスに招聘し、これ以上の襲撃を食い止めるという働きの見返りとして、土地をゆずり渡すと約束したのだった。　　　　　（～）

23 ブリテンの人々は、王の政策に動揺したが、この国の聖なる聖職者たちの名にかけて、王を助けると誓約した。ある者は、自分たちの土地に侵入されるのに抵抗して公然と反乱し、多くの殺害がくり返された。この事態を心配したログレスの貴人たちは、ヴォルティゲルンが召集した平和会議に参列するため、カラドックの砦に集まった。絶大なる信頼をもって、彼らは武器を持たずに参集した。しかし、ヘンギストの家来たちは、密かに長靴の中に短剣を忍ばせていたのである。主人の合図のもと、彼らはいっせいに短剣を抜き放ち、ブリテンの人々の仲間の喉に突き立てたのだった。この晩の恐ろしい殺戮の後、ヴォルティゲルンはウェールズの山中に逃れていった。　　（～7月31日）

24 ガウェインは聖杯探求の旅に加わっていたとき、「懐疑の城」と呼ばれている砦にやってきた。そこで彼は、城主の息子が邪悪な騎士にさらわれてしまったことを知った。ガウェインは若者を救い出すために出発し、柱で支えらえた屋根でおおわれた不思議な泉に出くわし

February

た。その屋根からは金の容器がぶら下がっていた。この容器から水を飲もうとしたとき、ひとりの隠者が現われ、そうすることはお前には許されないのだと告げた。そこには白い衣を着た三人の女が見えた。ひとりは黄金の容器の上にパンをのせ、二番目の女は象牙の容器の中にワインを入れており、三番目の女は銀の深皿の上に肉をのせていた。三人ともペレス王のためにそこに待機していたのである。王は側で横たわっていた。ガウェインはバリンの恐ろしい一撃を思い出し、自分が聖杯の近くにきていることを知った。しかしそこへ向かってゆく前に、「懐疑の城」の領主への勤めを果たさねばならないということも分かっていた。　　　　（～3月6日）

25 ペンドラゴンの血筋を引くアンブロシウス王は、「長剣の夜」の殺戮を悲しんでいた。ブリテンの貴人の華ともいうべき者たちが命を落としたからだった。そこで彼は記念碑を建てることを決心した。マーリンを呼び出し、永続するような記念碑を設計するようにと言っ

アウレリウス・アンブロシウスの要請で、「長剣の夜」にサクソン人によって殺された者たちを記念するため、ストーンヘンジを建立するマーリン。この巨大なサークルを建立したと考えられる巨人のひとりと一緒に描かれている

2月

た。マーリンは彼に指示して、アイルランドから薬効のある神聖な石を運ばせ、ソールズベリーの近くのカラドックの砦に置かせた。マーリンの助けなしには、アンブロシウスの家来たちは、石を動かすことはできなかった。こうしてブリテンの貴人たちが埋葬されているところに、心を込めてこの石が建立された。その後、人々はそれを、ストーンヘンジと呼んだのである。

26 多くの冒険の後、ガウェインはリゴメルへやってきた。そこではブリトン人たちが、この場所にかけられた恐ろしい魔法によって、すっかり打ちのめされそうになっていた。彼らは、熱いどしゃ降りの雨に悩まされ、角のある犬や戦闘的な修道僧の攻撃を受けていたからである。ガウェインは勇気を奮い立たせて、武器も持たずに橋を渡っていった。というのも、彼は妖精の助っ人ロウリーの助言を受けていたからだった。彼はすぐに台所を見つけ出し、何も分からずに、何の知覚もなく、惨めな状態にあるランスロットを発見した。ガウェインは、囚われ人たちが皆、手に指輪をしていることに気づいた。そしてそれが、彼らに魔法をかけていることを理解したのだった。彼はまずランスロットの指から指輪をはずした。指輪は床に落ちてこなごなに壊れ、ランスロットは友人を判別できるようになり、自分の哀れな状態を恥ずかしくも思った。すみやかにガウェインは、他の囚われの騎士たちの指輪もはずしてやった。（～）

27 それからガウェインは、この魔法を解くためのふたつの試練を実行した。この塔に登ってリゴメルの大鷹を捕まえ、銀の槍の的を打った'のだ。その結果、魔法で傷つけられていた騎士たちは皆、元どおりに癒された。それからガウェインは誓いを立てた。すなわち自分はリゴメルの王位にはつかず、ダイオニース婦人とは結婚はしないものの、彼女にふさわしい夫を見つけてあげようと誓ったのである。こうして大きな喜びのうちに、ガウェインと仲間たちは、ランスロットを故郷に連れ帰ったのだった。

† 槍的突き：騎士たちが槍試合を練習するための、傾斜した支柱のこと。

28 ガラハッド、ペルシヴァル、そしてボールスたちは、傷ついた王の城コルビンにやってきた。「皆さま方のおいでを待ちかねておりました」とペレス王は叫んだ。「さあこれで、私の長い苦痛も終わりとなりましょう。」

三人の騎士は、聖遺物のすべてが置かれている礼拝堂へと導かれた。そこには、血のしたたる槍、燃えつきることのないロウソク、そして聖杯そのものが置かれていた。この礼拝堂一杯にあまたの聖霊がつどい、これらの聖なる器を用いて、司祭が今まさにミサをあげようとしているのを見ると、彼らもまた祈るためにひざまずいた。

司祭が祭壇から振り向いたとき、それぞれの騎士は、異なった物を目にしていた。しかしそれらは、結局は同じものであったのだ。ボールスは司祭のような衣服を身につけた美しい男を、ペルシヴァルは冒険の始めに目撃した深皿にのせら

2月

　れた首を見た。しかしガラハッドは、上を見上げて顔を覆ってしまった。というのも、彼は救い主その人の顔を見たからだった。
　その間、聖なる場所には天使の大集団のような、翼の羽ばたく音がしていた。それぞれの騎士は、神との平安を得て、主人を受け入れようと歩み出た。ガラハッドは、聖なる血潮を入れた容器を両腕に抱えていた。司祭の側に立っていた男が言った。「そこのお方、あなたが抱えておられるものが何であるかお分かりですか？」「お教えください、ご主人よ」とガラハッドが言った。「それは、聖木曜日†の私の最後の晩餐を祝うとき使う、聖なる器です。これから私がするだろうほどには公然とではなくとも、今やあなたは一番望んでいたものをご覧になったのですから、この聖なる器を聖なる都サルラスへ持ってゆかれるようお勧めします。というのも、そのときがやってくるまでは、アーサーの王国から持ち去られねばならないからです。あなたご自身は、その旅の準備をして下さい。ペルシヴァルとボールスだけを連れてゆくのです。」

† 洗足（聖）木曜日：シャーサーズデイ；人々が身づくろいをととのえて、罪の許しを願う告解をする、復活祭の前の木曜日のこと。

29

翌日、ガラハッドは両手にその槍をうやうやしく掲げて王に近づき、彼の腿の傷に刃をやさしく当てがった。すると即座に傷は癒えたのだった。その瞬間、荒れ果てた国土もまた新しく蘇った。ペレスは喜びの声を上げて立ち上がった。「さあこれで、やっとのこと私は休

February

　めることになりました！」と彼は叫び、亡霊を打ち払って、祭壇の前にひざまずいた。
　国土が蘇ったことへの歓喜と、ペレス王の苦痛が終わったことへの深い感謝がわき上がった。三人の騎士たちは城を後にし、待ち受けているソロモンの船へ戻っていった。そしてこの船に乗り、聖杯をたずさえ、アーサーの王国を出てサルラスへ向かったのである。ペルシヴァルにだけ、ガラハッドは自分の目撃した幻を打ち明けた。聖なる人物であるが、自分のこの仲間が夢の中で会った人物のように思われ、人間というよりも、天使のように思えたからである。

(～3月25日)

コルビンの不思議な城の中で聖杯の王と出会い、槍の力で恐ろしい傷を癒す、選ばれた聖杯の覇者ガラハッド

3月
March

彼らの目の前で、牡鹿は人間そのものになり、
祭壇の上の、最高に美しく壮大な席に腰をかけた。
そしてまた獅子たちも、彼らが見つめる中で、
その姿を変えていったのである。最初のものは
人間のような姿に、第二のものは天使の姿に、その間に、
三番目のものは獅子のような獣に、そして第四のものは
小牛の姿になった。こんなふうに四頭の獅子たちは
姿を変えていったのである。彼らは翼を持ち、われらの
主が喜ばれるとしたら、それを使って飛び去ろう
としていた。彼らは牡鹿の座るところに席を占め、
二頭はその足元に、そして他の二頭は、玉座とも見える
その頭のところに座っていた。彼らは礼拝堂の窓を
通って出てゆき、通り抜けていったあとも、
そのガラスは壊れもせず、
完璧なままだったのである。

『聖杯の探求』

March

1 ラモラック・ド・ガレは、ペリノール王の長男で、円卓の騎士の中でも最も強い騎士のひとりだった。二番目に強いのは、ある者に言わせるとランスロットその人であるということである。しかしラモラックには秘密にしていた罪があったのだ。というのは、彼は、オークニーのモルゴース王妃を、自分の命よりも愛していたのである。50歳になりなんとしていたにもかかわらず、この王妃は、男たちの情熱をかき立てる力を持っていたからであった。

2 ある日のこと、彼女とラモラックが床をともにし、軽い眠りに落ちていたとき、モルゴースの二番目の息子ガヘリスが母の寝室にやってきた。髪を枕の上に広げて、恋人の腕の中にいる母を見ると、紅蓮の怒りがわき起こった。剣を抜くと、自分の母の首を一撃のもとに打ち落とした。それから、恐怖にかられて逃げ出したのだった。ようやく目を覚ましたラモラックは、自分が屍と床についていることに気づいた。この恐ろしい光景を見てとると、彼は叫び声を上げ、その部屋から走り出た。

ガヘリスは、しばらくして、森の中で馬に乗っている自分の兄弟ガウェインとアグラヴェインに出くわし、何が起こったかを告げた。ガウェインは怒りに燃え、ペリノールその人を亡き者にしたのと同様に、ペリノールの息子をも滅ぼしてやると叫んだ。そしてそれ以後、三人の兄弟は、ラモラック卿を亡き者にする陰謀を企てたのである。 7月7日）

3月

ガレのラモラックと母が床を共にしているのを見つける
モルゴースとオークニーのロットの間の次男ガヘリス。
半ば気が狂って森へ逃亡する前、母の首をはねた

3 イエスの受難のとき、パレスチナに暮らしていたアリマタヤのヨセフは豊かな商人であった。ある者は、彼は結婚によってイエスの叔父になった者で、少年のときに遠い地へ連れ去られていたのだと言っている。というのも彼は鉛を商っており、この仕事が彼を、ローマ帝国から遠くはなれた地方へやることになっていたからだ。しかしこれがほんとうかどうかを知る者はいない。唯一確かなことは、このアリマタヤ人がほとんど確実に、人々の間でクリストス〔救世主〕として知られているイエスの密かな支持者であったことである。というのは、十字架の刑という恐ろ

March

十字架からキリストを降ろし、最後の審判で使われた杯を手にするアリマタヤのヨセフ。聖母マリアと聖ヨハネも一緒に描かれている。ヨセフは杯の中に、救い主の血の一部を入れる。器はこんなふうに神聖化され、聖杯として有名になる

しい出来事が起こったとき、ヨセフはローマ人ピラトのところへゆき、自分の墓にイエスの体をいただきたいと頼んだからである。ピラトは、墓を軍団の衛兵に見張らせることを条件に、それを認めたのだった。そしてまたイエスが逮捕される前、過ぎ越しの祭りを祝っての食事のとき使った杯がヨセフに与えられ、ヨセフが、遺体を十字架から降ろすのを助けた際、イエスのわき腹の傷から流れ出した血の一部をこの杯へ入れたということであった。その後この杯が神聖化され、後代になると、聖杯として知られるようになるのである。

3月

4 復活の出来事の後、ヨセフは牢に入れられ、飢えと渇きとで死ぬにまかせられた。しかし彼が横たわっていると、暗闇の中に光が現われ、イエスのものと思われる声が聞こえてきて、彼が男たちの間で祝福された者であり、この偉大な神秘の保護者となろうと告げられたのである。ヨセフは自分の震える両手に杯の形が置かれるのを感じ、ある言葉が耳にささやかれた。それはこの杯の秘密の使い方を告げる言葉だった。

それ以来、毎夕、一羽の鳩がヨセフの独房に現われ、くちばしに一枚のウェハー（聖餅）をくわえてきて、それを杯の中に入れるのだった。これが、ヨセフを何日も何週間も支えて、ついに彼の存在が忘れ去られてしまうまでもつづいたのである。ある日、独房の扉が開かれ、日の光が入ってきて彼の目をくらませた。今やひとりの新しい皇帝がローマを治めていて、聖なる遺物によって病から癒されるということが起こった。そのために皇帝はあのアリマタヤ人を探し出し、彼にふさわしい弔いをしてやろうと思ったのである。その結果、ヨセフがまだ生きていることが発見され、その両手に、より偉大な杯を持っていることが分かったのだった。（～）

5 そこで、ヨセフは解放された。誠実な信奉者の一団が彼のまわりに集まってきて、遠くの地に旅立つことになった。そこは彼がかつて若者イエスと訪れた地で、ブリテンといった。何ヶ月も航海をつづけ、さらに旅を重ねた後、ヨセフと彼の一行は、昔の言葉でイニス・ウィトリン…すなわちガラスの島という意味…と名付けられたところへやってきた。そこでヨセフは、すでに彼がくることを予知していた聖なるドルイドたちの歓迎を受けたのである。

March

彼らは聖なる囲い込みの地から、12ハイド†の広さの地をヨセフに与え、杯のための礼拝堂を建てることを許したのである。　　　　　　　　　　　　　　　（～11月13日）

†ハイド：中世の土地の計り方。60〜120エーカーの広さ。

6 ガウェインはやっとのことで、「懐疑の城」の領主の息子を連れ去った邪悪の騎士の天幕を発見した。しかし彼のくるのは遅すぎて、若者はすでに死んでしまっていた。ガウェインと騎士は戦い、ガウェインは殺人者を切り捨てた。それから若者の体を取り上げ、それを携えて皆のところへ戻ってきた。王は涙を流し、死体を大きな鍋に入れて煮るように命じた。それからその場に居合わせた一人ひとりが、肉の一切れを口にしたのだった。この習慣にひるんだガウェインは泉へと戻り、そこにまだ隠者がいるのを見つけ、以前に目撃した行列のことを説明してくれるように頼んだ。隠者は「救い主の秘密」を暴くことはできないと答え、ただ自分にできることといえば、それはすべて、杯を見つけ出せるかどうかにかかっているということを告げるだけだと言った。このことから、その役目が自分のものではないことをガウェインは理解した。しかし自らの探求はつづけ、聖杯に近づく以前に、それ以上のたくさんの冒険を成し遂げたのである。　　　　　　　　　　　　　　（～9月2日）

7 トリスタンとイソルトは、アイルランドから船に乗った。彼らとともに、イソルトの母親から、ある飲みものを託されていた、イソルトの誠実な侍女ブラ

3月

ンゲインが一緒だった。母親は、イソルトの愛情が、夫となるべき人から他の者に移ってしまうのではと案じていたのだ。そこで母は結婚式の夜にふたりで飲むようにと、ある飲みものを用意した。それは、互いを深く愛するようになるという飲みものだった。しかし運命が間違いをおかしてしまった。船がふたつの島の間を運航していたとき、ブランゲインは、激しい船酔いに悩まされ、もっぱら甲板の下で過ごしていた。一方、トリスタンとイソルトは、甲板の上で、いつ終わるとも知れぬチェスのゲームをしていたのである。喉が渇いたので、トリスタンはワインを探しに下りてゆき、飲みものの入った器を見つけ、それを持ってきた。こうして、甲板の上で、ふたりはお互いに固い誓約で結び付けられてしまったのだった。こうして、すでに愛し合っていたふたりが、イソルトとマルクのために用意されていた飲みものを飲んでしまい、その結果、死さえも分かつことができない熱情を抱くことになったからである。　　　　　（〜3月12日）

8　ランスロットの名声が広まると、彼の死を願う邪悪な男たちの数も増えていった。ある日、彼が馬を進めてゆくと、一羽の鷹が頭上を飛び去り、高い木の上に止まるのを見た。そこに足緒'がからみつき、鷹は鋭い泣き声を上げたまま、枝から逆さまにぶら下がってしまった。ひとりの婦人がランスロットに、騎士としての名にかけて、木に登って彼女の鳥を助けてくれるよう頼んだ。誠実な要求は拒まないという誓いをしていたランスロットは、鎧を脱ぎ捨て登っていった。木に登ると、婦人は弓を取り出し、彼の左の尻を撃った。痛みと屈辱に怒りを覚え、ランスロットは降りてきた。するとこの機をうかがっていた彼女の夫

がすかさず襲ってきた。武器も持たず、傷を負ってはいたが、ランスロットはその男を打ち、一撃のもとに首を落としてしまった。婦人は、自分の命のことを思って、泣き声を上げた。ランスロットは彼女の命は助けてやり、傷に薬を塗ってもらうために、近くの草庵へ連れてゆくようにと命じたのだった。

†足緒：鷹をつなぐ手綱のこと。

9 トロージャンという名の、アーサーの宮廷の騎士のひとりは、狩人としての自分の腕前に大いに自信を持ち、今まで誰も眼にしたことのないような、立派な獲物を宮廷に持ち帰るという賭けをしようと、ガウェインに持ちかけた。ガウェインは笑ってそれに応じ、ふたりは出かけることになった。ほどなくしてトロージャンは、ずば抜けて白い鹿を持って戻ってきて、グウィネヴィアに献上した。まもなくガウェインが森へと出かけていった。夕方、彼は恐ろしい蛇に出くわし、すぐに戦いを挑んだ。しかしどんなに力を尽くしても、傷ひとつ与えることはできず、あべこべに蛇によって地面へと打ちつけられてしまった。そして自分は死ぬにちがいないと考えた。突然その蛇は、やさしい声で語りかけてきた。「騎士殿、お泣きなさいますな。私はあなたを殺しはしません。どうぞ私に、せめて名前だけでも教えてください。」そこでガウェインは、こんなにもやすやすと打ち倒されてしまったことを恥ずかしく思い、「私はランスロット卿という者です」と答えてしまった。その蛇はささやいた。「私は以前に、すでにその方にはお目にかかっております。あなたはその方よりずっとよい戦士であられます。

3月

あなたのほんとうのお名前を教えてください。というのも、私にはこの数年来、お慕いしている騎士の方がいらっしゃり、もしあなたがその方であられるなら、これから先、経験することのないような至上の喜びを差し上げようと思っているのです。」ガウェインが名前を告げると、すぐに蛇の姿が消えた。するとそこにはひとりの美しい婦人が立っていて、両腕を彼の首に回し、心をこめて口づけをした。「ああガウェインさま、あなたなのですね。わたしはモルガン・ル・フェイの娘です。あの人は、私からあらゆる男たちを遠ざけておこうと、私を蛇の姿に変えてしまったのです。けれど私には、ほんとうの恋人がやってきたとき、その方によって解放されるだろうということは分かっていたのです!」

10 朝になるとガウェインは、賭けのことを思い出し、目下のところ自分には宮廷に持ち帰るべき珍しい獣がいないので、ひどく当惑した。乙女は彼にひとつの指輪を渡した。「あなたがこれを持っている間、指輪の由来さえお話にならなければ、何でもお望みのままになりますわ。」そこでガウェインは、キャメロットへ戻っていった。その途中、彼は指輪にいろいろ頼んでみた。蛇によって焼き焦がされたものに代わる新しい鎧、新しい馬、アーサー王に献上する20人の人質の騎士、そして最後に、前方はグリフィン、後方は馬のひずめ、魚の尾と孔雀の翼、女の顔、ひとつは黒、もうひとつは白い目を持つ動物だった。このような動物を見た者はかつてなく、この賭けの結果を見きわめようとして宮廷に集まった一同の間で、大いに議論がたたかわされた。それがグウィネヴィアに献上されたとき、即座に彼が、賭けの勝利者になったのだった。

しかしトロージャン卿は、激しい嫉妬にとらわれて罠を仕掛け、ガウェインがどのようにしてこの生き物に出くわしたのか話さざるをえないようにした。ガウェインが、蛇と指輪の話を告白すると、森の3マイルにもわたって大きな叫び声が起こり、ガウェインの前に、一瞬、ひとりの乙女の姿が現われたと思うと、霧のようにかき消えた。彼は娘をそれ以来見ることはなく、モルガンが、海の下の洞窟の中にこの娘を閉じ込めてしまったのだと言われている。

11 アーサーは12人の王たちの反乱を鎮圧したものの、いまだに彼に対して不満を述べる者たちがいた。アーサーはこのことをマーリンに告げた。しばらく考えた後に、賢者は言った。「この世界のような、丸い形をした大きな食卓を作らせるのです。150のシージ†（席）を作り、すべての王国から人々を呼び出し、そこに座らせるがよいでしょう。このようにすれば、それぞれが平等に見え、誰も自分が他の者より優れていると主張するわけにはゆかなくなります。」アーサーは、マーリンの言う通りにした。さらにマーリンはそこに座ることになる者の名前を席に付けさせた。後に生まれる者を除いて、名前は金色の文字で表わされた。しかしひとつの席だけは空白にされ、布で覆われていた。これは「危険の座」と呼ばれ、聖杯の探求に成功した者が座ることになる席だった。しかしそのときは、マーリンその人以外に、それを知る者はいなかったのである。

† シージ：席、座のこと。

3月

円卓の除幕式で、円卓に座ることになる騎士たちの名前を示す文字があらわれる。それぞれの席を指示するアーサー

12 今や分かちがたくふたりの間に存在する愛にもかかわらず、トリスタンは、イソルトをコンウォールへ、そしてマルク王のもとへ向けて、連れて帰った。マルク王は、今や貴族たちとの約束を守り、この黄金の髪の持ち主と結婚しなくてはならなかったのだ。結婚式のとき、トリスタンはひどい苦しみの中で、あたかも夢の中での如く、イソルトが式を執り行なうのを見つめていた。結婚の初夜が大きな問題となった。というのも、恋人たちは、マル

March

クが花嫁が処女でないことを知ってしまうだろうと考えたからだった。そこで彼らは一計を案じた。イソルトは、自分の誠実な侍女ブランゲインに頼んで、寝室のロウソクの火が消されたら、女主人に成り代わるように言った。そしてそのようになされたのだった。何も分からないほど酔っていたマルクは、自分の初夜の権利を行使し、腕の中の女性がイソルトではないなどとは思いもしなかった。そしてイソルトは、その晩、別の場所で、自分の侍女にまさる大きな喜びを味わっていたのだった。　　　　　　　　　　　　　（〜 1月21日）

13 キャメロットの上空に、大きな不思議が現われた。ふたつの太陽が輝いたのである。このようなことはいまだ誰も見たことのないことだった。アーサーは、これがいったいどんな意味を持つのか知るために、姉を呼び出した。モルガンが言った、「王である弟よ、この土地に大変な出来事が起こるということを申し上げておきます。大きな喜びと、大きな悲しみのための備えをなさいませ。」彼女はそれ以上何も言おうとはしなかった。　　　　（〜）

14 翌日、封印された箱を持って、ひとりの乙女が宮廷にやってきた。「この箱の中には首が入っております。この男を殺したであろう人を除いては、誰も開けることはできません。」その出来事はあまりにも疑わしいものであったので、アーサー自身が、最初に試さねばならなかった。しかし箱は閉じられたままだった。王が試みたので、騎士たちもすべて進んで試そうとした。アーサーの執事カイだけがこの試みから外れてしまった。忘れられたことに

3月

腹を立て、彼は前に進み出た。「私がそれにふさわしい者だと証明するために、この中に入っている者以外の、私が今までに亡き者にしてきたすべての騎士の首を賭けますよ。」彼が触れると、箱は開け放たれ、文字が落ちてきた。「ここにロホルトの首がある。カイによって殺された、アーサーとグウィネヴィアの息子の首である。」グウィネヴィアは箱の首を見ると気を失い、カイは翌朝取り調べを受けるために、牢へと連れてゆかれたのだった。

15 アーサーは、自分の義兄弟の弁明を聞くために、厳粛な裁きの席に着いていた。カイは、口ごもりながら悲しい話を語り出した。「最後の探求で、首狩りの試合を挑んでくる巨人に出会ったのです。ずっと以前、クリスマスでのガウェインとの競争で、私はその方法は承知していると思いました。しかし自分でやってくる代わりに、巨人は私のところへ、高貴な立ち居振る舞いのひとりの騎士を送ってきました。私は彼に打ち勝ち、頭を切り落としてやりました。兜が落ちるまで、私はそれがロホルトであるとは分からなかったのです。こんなふうにして、私はまんまとしてやられてしまいました。命が終わる最後の日まで、私はこの一撃を悔やむことになるでしょう。」モルガンは、この巨人ログリンが、アーサーの古くからの敵リタ王その人の兄弟だということを確認した。「弟よ、それが、私が予言した大きな悲しみなのです」と彼女は言った。そしてカイが、このような策略にはまってしまったことを大変恥じていたので、アーサーは彼を、みんなの前で許してやった。しかしグウィネヴィアは、そうそう簡単に許してやるわけにはゆかなかったのである。　　　　　　　　　　　(～1月30日)

March

16 アーサーの宮廷で活躍した初期の騎士たちの中でも、最も力強く、そして最も問題を起こした騎士といえば、バリンとバラン兄弟であった。アーサーの従兄弟たちのひとりを殺したとして、バリンは特に悪い評判をとっていた。このために、彼は王がふたたび解放してくれるまで、6ヶ月の間囚われの身となっていたのである。ひとりの乙女が、身には重すぎると思われるような剣をたずさえて現われたとき、バリンはまだ宮廷に留まっていた。娘の言うことによると、この剣こそは、その宿命を負った男だけが抜くことのできる不思議な武器だということであった。多くの者が試み、ついにバリンその人の番になった。皆が愕いたことには、彼は剣を抜くことに成功したのである。しかしすぐに二番目の婦人が現われ、バリンの首か、さもなければこの剣を持ってきた乙女の首を差し出すようにと、求めたのだった。彼女の言うことを聞いたバリンは、宮廷の一同の目の前で、この女の首を切り落としてしまった。それから、女がどのようにして自分の母を、魔女だとして焼き殺してしまったかを語ったのだった。アーサーはこの話を聞いて大変立腹し、バリンを自分の目の前から追放し、後には宮廷そのものからも追い払ってしまったのである。　　　　　　（〜）

17 バリンの身には、それ以上の難儀が降りかかることになった。ランセオルという短気な若い騎士が、アーサーを喜ばせ、追放されたバリンをこらしめてやろうと、彼の後を追った。しかしながら両者が出くわしたとき、倒れたのはランセオルの方だったのだ。彼の恋人コラムは、彼が死んだのを見ると、そのかたわらに倒れ、息を引き取った。後になって、バリンの兄弟バランが、その場所で彼

3月

らを見つけ、悲しい気持ちで、ひとつの墓の中にふたりを葬るのを助けた。それからふたりの兄弟は、道が別れるところまでともに旅をつづけ、やがてバリンが一方の道を、そしてバランは別の道を進んでいったのである。

18 バリンは次に、ハーレウスと彼の婦人に出会い、一日、馬で一緒に進んでいった。出発するとすぐ、ハーレウスは突然襲われ、目に見えない敵に殺されてしまった。バリンと婦人は、この見えない騎手の後を追ったが、無駄であった。そうしているうちに、彼らはペレス王の城へとやってきた。

その晩の夕食のとき、ほんの些細な理由で他の者を打ち倒してしまった男がいることに気づき、名を尋ねると、王の兄弟のガーロンで、姿を見えなくして馬に乗るという能力を持っているため、皆に恐れられていることが分かった。この男こそが自分たちが追っていた者であると知り、バリンは彼に向かって突進し、警告も与えずに切り捨てた。それから最初の刃を交え、自分の剣が折れたとき、この城を逃れ出ていった。

命からがら逃げてゆくと、自分が豊かに整えられた礼拝堂にいて、素晴らしい杯が祭壇に置かれ、立派な槍が壁にかかっているのを目にした。ペレス王が入ってくると、バリンは、追いつめられて槍を握りしめ、王の両腿めがけて投げた。王が倒れると、城の壁が震え、揺らめき、ついにこなごなに崩れて、ハーレウスの婦人を含む多くの人々が亡くなり、バリンも埋まってしまったのである。

March

19 朝になるとマーリンがやってきて、バリンを瓦礫の中から引っ張り出してやった。「これは、良くない行ないだ」と彼は言った。「あの槍は、主なるキリストがルード†（十字架）につけられたとき、軍団の兵士ロンギナスが、わき腹を刺した槍なのだ。お前がしたことのために、ペレス王は、聖杯の神秘が成し遂げられるその日まで、傷のために悩まされることになるだろう。そしてそれは「痛ましい一撃」と呼ばれるであろう。というのも、ここらあたりのすべての土地がこれから先不毛となり、主の杯がその地に注がれる日まで、つづくことになるからだ。」

†ルード：キリストが処刑された十字架のこと。

20 バリンは自分の旅をつづけ、いたるところで、荒れ果てた野原、渇ききった川を目撃し、彼に会った人々は皆、彼を呪うのだった。ついに、バリンは自分がひとつの城にたどり着いたことを知った。そこの習慣というのは、やってきたどんな騎士でも、まずは近くの島を守る番人と戦いを交えねばならないということだった。

バリンは楯も兜も失っていたので、出発する前に、これらのものが用意された。馬に乗ると、モート†が堀をめぐって吹き鳴らされるのを聞き、言った。「悲しいかな、あの角笛は私のために吹かれているのだな。」しかし彼は進んで行き、島で番人に出会い、戦った。一日中戦いはつづき、ついに両者は傷ついて倒れ、いまにも死にそうになっていた。それからバリンは兜を脱ぎ、もうひとりの騎士がそうするのを助けてやった。そしてその騎士が自分の兄弟バランであることを知った。バランは前の番人を破り、その男の武器を身に着け

3月

ていたのだった。
　後にマーリンがやってきて、ふたりを同じ墓に葬り、大きな石碑を建ててやった。バリンが婦人から受け取った魔法の短剣はマーリンがあずかり、ガラハッドがやってくるまで取っておかれることになる。それが次に現われたのは、キャメロットの外で漂う、大理石の塊の中でのことであった。

　　　　†モート：獲物を仕留めたことを報じる角笛の音のこと。

21 ウーゼルが、コンウォールのゴルロイスの妻イグレインを見染めたのは、戴冠式のときだった。それ以来、他の女性のことを考えることができなくなってしまったのである。ゴルロイスは、ウーゼルの懸想を知って、妻とともにティンタジェルの自分の城へと身を引いた。この城は海に面しており、唯一、裏門から近づくことができるだけだった。ウーゼルの悩みは大変大きく、とうとうマーリンが手助けすることを承知した。この世のものではない力を使って、ウーゼルにゴルロイスそっくりの外観を与えてやったため、王が登ってゆくと、警備の者たちは自分たちの主人と思い込み、門を開けてしまった。こんなふうにして、ウーゼルはイグレインとその晩一緒に床につき、彼女もまた、あまりにもよくウーゼルが夫ゴルロイスと似ていたがために、それと気づかなかったのだ。その晩、アーサー・ペンドラゴンが懐胎されたのである。　　　　（～12月20日）

March

22 アーサーの時代、ウェールズの王はカラドックといった。彼にはふたりの子どもがあり、メリアドックとオルウェンといい、王の兄弟グリフィスによって父が殺されたときには、ふたりともまだ子どもだった。この邪悪な男は自分が王だと宣言し、ふたりの部下たちに命じて子どもたちを森へ連れてゆき、殺してしまうようにと言った。しかしながら、いざそうしようとすると、彼らはその任務をつづけることができず、代わりに子どもたちを王の狩人イヴォールの手に委ねることにした。彼はふたりを見事に育て上げ、父親のことや彼らのほんとうの血筋を忘れないようにさせたのだった。

23 ある日のこと、ゴールのウリエンスが訪ねてきた。彼はオルウェンを見ると、一目で恋に落ちてしまった。翌日彼は出発し、娘もまた同行した。間もなくイヴォールは、メリアドックをアーサー王のところへ連れてゆき、王の面前でこの少年に訴えさせた。カイが少年を従士とした。一方、アーサーはグリフィスを呼び出し、拒むのなら戦いも辞さないと言った。この計画にはウリエンスも加わった。というのもまだ美しいオルウェンを愛していて、彼女のほんとうの身分を知っていたからである。グリフィスはすぐに捕らえられ、即座に処刑された。代わってメリアドックが王を名乗った。しかし若い王は武者修行†に出ることを望んでいたため、自分の姉の名のもとにそこを治めてくれるようにと、ウリエンスに自分の王国の統治を委ねたのである。

† 武者修行：冒険を求めて騎士たちが行なった諸国漫遊の旅のこと。

3月

24 メリアドックは傭兵として戦いながら、アーサーの治める土地を越えて、自分の名を広めようと、世界中を放浪した。しかしゴールの王という強力な競争相手に、ゴール人の姫君を奪われてしまった後、戻ってきたのだった。それからこの姫君が、夫となるべきこの男に、メリアドックの子を懐胎していることを知られて、妻となるのを拒否されてしまったという噂を耳にした。彼はゴールへ取って返し、愛する人と結婚し、昔の競争相手の統治する地で、力ある地位を獲得したのである。それ以来、彼はこの地を治め、それから先何年にもわたって、アーサーと強い連携を結ぶことになった。当時ウリエンスはモルガンの魅力に囚われてしまっていて、オルウェンをうとんじるようになっていた。オルウェンはひとりで自分の土地を治めるようになり、やがて自分の父と同じカラドックという名の男と結婚し、満ち足りた一生を送ることになる。

25 残った三人の聖杯の騎士たちは、やっとのことで聖なる都サルラスへ到着し、ここで馬から降りて、聖杯を定められた故郷へと運んでいった。アリマタヤのヨセフの息子ヨセフスは、ガラハッドをまるで実の兄弟のように歓迎した。というのも、彼もまた初期のころの聖杯探求の仲間だったからだ。彼らは長いこと、自分たちの神秘的な冒険について語り合った。

　ソロモンの船の上では、ガラハッドはこの世の男のようには見えなかったが、今の彼はまるで、水晶を通り抜けてくる光にでも照らされているように輝いて見えたのだった。ボールスとペルシヴァルは、この仲間をとても恐れていた。しかしガラハッドは、ふたりの恐れを静めてやった。「友よ、私

March

　たちの冒険もこれで終わるでしょう。私たちは一緒にたくさんのことを成し、あらゆるアーサーの騎士たちのうちでも、私たちだけが聖杯の探求という価値のあることを成し遂げられたのです。あなたたちがお帰りになったら、人々は感心し、しばらくは自分たちの生活を改めることでしょう。けれどもすぐにその生活も元に戻り、聖杯のことも忘れられてしまうでしょう。ですから、私の友人でもあり兄弟でもある皆さん、おふたりはよく憶えていて、人々が忘れそうになったときには、この探求の話をしてください。」
　するとペルシヴァルは彼を抱擁し、「私にはあなたが一緒に故郷にお戻りにならないことは分かっています。私たちがいずれふたたび会うことを、神がお許しくださいますように。」「ごもっともです」とガラハッドが言った。そして、愕き恐れて立ちつくすボールスの方に向かうと、やさしく言った。「もうしばらくですね、ボールス卿、私の父ランスロットに会ったなら、私に代わって挨拶してください。」
　それから三人の友人たちは、最後に生身の男同士として抱き合った。というのも、ボールスとペルシヴァルは彼らの目の前で、ガラハッドが自分たちのところから死の世界へとすり抜けてゆくのを感じたからだった。彼らの悲しみは、この優しく神聖な場所にあっても、戦いで友人を失ってしまったことよりも、軽いものとはならなかったのだ。彼らはガラハッドをそこに葬ると、ペルシヴァルの妹ディンドレインとともにふたたび船に乗り、アーサーの国へと向かったのである。

76

3月

26 「聖なる都の海辺を見てしまったからには、人々の住む宮廷で休息することはできないだろう」とペルシヴァルは言った。その後、彼は森に住む隠者となり、霊的探求をする旅人たちの案内人となったのである。ボールスは彼とともにしばらく留まった後、キャメロットへ戻り、アーサー王のところへ帰り着くまでのすべての話をくわしく物語った。宮廷の皆は、喜びと悲しみの混じった気持ちで、大いに心を動かされた。喜びというのはこのような不思議が達成されたことから、悲しみというのは命を失った多くの騎士たちを悼むことからくるものだった。ボールスは、ランスロット卿に息子ガラハッドからの挨拶を伝えた。しかし偉大な騎士の目に浮かんだ涙を見たときには、思わず顔をそむけてしまったのである。

27 アーサーはある日のこと、宣言した。「私は『危険の森』で狩をするためにアイルランドへゆこうと思う。これが7年ごとの私の任務なのだ。誰か一緒についてきてくれるか？」騎士たちは我も我もとこの通告に群がったが、アーサーは、その中でたった28人の騎士たちを選んだのである。

28 彼らが「危険の森」で火のまわりに座っていると、「ランタンの騎士」と呼ばれる立派な戦士が現われ、アーサーと円卓に連なる騎士たちの力量をあざ笑い、騎士たちに次々と戦いを挑んできた。彼はすべての騎士を打ち負かし、縛り上げて、ついにはアーサーと若い従者のグァルハヴェドだけが残るのみとなった。「また来ようぞ、

アーサー王よ」と「ランタンの騎士」は言って、ふたりを魔法の霧の中に閉じ込めて立ち去ってしまった。「何という恥辱！」とアーサーが言った。「私たちの敵にこの苦境が知られれば、円卓の名誉もなくなってしまうだろう。今や私には騎士たちも残されていないのだ。」「いいえ、そうではありません」とグァルハヴェドは言い、自分を騎士にしてくれるようにとアーサーに頼み、少年ではあるけれど、自分が助けを探してこようと言った。アーサーは「もしもアダムの一族の中にわれらを助けてくれる男がいたら、その男を見つけ出しここへ連れてくるがよい」と言った。そしてグァルハヴェドを騎士に任じ、神の加護を願ったのだった。

29 グァルハヴェドは森の中をとぼとぼと進み、耳のない巨大な犬が瞳に月の光を浩々と浴びて立っている空き地までやってきた。「いったいどんな知らせがあるというのだね？」人間の声で犬が聞いた。グァルハヴェドは、驚きのあまり思わず逃げようとしたが、自分は今やアーサーの騎士であることを思い出した。犬は、彼がまだ若い少年であることを知ると、親切に語りかけてきた。「その知らせを話してごらん。そうすれば助けよう。」そこでグァルハヴェドは何が起こったのかを語った。「それは大変なことだ。そのランタンの騎士と戦えるのは私をおいてはあるまいな。奴を倒すか、このままの姿に留まるかは私の宿命というものなのだ。」そこでグァルハヴェドは、犬の背中に乗って、アーサーと彼の家来が魔法の拘束に縛られて横たわっているところまで、やっとのこと帰ってきた。アーサーは「さあ私たちに、いったいあなたがどうしてこんな姿になったのか、またどんな助けをもたらしてくださるのか、話してもらいた

3月

い」と、耳を切られた犬に言った。犬は両前足を組むと、自分がどのようにしてインドの王の息子アラストランとして生まれたのか話した。彼の継母がランタンの騎士を生み、彼にその土地を継がせたいと望んだ結果、彼女はアラストランを犬の姿に変えてしまったのだった。彼とランタンの騎士との間には常に争いが起こり、騎士が犬を殺そうとしたのだ。彼は犬に魔法をかけ、ぐっすり眠らせることに成功し、その間に、騎士の恋人で女戦士のドルイド、アブラッハが、恥辱の印として犬の耳を切ってしまったのだ。「今や私は熱き怒りに燃えて、元の姿を取り戻そうとしているのです。そんな理由から、あなたを助けるのですよ。」

30 アーサーとグァルハヴェドは「ランタンの騎士」が帰ってくるのを待って、この大きな犬の手綱をとき放ち、グァルハヴェドがアラストランを騎士に立ち向かわせた。犬の前足の激しい一撃が騎士の胸をかき開き、騎士は命乞いをした。「私をふたたび元来の姿に戻し、忠実な家来になることを誓いさえすれば、命は助けてやろう。」「ランタンの騎士」が呪文を解く言葉をとなえると、アラストランはふたたび人間の姿に戻った。それと同時に魔法の霧と呪縛も消えうせ、アーサーの騎士たちは、自分たちの主人と新しい騎士グァルハヴェドを見つけ出した。彼らはアラストランと一緒に船を仕立て、ブリテン目指して帰路に着いたのである。

March

31 アーサーは、ケルノウ†の海岸に沿う近隣の土地を震撼させている、恐ろしい巨人の話を耳にした。彼はベディヴェール卿とカイ卿だけを伴なって、すぐさまその地に向かった。夜、聖ミカエルの丘の近くへ到着し、そこでひとりの女が涙を流し、叫んでいるのを見た。彼女はつい先頃、その巨人がブルターニュの公爵夫人を捕まえ、無理に床をともにした後、彼女を切り殺してしまったのだと告げた。今もなおこの恐ろしい生き物は近くに野営していた。他の者にそこに留まるように命じ、この女をなだめてから、アーサーは巨人の天幕のある丘の頂上にのぼっていった。すぐに、太ってがっしりとした男が火のそばに座り、その側で生まれたばかりの５人の子どもたちの体につばを吐きかけながら、泣いているふたりの娘の姿を目にした。怒りと恐れにかられてアーサーは飛び出してゆき、警告を与えることなく、この巨人に襲いかかった。たけり声を上げ、巨人は棍棒を引っつかむと、王に打ちかかってきた。王ははげしく向かってゆき、巨人の腹に恐ろしい傷を与えた。巨人は苦痛のためうなり声を上げると、棍棒を投げ捨ててアーサーを捕まえ、その肋骨を締め上げはじめた。もし草の上で、巨人の足がすべらなかったなら、アーサーは確かにやっつけられてしまったことだろう。ふたりは、上となり下となって回転しつつ、丘の下に転がり落ちていった。転がりながら、アーサーは自分の短剣を引き抜いて、何度も巨人の腹へ突き刺した。丘のふもとに着いたときには、巨人は死んでいた。しかし王を巨人から引き離すためには、ベディヴェール卿もカイ卿も大いに苦労したのだった。

†ケルノウ：コンウォールのこと。

家来たちが見守る中で、コンウォールの巨人と戦うアーサー。物語には出てこないが、ここにはアーサーに倒される自分の連れ合いをひややかに見つめる魔女が描かれている

4月

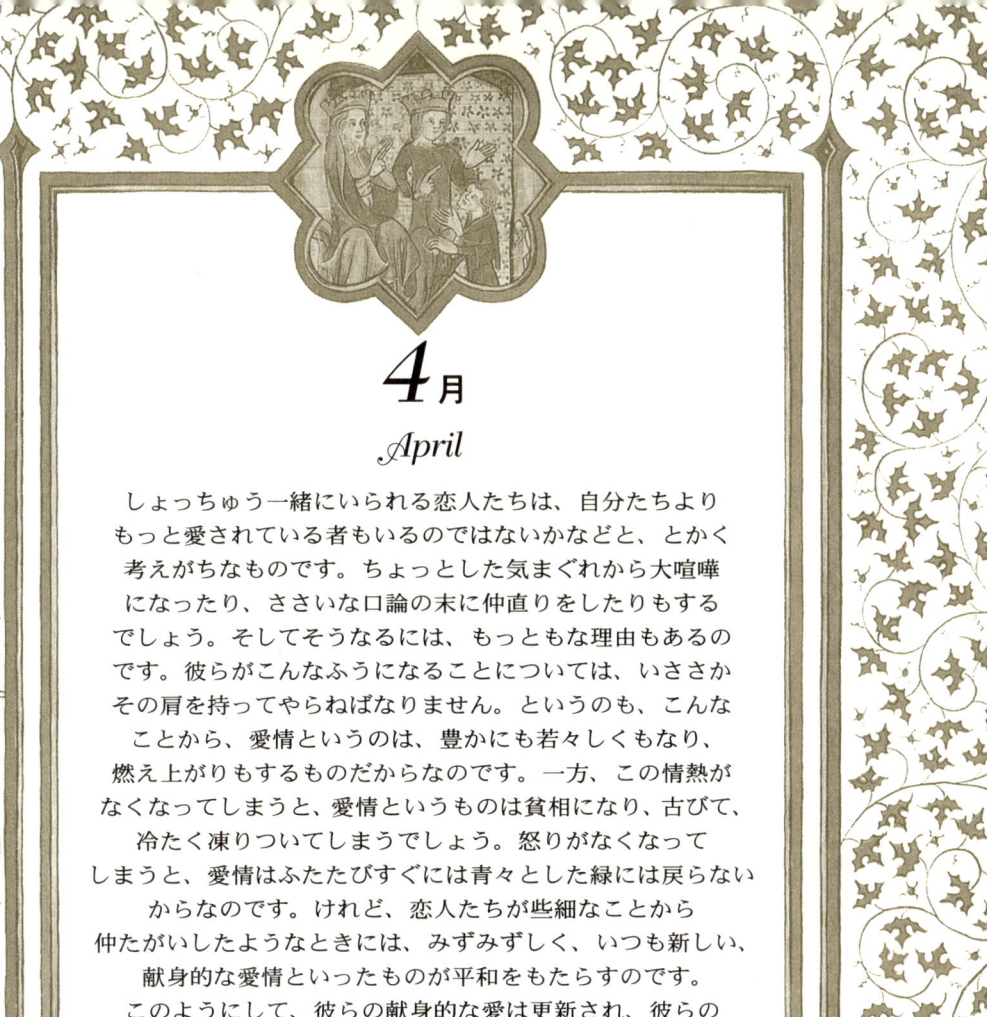

April

しょっちゅう一緒にいられる恋人たちは、自分たちよりもっと愛されている者もいるのではないかなどと、とかく考えがちなものです。ちょっとした気まぐれから大喧嘩になったり、ささいな口論の末に仲直りをしたりもするでしょう。そしてそうなるには、もっともな理由もあるのです。彼らがこんなふうになることについては、いささかその肩を持ってやらねばなりません。というのも、こんなことから、愛情というのは、豊かにも若々しくもなり、燃え上がりもするものだからなのです。一方、この情熱がなくなってしまうと、愛情というものは貧相になり、古びて、冷たく凍りついてしまうでしょう。怒りがなくなってしまうと、愛情はふたたびすぐには青々とした緑には戻らないからなのです。けれど、恋人たちが些細なことから仲たがいしたようなときには、みずみずしく、いつも新しい、献身的な愛情といったものが平和をもたらすのです。このようにして、彼らの献身的な愛は更新され、彼らの恋情を、まるで金のように磨き上げることになるのです。

ゴットフリート・フォン・シュトラスブルク:『トリスタン』

April

1 ある日のこと、円卓の騎士たちが食卓に着こうとしていたとき、若くて立派な騎士の従者が広間に入ってきて、アーサー王に請願をした。それは、これから行なわれる最初の冒険を、自分にやらせてくれというものだった。アーサーがこの要求を受け思案していると、黒の頬当てを着けた騎士が全速力で広間に入ってきた。武具を身にまとわずに食卓に着いていたひとりの騎士の胸を槍の先で貫き、あざけりの大笑いを残して、「誰ひとりここに残るものがなくなるまで毎月やってきて、このようにしてつかわそう」と叫ぶと、去っていった。すぐに12人の騎士たちが男を追おうと席を立ったが、この若い従者は、請願を再度くり返した。「いったいあなたは、どなたなのだ？」アーサーが言った。「殿」と若者は真剣に答えた。「私は、あなたさまの真実の騎士ドヴォンの息子で、名前はグリフレットと申す者です。」アーサーは、勇敢で、心栄えのよい老騎士を思い出し、グリフレットの要求を認め、この高貴な若者は自分の探求の旅へと出かけていったのである。

2 何週間にもわたって旅をつづけ、その途上で多くの冒険を重ねた後、グリフレットは道すがらひとりの女に出会った。彼女の切れぎれになった衣服と泣きはらした赤い目は、それぞれの物語を語っていた。尋ねられるままに、女は恐ろしい話をした。ライ病者の一団が近くの古い城に逃げてきて子どもたちをさらい、その血で湯浴みをすることで、忌まわしい病気の進行を食い止めようとして、近隣の者を恐怖に落としいれているというのだった。すぐにグリフレットは城へと向かい、この邪悪な男たちの巣窟を見つけ出すと、いささかも躊躇することなく彼らを切り殺し

4月

た。例外として、ひとりの男が死んだように横たわり、慈悲を願って地面を這い回っていた。グリフレットは囚われていた人々とまだ殺されていなかった子どもたちを見つけ出そうとしたが、牢屋の扉には強力な魔法がかけられていた。グリフレットがその傷ついたライ病やみの男に尋ねると、城の塔の中にある大理石の首を見つけ出し、それを破壊してしまわなければ扉を開けることはできないということだった。彼は早速そのようにし、頭骸骨を一撃のもとに、こなごなに砕いてしまった。首は大きな悲鳴を上げ、城の半分が崩れ落ち、残りのライ病人たちを埋めてしまった。こうして囚われていた村人と子どもたちが解放されたのである。皆はグリフレットに感謝し、その中のひとりが、あの黒い騎士、ルギモンのタウラトの住みかを教えてくれた。グリフレットはただちにその場所に向かっていった。　　　　　　　（～4月22日）

3 ある日のこと、ランスロットは、深々と影を落とす木々と、小川がさらさらと流れる美しい草原にやってきた。そして暑さと疲労を覚えて、鎧と武具を脇に置き眠りにつこうとして身を横たえた。そうやって眠っていると、4人の女王たちがやってきた。ゴールの女王モルガン・ル・フェイ、オークニーのモルゴース、ノルガレスの女王、そしてイースト・ランドの女王だった。彼女たちが、手のひらに頬を乗せて眠っている立派な騎士の姿を見つけると、モルガン・ル・フェイはすぐに魔法をかけた。ランスロットは目を覚まし、自分が深い牢獄の中にいることに気がついたものの、一体どのようにしてそこへたどり着いたかは憶えていなかった。すぐに美しい娘がやってきて、丁重に挨拶し、食べ物を与えてくれた。けれど自分がどこにいるのかと

April

　ランスロットが尋ねると、娘は警告をこめて頭を振り、ただ機嫌よくしているようにと言うだけだった。　　　　　　（～）

4　翌朝、ランスロットの独房に4人の女王たちが入ってきた。その中のひとりがモルガン・ル・フェイだと知ると、ランスロットは自分の感じた恐れには理由がないわけではないことに気づいた。「ランスロット卿」と彼女が言った。「あなたは私を知っておいでと存じます。ここにいらっしゃる方々もまた、みな女王です。この中のひとりをあなたの意中の人としてお選びください、さもなければお命はございませんよ。」ランスロットは彼女を見返し、こう言った。「ご婦人よ、それでは私は死なねばなりませんな。というのは、あなたもご存知のように、私には女性を愛することは不可能なのです。」翌日またくると予告して、女王たちは腹を立てて去っていった。すぐに、食物を盛ったお盆を持って、あの娘がふたたび入ってきた。食事の用意をすると、娘は再度、どうぞご機嫌よくしていてくださいと頼み、「私があなたさまを自由にする方策をきっと見つけ出します」と優しく言うのだった。それから娘は出てゆき、ランスロットはひとり残された。　　　　　　　　　　（～）

5　翌朝、ふたたび4人の女王が現われて、同じ提案がなされ、同じように断られた。彼女たちがいってしまうと、あの娘が再度入ってきて、唇に指を当てると、ランスロット卿を牢獄から、城の出口へと導いた。そこで彼女は、「私があなたさまをお助けしたのですから、あなたさまも私を助けてくださらねばなりません。私の父、バグ

4月

デマガスの王が、すぐ近くでトーナメント試合を戦っております。この三日の間、父は敵対する円卓の騎士たちに負けてしまっているのです。行って、父に味方し、試合を互角にしてきていただきたいのです」と言った。ランスロットは娘へのお礼として、言われたとおりにした。そして確かに彼が助っ人に立った結果、娘の父親の立場は逆転したのだった。ランスロットが密かに身分を隠してトーナメントに乗り込んでゆくと、彼に立ち向かえる者はいなかったからだ。しかし、モルガン・ル・フェイは彼を容赦することなく、この瞬間から何とかして滅ぼしてやろうと謀をめぐらせていた。

6 ある日のこと、アーサーとガウェインと円卓の他の騎士たちが森の中に馬を進めていくと、苦境におちいった娘の叫び声を耳にし、すぐに救助に向かった。一同は、彼女が小麦畑の端に立ち、巨大な茶色の牡牛が穀物を引きちぎり、踏みつけて、あちらこちらうろつき回っているのを呆然と見つめているのを目にした。アーサーが微笑み、「ここは私にまかせてもらいたい」と言って、自分の誇り高き軍馬から降り立つと、この大きな牡牛のほうへ歩いていった。最初に牛の左のわき腹を、つづいて右のわき腹を打ちつけた。が、それには一匹の羽虫がとまったほどの効きめもなかった。アーサーは、牛の横腹に短剣の先を突きたてたが、それもはじかれてしまった。歯ぎしりしてアーサーは短剣を鞘におさめ、牡牛の正面に回り、角をつかんだ。すぐに牡牛は頭を上げ、そのためアーサーは牛の首にぶら下がるかっこうになった。牡牛は鼻を鳴らすと、全速力で走り出した。恐ろしいことに、アーサーは自分の両手を離すことができなくなってしまっていた。というのも、両手がすっかり牡

牛の角の間に挟まってしまったからだった。

7 その牡牛はまっすぐに高い岩のところへ走ってゆき、ただならぬ敏捷さで登りつめた。そこで立ち止まり、頭を岩の端から突き出したので、アーサーはなすすべもなく、ぶら下がっているしかなかった。ガウェインと他の騎士たちが心配そうに集まってきた。カイは王を見上げ、皆でマントを脱いで地面に広げ、アーサーが落ちてくるのに備えようと提案した。それを見ると、牡牛はゆっくりと首を左右に振り始めた。下にいた者たちは、そのたびにいっそう気が気ではなくなった。すると牡牛は突然後ろに下がり、後足で立ち上がると、深紅のマントをまとい、立派な身なりをした背の高い男になった。「恐れるには及びません、ご主人さま」と彼は笑った。「私はマボナグラインと申す者です。あなたに害は加えませんよ。これはちょっとした戯れと申すもの。」「まったく意地の悪い冗談ですね」とアーサーが言った。「それでも、私は許してあげましょう。私の宮廷の仲間になってくれますか？」「よろこんでそういたします」とマボナグラインが言った。騎士たちはマントを集めた後、笑ったり冗談を言い合ったりしながら、一緒にキャメロットへ戻っていった。

8 あるときランスロットは、不思議な異界の魔法のかかった地、「失われた森」の危険に勇敢に立ち向かうことになった。そして勝ち取ったのが魔法のチェス盤で、駒たちがひとりでに動き回るという代物だった。彼はこれをグウィネヴィアへ送り、彼女はアーサーと何回かの

4月

試合を試みた。しかし彼女がどんなにがんばってみても、負けてしまうのだった。

9 アーサーの宮廷の名声が高まってゆくと、教育を施してもらうために息子たちを送り込むことが、貴族の間での慣習になっていった。魅惑的で単純明快な若者、会った者が誰でも心を惹かれるようなグリグロイスの場合も同様だった。例外といえばベオテという婦人で、若者が深く慕っていたにもかかわらず、彼女はグリグロイスが従者を務めていたガウェインの方を好み、若者の不器用な求婚をはねつけていた。

10 ある朝、グリグロイスが庭で主人の鷹に餌をやっていると、ベオテもまたそこに出てきた。シュミーズの紐を結ぼうと苦心していて、若者に向かって尊大な調子で、助けてくれるようにと言った。指先を震わせながらグリグロイスが手伝い、ついに彼女と目が合うと、ベオテが微笑んでいるのに気がついた。「何と震えておいでになること！」と彼女が言った。「ご婦人よ、私は…それは、こうしてあなたさまの前にいるためなのです」と、彼は顔を赤らめながら、自分の恋の告白をしどろもどろに伝えたのだった。すぐにベオテの微笑みはしかめ面に変わり、若者から顔をそらすと、おとなしく自分から離れて、そんな戯言は止めるようにと激しく言った。グリグロイスはすっかり傷つき、退いていった。それ以後、彼が見るも哀れに落ち込んでいるのにガウェインが気づき、その理由を聞き出した。グリグロイスが告白すると、騎士たちは皆、彼に代わってベオテに話

April

をつけてやろうと申し出た。しかしその時がくると、グリグロイスのためよりは、むしろ自分自身が求婚したいと思うようになったガウェインが、来るべき馬上試合には彼女の愛の印を身にまとって出場すると約束したのである。　（〜）

11 馬上試合の日、婦人たちは皆、騎士に伴われて入場してきた。しかしベオテは誰も伴なっておらず、グリグロイスのおずおずとした申し出を断り、自分のために誰かを見つけてくるようにと横柄に命じたのだった。嫉妬の痛みがないことはなかったが、彼は命じられたようにした。それから一同は出かけてゆき、彼も一緒についていった。彼ははるばる馬上試合の行なわれる野原まで、炎天下を歩いていった。それは数マイルも離れたところにあった。ベオテの警護をつとめる男は、一度ならず、従者と一緒に自分の馬に乗るようにと申し出た。しかしそのつど、彼女は断固として断った。しかしながら、試合場で運命は一変したのである。その前に行なわれた予備試合で、ガウェインは筋肉をひねってしまい、こともあろうに、グリグロイスがベオテの愛情の印を付けた鎧をまとって、ガウェインの代わりにリスツ†（闘技場）に出ることを余儀なくされたからだ。　（〜）

　　　†リスツ：槍試合のための闘技場のこと。

12 グリグロイスは、手足のすべてを震わせながら鎧を身に着け、トーナメント試合に参加するために出ていった。とてもみごとに戦ったので、群集の多くの者たちは、彼がガウェインにちがいないと思った。その日の

4月

　最後に、この若者が馬上試合の勝利者であると宣言され、賞品を受け取るために前に進んだ。面頬を上げたとき、すべての人々は、それがガウェインではないことが分かった。王の甥が自ら足を引きずって現われ、ことのしだいを説明した。ベオテは晴ればれと微笑み、最初にグリグロイスと言葉を交わした。彼女は、自分ははじめから彼を尊敬していたのだけれど、彼の求愛に答える前に、彼を試してみたいと思ったのだと告白した。そして今、自分のほんとうの気持を打ち明け、ふたりは一ヶ月のうちに、幸せに結婚したのである。

13　ヘルゼロイドは、エヴラウク公の未亡人であった。彼女は6人の息子たちを産んだにもかかわらず、息子たちはすべて、戦争や小競り合いやトーナメント試合で命を落してしまった。ヘルゼロイドは、このような戦いの行為を心から嫌悪していたので、ほんの少数の家来たちと森の中に隠れ住み、父親の死後に生まれた子どもであるペルシヴァルを育てていた。
　この少年は、武器や騎士道といったものとはまったく無関係に育てられた。しかし彼は、生来あふれるような元気をそなえており、木々で投げ矢（ダート）を作り、それを使って狩をしていた。あるとき、母の山羊の世話をするうちに、2頭の雌鹿を捕らえ、自分の無知のため、これらは角をなくした山羊と思い込んだ。皆は彼の愚かさばかりでなく、その敏捷さと力に吃驚したのだった。　　　　　　　　（〜）

April

14 また別のときには、ある日、彼が鳥を撃っていると、森の中で大きな物音がするのを耳にした。物音のする方へ急ぐと、ペルシヴァルは、たとえようもない栄光に満ちた3人の者が馬で近づいてくるのを見た。日の光が彼らの光り輝く装いを照らし、森中に彼らの立派な馬具の音が鳴り響いていた。ペルシヴァルは、彼らこそ母がいつも語って聞かせてくれていた天使たちにちがいないと考え、彼らの前にうやうやしくぬかずいた。オウァイン、ガウェインそしてグィスティルのゲネイルは、つぎはぎだらけの着物を着たこの大柄な若者の前で、黙って立ち止まった。「よき天使の方々、どうぞ私を一緒にお連れください！」とペルシヴァルが頼んだ。ゲネイルは、仲間に向かって意味ありげに自分の頭をたたいてみせた。しかしガウェインは鞍から身を乗り出して若者を起こしてやり、親切に言った。「私たちは天使ではない、若者よ。騎士なのだよ。」ペルシヴァルの顔は不思議そうになった。「騎士というのは、いったいどんなものなのですか？」ガウェインとオウァインとゲネイルは騎士道と武具の役目を話してやり、アーサー王によって設けられた偉大な円卓のことを話した。彼らの話にすっかり夢中になったペルシヴァルは、騎士になるための許しを乞いに、脱兎のごとく家に向かったのである。　　　　　(～)

15 自分の息子が、森の隠遁地から出てゆこうとしているのを知って、ヘルゼロイドは心を痛めた。それから彼女の世事にうといやり方で、役に立つであろうと思われる助言をペルシヴァルに与えたのだった。「教会を見たら、ひざまずいて主の祈りを捧げるのですよ。肉と飲み物を見たら、誰もあなたに食物を与えてくれないときには、

4月

必要としているだけお取りなさい。叫び声を耳にしたら、急いでそこへおゆきなさい。特にそれが困っている女性のものであれば、すぐにそうするのです。美しい宝石を見たらそれを取り、他の者に捧げることによって栄誉を受けるのです。綺麗な女性に会ったら、彼女に求愛しなさい。そうすれば、皆から評価されるようになるでしょう。」ペルシヴァルは、母親への口づけもそこそこに、所有していた唯一のみすぼらしい駄馬にまたがり、騎士道以外のことは何も考えずに出発していったのである。 (～2月4日)

16 ダイオナスはブルターニュ侯の良き従者だった。彼は女神ダイアナを信奉し、満月のときには彼女に祈りを捧げていた。すると、ダイアナが彼の前に姿を現わし、彼には世界中で最も力ある魔術師の心を勝ち得ることになる娘が授かるだろうと予言した。そしてそのときがくると、ダイオナスは確かに、「湖水の貴婦人」の娘のひとりによって娘を授かり、娘はニムエ†と呼ばれるようになったのである。 (～8月1日)

†ニムエ：ときには、ヴィヴィアンと呼ばれる娘。

17 皆が円卓に座っているときには、何か大きな不思議な出来事が起こるまで食事に手をつけないというのが、アーサーの習慣であった。この日、宮廷には白い雄の鹿と白いブラシェット†が現われた。猟犬が鹿の尻にかみつき、ひとりの騎士の膝に飛び乗った。騎士は猟犬とともに出ていった。すぐに、白い乗用馬に乗ってひとりの婦人

April

白い鹿の探求は、円卓の最後の冒険である。鹿を追うふたりの騎士が描かれている。他の騎士が連れてきた犬の姿も見られる

が入ってきた。婦人はアーサー王に向けて呼びかけた。「殿、正義を賜わらせてください。あの猟犬はわたしのものなのです！」彼女がそう主張していると、奇妙な騎士が入ってきて、泣きながら抵抗している女を連れ去ってしまった。アーサーが食事を始めようとすると、マーリンが、事件はまだ終わっていないとたしなめた。「ガウェインに、あの白い鹿を連れ戻してこさせましょう。トールにはあの猟犬と騎士を連れ帰らせるのです。そしてペリノール王にはあの婦人と騎士とを連れ戻すようにさせるのです。」

† ブラシェット：猟犬。

4月

18 ガウェインはあの白い鹿を捜して馬を進め、近くの城へと追いつめた。すると、騎士アブラマール卿が、自分の敬愛する婦人から贈られた白い鹿を殺してしまったことを嘆きながら、血塗られた短剣を持って現われるのを目にした。ガウェインはまた、アブラマールが猟犬を殺すのを目撃し、たいへん腹を立て、泣きながらひざまずいたこの騎士の首を打ち落とした。ちょうどそのとき、ひとりの婦人が部屋から出てきてアブラマールの上に自分の身を投げ出し、その上にガウェインの斧の一撃が振り下ろされたのだった。騎士の仲間たちは皆、ガウェインを殺そうとした。しかし4人の婦人たちが彼の命乞いをし、白い鹿の首を持って宮廷に戻らせるようにと言った。彼女たちはまた、首のところには婦人の首をかけ、彼女の体を轡からぶら下げてゆくようにとも言ったのである。アーサーは立腹し、ガウェインの処遇を宮廷の婦人たちの慈悲に任せることに決めた。彼女たちはこれから先彼が自分たちの戦士の役目をつとめ、どんなことがあっても、決してふたたび女性を傷つけることのないようにと命じたのだった。　　　　　(∽)

19 トールは、猟犬とそれを連れ去った騎士を捜しに出かけた。彼はその犬を、ひとりの婦人が眠る天幕の中で見つけ出した。緊急の探求が課せられていたため、彼はこの猟犬を捕まえて、ただちに婦人の騎士アベレウスの襲撃を受けとめた。騎士を打ち倒し屈服させようとしたが、アベレウスは拒絶した。ちょうどそのときひとりの娘が立ち上がり、アーサーの名にかけて、彼女の兄を殺したアベレウスの首を賜わりたいと頼んだ。アベレウスが屈服することを拒絶したので、トールは彼の首を打ち落とし、王の承認

April

を得るために、宮廷へと戻っていった。（～5月15日）

20

12人の王の反乱で、平和の日々が脅かされてしまった後、身分の高いアーサーの貴族たちは、アーサーが妻を迎えるべきだと迫った。アーサーはマーリンを呼び寄せ、カメリアルドのレオデグロンス王の城へ向かうようにと言った。「というのも、私は彼の娘グウィネヴィアを愛しているからなのです。この王国を維持するにあたって、助けとなる妻を娶らねばなりませぬ。そのためには、彼女のほか、誰のことも考えられないのです。」マーリンは当惑した。というのも、ときの霧の中の遠くまで見通すことのできる力をそなえていたため、ランスロットとアーサーの花嫁の間に芽ばえる密かな愛を予見していたからだった。そのため彼は、アーサーに別の婦人を選ぶようにと要求した。しかし、若くて力にあふれていた王は他の誰をも選ぼうとはせず、マーリンを送って、この取り決めをレオデグロンスと結ぼうとした。グウィネヴィアの父は、自分の娘がこのような身分の高い人と結婚することをたいへん喜んだ。しかしグウィネヴィア本人は、すべてを見通している賢人アーサーの相談役マリーンに、長いこと憂いを含んだ目つきで見つめられ、日中は心を騒がせ、また夜は混乱した夢を見ながら過ごすことになったのである。　　　　　　　　　　　　（～）

21

ついに、すべての用意がととのった。自分が心に決めた妻へ礼を尽くすために、アーサーは騎士たちのうちでも最高の者を送ることにした。こうしてランスロット・ド・ラックが彼女をキャメロットへ護衛して、結

4月

婚の宴に連れてくることになった。ランスロットは自分の友人でもあり、戦友でもあるアーサーに代わって、彼女に愛のしるしと愛の伝言を伝えることになったのである。

　五月祭の女王の如く美しく装って、グウィネヴィアは護衛の者を迎え、宮廷からの伝言を聞いた。けれど、ランスロットの口から伝えられたアーサーの伝言が、新たな意味を帯びることになってしまったのだ。王の友人と王の花嫁は、お互いに愛を込めて見つめ合った。「ご婦人よ、私は今日この日から後、あなたの擁護者となることを誓います」と、いまや自分のすべての気持ちを込めてランスロットは言った。そして愛の秘蹟のもとに、夫と妻との間で交わされるはずの約束ごとが、彼らの心の中で、お互いに交換されたのである。ふたりともそれぞれに、求められているすべての義務、すなわちグウィネヴィアはアーサーの忠実な妻として、そしてランスロットは忠義の騎士としての義務を受け入れてはいたものの、愛そのものの力が、この義務を屈服させてしまう日がやってくるのである。　　　　　　　　（～5月19日）

22 一年以上もの間、グリフレットはタウラトを探した。偶然にも、彼がすっかり疲れ切ってしまったとき、高い塀に守られた美しい果樹園が広がっているところへやってきた。そこで休息し、すぐに深い眠りに落ちていった。彼は、この果樹園の所有者ブラニセンド婦人の召使によって起こされ、召使は婦人のところへ自ら挨拶に出向くべきだと迫った。グリフレットはあまりにも疲れていたので、それを断った。最後には、7人の男たちがやってきて彼を捕まえ、大広間に運んでいった。そこで彼は、自分が今までに出会った中でも最も美しい婦人と向き合っていることに

April

気づいた。以前の振る舞いの許しを乞い、グリフレットは喜んで迎えられた。彼はすでにこの婦人に恋をしていたのである。しかし夕暮れを告げる鐘が鳴り響くと、宮廷のすべての人々は、大きな悲しみに泣き始めた。わけを尋ねたグリフレットに12人の男たちが襲いかかり、ほとんど意識を失うほどに打ちのめした。朝になると彼は起き上がり、いとまごいも告げずに立ち去り、自分の旅をつづけたのだった。

別の城へ到着すると、父の友人だった年老いた騎士に会った。彼からタラウトの城が馬で一時間のところにあるのを聞き、自分に宿舎を提供してくれた人々の悲しみのわけも聞き出した。彼らの主人がタラウトの囚人となっていて、この哀れな男は傷が癒えるのを見はからっては、鞭打たれたり打ちすえられたりされていたので、傷口がふたたび開いてしまい、永遠の苦しみを受けていたのだった。

新たにタラウトのよこしまな性格を知り、大いに腹を立て、グリフレットは彼の目指すところへ急いで馬を進め、タラウトに戦いを挑んだ。傲慢にもタラウトは、楯と槍以外の何も持たずに若者と戦おうと宣言した。しかしグリフレットがすぐに槍の一突きで傷を与え、瀕死の重傷を負わせて倒されてしまうと、それを大いに後悔したのだった。

寛大にもグリフレットは、この邪悪な騎士の命を助けてやった。しかし騎士は間もなく、この傷がもとで死んでしまったのである。ブラニセンドの父は自由になり、この場所にかかっていた悪気は拭い去られた。後にグリフレットはブラニセンドと結婚し、アーサーのところに使いをやって、騎士の仇を撃ったことを報告したのである。

4月

23 アーサーは、ウェールズとの国境の近く、ケナドンの城で宮廷を構えていた。慣習に従って、何か不思議を見ることなしには食事には着かないことになっていた。ガウェイン卿は窓の外を眺め、徒歩で進む小人を連れた3人の騎士たちが、馬に乗ってこちらにやってくるのを見た。男たちが馬から降りるのを見ていると、そのうちのひとりは、他の者たちより、9インチも背が高いことが分かった。しかしその男は、彼らの肩に寄りかかるようにして歩いているのだった。「さあ、食事を始めましょう」とガウェインは言った。「これで不思議を見たように思いますから。」

　3人は宮廷に入ってきた。この背の高い男は、若く立派な体格をしていて、容貌もすぐれ、他の男たちの肩にもたれて歩いていた。アーサーの前にくると、若者は軽々と身を起こして言った。「立派な殿、請願があるのですが。」「言ってみなさい」とアーサーが言った。「殿、私に一年の間、食べ物と宿舎をいただかせてください。一年たったら、また他のふたつの贈り物をお願いいたします。」「もっと別のものを要求なされればよいのに」とアーサーが言った。「そんなものは、誰でも差し上げられるような簡単なことですよ。」しかし若者はそれ以上動こうとはしなかった。自分の名前も明かそうとしなかったので、アーサーはすっかり落胆して、彼をカイ卿の手に委ねた。カイは依然として辛辣なものの言い方をして、自分流のやり方で、この要求について言って聞かせることにした。「そうですな」と若者を見ながら、「要求なさった食べ物を得たいとお考えなら、台所で差し上げましょうよ。あなたをそこで一年間、働かせてあげます。というのも、あえて申し上げますが、あなたは身分の卑しい無作法者ですからな」と言った。そこでこの若者はしばらくの間台所の下働きとなったのである。大きく、格別に白い手をしていたの

April

密かにアーサーの宮廷を訪れるオークニーのガレス。彼は一年の間の食事と宿舎を要求する。落胆したアーサーはガレスをカイ卿の手に委ね、カイは彼を台所で働かせる

で、カイは彼に「ボウメインズ」、すなわち「美しい手」という名前を付けてやった。　　　　　　　　（◥ 8月10日）

24 ついにランスロットがリゴメルにやってきた。その城は目に見えない騎士や、毒の爪を持つドラゴンといった恐るべき危険で守られていた。多くの囚人たちが内部に捕らわれているということを知っていたランスロットは、慎重に作戦を練ることにした。入り口は見つけ出したのだが、黄金のりんごを持ったひとりの乙女によって欺かれてしまったのだ。彼女は指輪を与えて、リゴメル城の城主ダイオニース婦人が、愛のしるしとしてこれをあなたに送るのだと言ったのである。しかしそれを身につけるやいなや、ランスロットは卑しい僕となってしまった。人が彼に何かを頼んだら、必ずそれをするはめに陥ってしまったのだ。この

4月

ようにして彼は、まったくの召使の仕事をしながら、台所で働くことになったのである。　　　　　　（〜5月2日）

25 コンウォールのゴルロイス王が亡くなった後、彼の後継者として、マルク王がアイルランド王へ貢物を送ることになった。王は毎年、勇者マルハウスという巨人のような戦士を送ってきて、12人の若者と娘たちを連れ帰り、アイルランドの宮廷で奴隷として働かせていた。マルクの甥トリスタンがブルターニュから戻ってきて、このような貢物を送りつづけるのはコンウォールの諸卿にとっての屈辱だと宣言し、自分がマルハウス自身と対決しようと言い出すまでは、この慣習にあえて反対を唱える者は誰もいなかった。

定められた日に、ふたりの戦士は聖サンプソンの島で落ち合い、一日じゅう戦いつづけ、ついにトリスタンが強力な一撃で相手を片づけた。しかしその直前に、マルハウスの剣を受け、自分も太ももに傷を受けてしまっていた。トリスタンの鋼の刃は、破片をこのアイルランドの戦士の頭がい骨に埋め込んだまま、そこに残されることになった。

トリスタンには知らされていなかったものの、マルハウスの剣には毒が塗られており、英雄となって宮廷に戻ってきてからも、傷は癒されることがなく、すぐに腐り始めた。それから、ひとりの賢女がトリスタンを舵のない船に乗せて海に出してやり、死に向かうのか、それとも彼を癒してやることのできる人の所へたどり着けるのか、ためしてみるようにと助言したのである。　　　　　　　　　　　（〜）

April

26 数日間、傷を負って衰弱したトリスタンは波間を漂い、ついに船はアイルランドの岸に到着した。漁師たちが彼を見つけ、ひどい傷を負っているのを知ると、王の娘イソルトを呼びにやった。彼女はその癒しの力によって島中に知られていたからである。イソルトはすぐにやってきた。しかしこの男が、自分の叔父、父の勇者を殺した者だということには、まったく気づかなかった。

27 快復し始めると、トリスタンは、自分を治療してくれる人が誰であるかがすぐに分かった。彼は自分の名前は「タントリス」だと名のり、吟遊の竪琴弾きであるのだが、海賊に捕まり、海に流されてしまったのだと言った。イソルトが彼を癒し終えたときには、ふたりの間に友情が芽生え、それはすぐに愛へと変わっていった。けれど、まだお互いにそのことには気づいていなかったのである。ある日のこと、たまたまトリスタンが湯浴みをしているとき、イソルトが隣りの部屋においてあった彼の剣を目にし、きれいにしようとしてそれを抜いた。彼女は刃の一部が欠けているのを見て、低い叫び声を上げると、マルハウスの傷から取っておいた鋼の破片が置いてあるところへと走った。それはぴったりと一致した。いまや彼女は、「タントリス」が誰であるかを知った。剣を頭上に掲げ、浴室へと駆け込み、男をそこで殺してしまおうとしたのである。

　しかし見下ろしたとき、憎しみは突然消えうせ、それは愛に取って代わり、そのときその場で、ふたりは自分たちの愛を告白し合ったのだった。トリスタンはそれから６ヶ月間アイルランドに留まり、イソルトの竪琴の教師の役を務めた。しかし、しだいに彼女の母の女王が、彼が自分の弟を亡き者

傷の手当てをしているうち、トリスタンの短剣を見つけ、刃の
かけらから、彼が叔父のマルハウスを殺したことを知るイゾル
ト。入浴中のトリスタンを襲うが、殺すまでにはいたらない

にした男ではないかと疑い始めた。そこでイソルトが彼を逃がしてやったのである。悲しみのうちに、トリスタンがコンウォールへ旅立つとき、ふたりは指輪を交換しあったのだった。　　　　　　　　　　　　　　　　　　（〜9月7日）

28 五旬節の宴会が近づいたので、円卓の仲間たちがキャメロットに集まり始めた。ひとりの婦人がランスロットを訪ねてやってきた。彼が座っているところを教えられると、近づいていって、自分と一緒に近くの大修道院へきてくれるようにと頼んだ。「というのも、そこに騎士に任じて欲しいという若者がきているからです。ランスロット卿、あなたさまおひとりの手で、そうされるのが一番と存じます。」そのような要求には慣れていて、どんな者も拒否しないように最善を尽くしていたランスロット卿は、この婦人とともに出かけていった。大修道院では、12人の修道女と一緒に、ランスロットも思わず立ちすくんでしまうように美しく、力強い若者が入ってきた。「この人が騎士に任じて欲しいといっているお方かな？」と彼が聞いた。すると彼らはそれぞれに、「はい、この方こそその人です」と言った。「その願いは、この人本人のものだろうか？」「そうです。」「それでは一同の願いに答えて、そうしてあげよう。」

そこで、ミサの祝いのとき、ガラハッドという名のこの若者を騎士に任じてやり、4週間後に行なわれる祝宴へと、彼を招いたのだった。　　　　　　　　　　　（〜5月31日）

4月

29 ガウェインはたくさんの女性を愛し、３回結婚したが、最も愛した人を、まことに不可思議に亡くしてしまった。それは、槍試合のために、キャメロットにやってきたジョラムという騎士とともにもたらされたのである。この騎士は、自分が対戦したすべての騎士を打ち破ってきた。（ランスロットはこの試合には参加していなかったので、彼もまた負かされてしまったかどうかは定かではない。）最後に打ち負かされたのがガウェインで、ジョラムは騎士道の約束事により、いまやガウェインは自分の捕虜なのだから、自分について故郷までやってくるようにと要求した。そこは、山脈の背後に隠れた魔法の地であることが判明した。その地でガウェインはジョラムの娘フロリエと会い、すぐに彼女を深く愛するようになった。娘の父はこのことを喜んでいるように見受けられ、ふたりは結婚し、ガウェインはジョラムの王国に一年間滞在した。その間、息子が生まれ、ふたりはこの子にグィガロイスという名前を与えた。しかし、魔法の王国での楽しい生活にもかかわらず、ガウェインは、キャメロットの塀や塔、自分の友人たちの声音を懐かしく思うようになっていった。やがて彼は故郷に向けて出発し、途上で何か災いがおきたときには息子に与えるようにと言い置いて、ひとつの指輪を残していった。　　　　　（～）

30 円卓の騎士たちとともに楽しいときを過ごした後で、ガウェインはアーサーから、自分の新妻のところへ帰る許しをもらった。自信に満ちて、彼は二度目にたどることになる道を出発していった。しかし不思議なことに、彼はその道を見つけることができなかったのだ。彼は一年間捜しつづけ、一途の頑固さで多くの冒険を追求し、

April

　やせ細り衰弱してしまった。しかしその間も、山々を抜けてつづくジョラムの王国に通じる道の、影もしるしも見つけることはできなかったのである。
　その後、ひとりの少年がガウェインを探してキャメロットの扉を叩いた。それは、この世のものとも思えぬほどの速さで、大人へと成長したグィガロイスであった。彼は、自分の父以外には誰にも、祖父の王国への道は教えないと言った。彼は、父の技術と、祖父の持つこの世のものではない力を兼ね備えた若者で、円卓の若い騎士たちの中で最も偉大な騎士のひとりとなるはずだった。ガウェインは馬に乗ってフロリエのところへ向かった。それは、彼が自分の心を捕らえる別の女性と出会うずっと以前のことである。

5月

May

　　五月…あらゆる活気にあふれる心が花を咲かせ、果実を
もたらす。それは薬草や木々が五月に実をつけ、栄えるのと
似ている。そんなわけで、どんな形態をとっているにせよ、
恋人の活気に満ちた心がさまざまな力あふれる行動に跳躍し、
花を咲かせるのだ…というのはこんなとき、あらゆる薬草と
木々が男と女を活性化させ、同様に、恋人たちは昔の優しさと
献身、そして怠慢によって長らく忘れていたさまざまな行為を
心に呼び戻すことになるのだから…今どき、男たちは七夜も
つづけて愛することはできないが、あらゆる欲望を満たさねば
ならない。というのも、愛というものは理性によって辛抱
しているわけにはゆかないのだから…今は、順調にいっている
愛もすぐに熱く燃え、またすぐに冷たくなってしまう。
そこには、安定というものがなくなっている。しかし昔の愛は
そうではなかった。男たちも女たちも一緒になって、
七年間も愛し合うことができ、ふたりの間に偽りの欲望
というものはなく、それゆえ愛、真実、忠誠といったものが
確かに存在していたからだ。そして見よ、
アーサー王の時代には、愛はかくの如きものであったのである。

　　　　　　　　マロリー:『アーサーの死』

May

1 王妃グウィネヴィアが宮廷の10人の騎士と貴婦人とともに、五月祭を祝いに出かけたとき、サマー・カントリーのメルワス卿が近づいてきて、彼女に対する熱い恋の思いを告白した。一緒にゆくのを拒むと、メルワスの兵士たちが武装もしていない騎士や貴婦人たちを襲ったので、王妃は自分が言うままになるか、さもなければ彼らが殺されるのを見ているだけになるという事態におちいってしまった。メルワスは、小姓のひとりが逃れ出てゆくのを許した。王妃誘拐の知らせがランスロットのところに届けば、やってくるだろうということを知っていて、こうしてランスロットを虜にし、殺してしまえるかもしれないと思ったからだった。　　　　　　　　　　　　　　　　（〜5月4日）

2 リゴメル城にランスロットが囚われているという知らせが、キャメロットに届いた。ガウェインは、友人であるこの偉大な騎士が大いに痛めつけられているのを聞くと、彼を救い出すための一行を募ったのだった。円卓の騎士たちは彼らの勇者の苦境にひどく憤慨し、500人をくだらない者たちが助けにゆく用意があると名乗り出た。アーサーはガウェインに、58人の者を連れてゆくように命じ、救出に出かけていった。　　　　　　　　　　（〜）

3 ランスロットを捜して、ガウェインと彼の家来たちは、別々に分かれて進むことになった。一方の騎士たちはリゴメルに向かい、そこで恐ろしい魔法に襲われた。ガウェイン自身もガウディオネスに捕まってしまったが、彼の計画に力を貸してくれたフェイ（妖精）・ロウリ

5月

一の助けによって逃げのびることができた。こうしてガウェインは、高名な騎士だけがリゴメルの魔法を乗り越えることができるのだということを知った。というのは、そこにいる貴婦人ダイオニースは、際立った技術と物惜しみしない寛大さをもった騎士がやってくるまでは、結婚できないからだった。そのような騎士がやってきて初めて、彼女の牢獄にいる騎士たちは解放され、魔法によって傷つけられていたすべての者が癒されるのである。　　　　　　（～2月26日）

4 グウィネヴィアの小姓は、ランスロット卿を見つけるために、できるかぎり急いで馬を走らせた。「殿、王妃さまはサマー・カントリーのメルワス卿に誘拐され、傷ついた多くの騎士たちとともに彼の城に囚われています。神の愛にかけて、全速力でおいでになり、自分を救い出してくれるようにと、あなたさまに申されておられます。」

　武具を身にまとう時間もそこそこに、ランスロットは何時間もかけて馬で走った。森の中で、彼はメルワスの仕着せを身にまとった射手たちの襲撃を受けた。彼らは矢をつがえて、ランスロットの馬の腹を狙ってきた。彼は馬から地面に飛び降りそれに応えたが、射手たちはすでに木々の間に姿をくらませてしまっていた。後にはランスロットと死んだ馬だけが残された。何とか徒歩で進んでゆこうと、彼自身が、今や足手まといになってしまった槍と短剣と楯とをたずさえ、もがいていたのである。

　間もなくランスロットは、木々を集めるための荷車を引く人に出会った。「よき人よ、私をメルワスの城まで連れていってはくれぬか。お礼は十分に差し上げよう。」「それはできません。私は、メルワス卿から薪を集めにくるよう命じられ

May

ているのですから。そんなふうにあの方のことをお話されることから、明らかに敵とお察しするあなたさまを連れていっても、感謝されることもありますまい。」
　ランスロットは剣をこの男の首に当てた。「とにかく、私を門のところへ連れてゆくのだ。」そしてこの泥だらけの荷車の中に、自分の体とハーニス†を引っぱり上げたのだった。
（〜）

†ハーニス：馬具。ここでは鎧のことか。

グウィネヴィア救出のため、荷車に乗るランスロット。恐怖におののいて従者がそれを見つめている。有罪を宣告された殺人者のみがこのようにすることになっていたからである

5月

5 騎士たちの傷の治療に疲れきったグウィネヴィアと侍女たちは、囚われているあばら家の窓のところに座っていた。彼らは逆巻く大水にまわりを囲まれた小さな島にある難攻不落の城に囚われていて、あの小姓が果たして自分たちが誘拐されたという知らせを届けてくれたのかどうかさえ知る由もなかった。ある日のこと、他の者よりいちだんと良い視力を持ったひとりの侍女が、向かい側の岸の上に、近づいてくる荷車を見つけた。「ご覧ください、奥方さま」と彼女が言った。「あの荷車の中の憐れな騎士は、縛り首にされるために連れてゆかれるのだと思います。自由にされて、私たちを救い出してくれたらどんなによいでしょうに！」グウィネヴィアは目を凝らして、つくづくと眺めてみた。「何と口の悪い女だこと！　あれはランスロット卿ですよ。あんなふうにおいでになることからすると、馬は殺されてしまったに違いない。どうぞ、あの方が縛り首にされるような惨めなことにならないよう、神さまがお救いくださいますように。あのような高貴な騎士が、私たちのためにこんなにも辱められるとは情けないことです。」

6 ランスロットの苦労はまだ終わったわけではなかった。彼はこの城の防備がどんなに強固であるかを知り、跳ね橋もあがったままの状態であった。「どうやって中に入ることができるのだ、友よ？」彼は荷車引きに尋ねた。「方法がございますよ。メルワスさまご自身がお使いになっている道があるのです。けれどあなたが聖人か魔法使いの後見人を持っていらっしゃらないのであれば、やってみても無駄でございますね。」「教えておくれ」とランスロットは言った。そこで荷車引きは、岸から城へと橋が架かって

May

いるところを教えてやった。しかしそれはあまりにも細く、山羊でさえもが渡るのに苦労しそうな橋だった。「彼らはこの橋を、『剣の橋』と呼んでいます」と男は言った。「これがサマー・カントリーに入るたったひとつの方法なのです。」

　窓から身を乗り出していたグウィネヴィアと侍女たちは、背中に剣と楯とをくくりつけ、この危険な橋を少しずつ四つんばいで渡ってくるランスロットを見て息を呑んでいた。ただグウィネヴィアを救うのだという一点に神経を集中している間は、橋はしっかりとしていたが、その集中が乱れると、橋はまるで一本の綱のように、揺れ出すことが判明した。やっとのことで、ランスロットは向こう岸までたどり着いた。城を調べていると、驚いた門番のひとりが、彼のやってくるのをじっと見つめていた。男が身を引く暇もあたえず、ランスロットは突進し、門を後ろに投げ戻したので、男の生気は体から抜け出してしまった。ついに城の内側に立つことができたランスロットは、戦いを挑んで叫んだ。「偽りの裏切り者。あるときには円卓の騎士であったメルワスよ、出てきて戦え。われランスロット・ド・ラックが、あなたに戦いを挑む。」

7　ランスロットを密かに殺してしまおうとしたメルワスの計画は失敗した。今や彼は、たったひとりで世界最強の騎士と立ち向かわねばならなくなったのである。メルワスの臆病な心は、彼の胸のうちで大きく鼓動した。「あなたとは戦うつもりはない」と彼はやっとのことで叫んだ。「後ろで私の片手を縛っておこうぞ」とランスロットが言った。「それに片方の手には武具をつけない。それなら戦うか？」メルワスは拒否できず、そんなふうにして戦う

5月

メルワスの城からグウィネヴィアを助け出すために、「剣の橋」を渡り、2頭のライオンと戦い、最後にメルワスの騎士たちを倒すランスロット。胸壁からその様子を見つめるグウィネヴィアと彼女を捕えている男

ことになった。雄たけびを上げてメルワスが突進し、大変な速度でランスロットにかかっていった。ランスロットはこの突撃をかわし、自分の剣を引き抜き、恐ろしい一撃でメルワスの頭を引き裂いた。その結果、まるでりんごをまっぷたつにするかの如く、メルワスの頭はふたつに割れてしまった。こうしてランスロットは城の内部に入り、王妃と騎士や侍女たちを救い出したのだった。

8 ガウェイン卿、モロルト卿、そしてオウァイン卿の3人は、そろって冒険を求めての旅に出ていった。やっとのことで彼らはアロイの森にたどり着いた。ここは入り込んだ者が、何らかの不思議に遭遇することなしには出てはゆけないといわれた森だった。石だらけの深い谷にやってくると、そこには泉があり、そばに3人の娘が座っ

May

冒険に出てゆくオウァイン、ガウェイン、そしてモロルト。それぞれがひとりの娘に出会い、一緒に馬を進め、娘たちが彼らを不思議で神秘的な場所へと導くことになる

ていた。ひとりは60歳くらい、二番目は30歳くらい、そして三番目の娘は15歳くらいに見えた。みんな額のところに花輪をつけていた。「ご婦人方よ」とガウェイン卿が言った。「なぜここにいらっしゃるのか？」「あなたさまのような騎士の方々を冒険にお連れするためですわ」と最も年長の者が答えた。「それにあなた方は3人、そして私たちも3人ですから、どうぞ、それぞれひとりずつ選んでくださいませ。」そこで、一番年が若いオウァインは最も年上の娘を、モロルトは30歳の娘を選んだが、そのことでガウェイン卿は大いに喜んだ。というのも彼に残されたのが、最も年若い娘であったからだ。このようにして、彼らは一年後、ふたたび会うことを約束して、それぞれの方角に出かけていった。　(∽)

9 ガウェイン卿は北へ向かった。娘が彼を十字路へ連れていった。そこで彼はひとりの騎士に出くわし、慎重に槍を交えた。騎士が馬に乗る準備をととのえたところに、別の8人が現われて、それぞれが戦いを挑んで

5月

きた。ガウェインが賛嘆して眺めていると、騎士はとてもやすやすと、ひとりずつ倒していった。そして驚いたことには、騎士は身動きもしないで立ちつくし、やっつけられたこの8人が彼を取り囲んで、しっかりと縛り上げるのにまかせ、とうとう彼らに連れてゆかれてしまったのである。「あの騎士を救ってやらないのですか？」とガウェインの連れの娘が不服げに言った。「いいや。これは私の戦いではない」とガウェインが答えた。すると娘は、彼を臆病者呼ばわりし、侮蔑しはじめた。そのときふたりの別の騎士が現われ、ガウェインに戦いを挑んできた。ガウェインがひとりと戦っている間に、娘はもうひとりの騎士と逃げてしまったのだった。

　ガウェインは戦いを挑んできたこの騎士を破り、城で滞在するよう招かれた。そしてガウェインは、その男から、囚人として連れてゆかれるのにまかせていたあの騎士についての話を聞いたのである。彼の名前はペレアスといい、エタードという高貴な婦人を愛していた。しかし女の方は彼を軽蔑していたのである。そのため彼は毎日彼女の騎士と戦いを交え、すべての者を打ち負かしていたにもかかわらず、その姿を遠くからでも見られるかもしれないということで、婦人の城へ連れてゆかれていたのだった。「ああ、それはまったくお気の毒なことだ」とガウェインが言った。「明日彼を探し出して、救うことができるかどうかやって見ることにしましょう。」

10

翌日、ガウェインは森の中でペレアスに会い、彼に代わってガウェイン自身が婦人に愛を告白するという了解のもとに、このような行為を止めるようにと

説得した。それから、彼女の注意を引くために、ガウェインはペレアスの鎧を身にまとい、求婚候補者をやっつけようと、城へ乗りつけた。すぐにエタードは好ましげにガウェインを見つめ、ふたりは森の中に絹の天幕を張り、昼となく夜となく、恋の戯れに興じたのだった。そこでペレアスは、一緒に床についているふたりを見つけ出し、憤慨して、横たわっている彼らを切り殺してしまいそうになった。しかし結局のところ彼がしたことは、枕もとに自分の抜き身の剣を置き、悲しみに打ちのめされたまま出てゆくことだけだった。

11 彼らが目覚めたとき、この剣を見たエタードは、ガウェインが自分に働いた策略に腹を立てた。一方ガウェインは、陰鬱な気分に捕らわれていた。「少なくとも、あの人に説明する必要がある」と彼は言い、ペレアスを追って出ていった。しかしペレアスは、森の中で、マーリンをその魅惑で虜にしたニムエという婦人に会った。彼女は彼の悲しみの原因を見抜くと、エタードを永遠に憎むようにという魔法をかけてやった。そしてエタードには、ペレアスを愛するという魔法をかけたのだった。こんなわけで、ふたりが出会って、エタードがどうぞ自分を許してペレアスの恋人にして欲しいと願ったとき、彼の眼差しはニムエにのみ注がれ、エタードを冷たく拒絶したのである。自分がごく軽い気持ちでおかしてしまったこの弊害を見たガウェインは、恥ずかしさに捕らわれて立ち去り、一方エタードは自分の城に戻ってゆき、悲しみのために死んでしまったのである。ペレアスはニムエとともに幸せに暮らし、とうとうエタードのことはすっかり忘れ去ってしまったのだった。

5月

12 モロルトと娘は一日中南へと向かっていった。しかし、その晩を過ごす場所の影も形も見つけられなかった。ひとりの男に出くわしたので、どこかそういう場所を知らないかと尋ねてみた。「はい、近くに城があります。けれど歓迎はされないので悔やまれることになるでしょうな。」「それでも、試してみることにしよう」とモロルトは答えた。それからそちらの方角へ進んでゆき、ついに城に到着し、喜んで迎え入れられた。南の境界地方の侯爵であるこの城の主人は、モロルトが円卓の騎士であることを知ると、様子を一変させた。「今夜、おふたりはここに泊まればよい。しかし翌朝になったら、私と6人の息子たちとただちに対決して欲しい。というのも、ガウェイン卿が私の息子のひとりを切り殺したので、私は円卓の騎士全員の敵となると誓ったからだ。」

13 朝になると、モロルトは侯爵と6人の息子たちと対決し、恐ろしい乱闘になった。しかし最後には彼が全員を倒し、アーサー王に忠誠を誓うことを約束させた。モロルトと娘は、槍試合に向かう他の騎士たちとめぐり合った。モロルトは、娘をそこへ連れてゆき、槍試合にきていた領主フェルガスから、今まで誰も倒すことのできなかった恐ろしい巨人との戦いの助けをして欲しいと頼まれた。モロルト卿はそれに応えて、川の中での長い戦いのすえ巨人を倒し、大いに報いられることになったのである。その後、彼は娘とともに冒険をつづけ、一年が経過し、ふたたび仲間と会うときがやってきた。

14 オウァイン卿は婦人とともに、西へ旅をつづけた。約束したとおり婦人が彼を先導し、自分が立派な騎士であることを証明する鎧を身に着け、多くの冒険をつづけた。最後に婦人は、彼を「岩の婦人」のところへ連れていった。彼女は赤のヒュウ卿とその弟のエドワード卿によって、自分の国土を奪われてしまっていた。オウァインはこの一件を話し合うために、彼らの城へ出かけてゆくと宣言した。そこには多くの騎士たちがいたが、婦人はオウァインに、どんなことがあっても彼らを襲撃することは許さなかった。しかし彼はヒュー卿とエドワード卿と話し合い、あえてそうしろというのなら、自分ひとりでふたりと戦うことに同意した。翌日彼らは落ち合い、長いこと戦った。その結果、地面は彼らの血潮で赤く染められ、「岩の婦人」がオウァインに命はないとあきらめたほどだった。しかし最後には、激しい戦いのすえ、オウァインはこのふたりのよこしまな騎士を打ち負かした。彼らは婦人に領地を返して、アーサーに忠誠を誓うことを約束した。その年の残りの日々、オウァインは婦人の看病を受けて健康を取り戻し、仲間たちと会うときがきた。3人の騎士は泉のところに戻って、彼らの冒険を語るために再会したが、ひとりガウェインの婦人だけは、彼のことをよく言わなかったのである。

15 諸島を治めるペリノール王は、例の婦人と彼女を力づくで連れ去った騎士とを追って馬を進めた。彼はまず傷ついた騎士を両腕にかかえて看護している娘に出会った。「お助けくださいませ。神さまの愛にかけて!」しかし自分の探求にあまりにも夢中になっていたペリノールは彼女の嘆願を無視し、絶望した娘は恋人の剣で命を断って

5月

しまった。森の中の開けた土地で、彼は捜し求めていた娘ニムエを見つけ出した。しかし彼女は、メリオット卿とホンツレイク卿の間で激しく争われていたのである。メリオット卿は、自分の従姉妹が無理やりに誘拐されてしまうのを目撃し、彼女を守ろうとした。ペリノールは、ホンツレイクを切り倒すのを助けた。それから、ニムエと一緒に馬で戻ろうと、例の娘と騎士の死体のあるところへやってきた。娘の首を除いては、すべては野獣の餌食となっていて、彼はこの首を悲しい気持ちで宮廷へ持ち帰ってきたのである。そこではマーリンが、この首こそペリノール自身の娘エレインのものであると告げ、王の悲しみはここに極まった。このようにして、ダイオナスの娘ニムエは宮廷に連れてこられたのだった。

16 異父弟アーサー王との間にできた子どもを、オークニーのモルゴース王妃が産むときがきた。彼女は元気な黒い髪をした子どもを産み落とし、モードレッドと名付けた。その日自分の子どもが生まれることになっているとは知らず、アーサーは恐ろしいお触れを出していた。すなわち、その日生まれる、また生まれることになっている赤ん坊は連れてこられ、小船に乗せて流されるというものだった。というのも彼はマーリンの予言と、それとは知らずに、自分の血縁の者と床をともにすることによって犯してしまった罪を恐れていたからだ。

　すべてがアーサー王の命じたとおり行なわれた。こうして、生まれたばかりの500人の赤子を乗せた小船が波間に流された。たまたまその船は、北ブリテンの岩の多い海岸へ流れ着いた。モードレッドを除いて、赤子はすべて命を失っ

た。モードレッドは漁村のそばの岸辺に打ち上げられ、ひとりの漁師が彼を見つけ、家に連れ帰ったのだ。しかしモルゴースは、すぐに彼女の黒魔術を使って子どもが生きていることを知り、自分の手元に取り戻した。それ以来、彼女は子どもに父を憎むことを教え、アーサーの没落の画策を始めたのだった。

　マーリンは、王の恐ろしい行為を聞くや、大声でうめき声を上げた。というのも、これで王国の運命は明らかになったからだった。

17　サラセンのパロミディズ卿は、長いこと密かにアイルランドのイソルトに恋焦がれ、すっかり自暴自棄になってしまっていた。ある日のこと、森の中をさ迷っていると、ひとりの老人に出会った。「パロミディズ、あなたの探求が待っておりますぞ。」とその老人が言った。そこでパロミディズは、それはどんなものかと尋ねた。ちょうどそのとき、藪の中で何かがぶつかるような音がして、奇妙な恐ろしい獣が飛び出してきた。それは鹿のような足、豹のような体、獅子のような尻尾、そして蛇の頭を持つ獣で、内部からは30頭の対になった猟犬の吼える声が聞こえてきた。「これはグラティサント獣というものです。すでにお聞きになっていらっしゃるとは思いますが」と老人が言った。「けれど、それはペリノールの探求ですよ。」「今やそうではないのです。というのは、彼はガウェイン卿とその兄弟によって、父ロット王の仇として切り殺されてしまったからです。今やこの探求はあなたのものです。それをなさることはかまいませんが、イソルトを求めることはなりませんよ。」パロミディズは、怒りに満ちてこの老人を振り返ったのだ

5月

が、彼の姿は視界から消えてしまっていた。　　　　（～）

18 その後パロミディズはこの獣を根気よく追いつづけ、他の冒険にしばしば従事することがあったとはいうものの、自分の探求をつづけていたのだった。その後何年も経って、彼は昼夜、その獣を森の中で追い回し、馬は地面に倒れ、獣は疲れ切ってそれ以上進めなくなり、捕らえたのだった。獣は追いつめられ歯向かってきたので、パロミディズは剣で腹を打った。獣は死んだようになって倒れ込んだ。30対の身の毛もよだつような猟犬がその腹から出てきた。彼らはパロミディズに攻撃をしかけてきた。けれど水の匂いを嗅ぐと静まった。彼は猟犬たちがもうそれ以上入らないと思われるほど存分に水を飲むのを見つめていた。猟犬たちを1頭ずつ散ってゆくまで、水を飲みつづけた。そのあとでパロミディズは眠り込んでしまった。目をさますと怪物の姿は消え、代わりにそこには老婦人が立っていた。「パロミディズさま、私があの獣だったのです。長いこと、私の母の犯した罪の呪いとともに暮らしてきたのです。さあ、お願いです。どうぞ私が罪の赦しを乞うことができ、命を終えられるところへお連れください。」そして不思議な気持に満たされて、パロミディズはひとりの隠者を見つけ出し、彼にこの婦人をあずけた。婦人は自分の罪を告白すると、すぐに死んでしまった。このようにして獣の探求は終わったのである。しかしパロミディズは休息することがなかった。というのもイソルトへの愛はいよいよ募り、彼女からはいっそう遠く離れてしまっていたからである。

May

19 アーサーとグウィネヴィアの婚礼は、何年もの間ブリテンで見られた中でも最も素晴らしいものとなった。当時生きているどんな男女も、このようなことを憶えていた者はなく、すべての者が、これは平和と繁栄の新たな到来を知らせるものだということを理解していた。円卓の友情が確立され、邪悪の地が一掃されるきざしを見せていたからである。　　　　　　　　　　　　　（～6月10日）

20 アーサーは周辺を荒らし回っている猛々しい猪の噂を耳にした。彼は自らこの生き物を捕らえると宣言し、ガウェイン卿と、カイ卿、そしてブルターニュのボルドウィン卿を連れて出かけていった。しばらく進むと、藪の中で大きな猪が立てる音を聞き、アーサーは明日の朝までにそれを捕まえると誓った。そして彼は他の者たちに、それぞれ自分の誓いを立てるようにと言った。ガウェインは幽霊が出るというタルン・ウェイザリングのそばで一晩中待っていようと誓った。カイは冒険を求めて森の中を巡回してみようと誓った。ボルドウィンは生きているかぎり、妻の真実を決して疑うことはないと誓ったのだった。　（～）

21 アーサーがこの巨大な猪を森の中深く追ってゆくと、猪は踵を返して猛然と向かってきた。力をつくしての闘争のすえ、獣の大きな牙が何回かアーサーに傷を与えそうになった。しまいに彼はこの猪を打ち負かし、自分のナイフで皮を剝ぎ小さく切り分けて、宮廷に持って帰ってきたのである。　　　　　　　　（～）

5月

22 カイ卿はただちに出発し、森の中で、ひとりの娘を伴った騎士に出会った。娘はカイを見ると、どうぞ自分をこの騎士の手から救い出してくれるようにと頼むのだった。メネリーフ卿と名乗るその騎士は、自分は正々堂々と戦ったすえ、この婦人を勝ち取ったのだと主張した。しかしカイは、それでも食い下がっていった。メネリーフは彼を馬から引きずり降ろし、虜にしてしまった。するとカイは、仲間が近くにおり、すぐにでも自分を助け出してくれるだろうと言った。3人は一緒に、山中の小さな湖（タルン）の近くでガウェインが待っているところへとやってきた。この話を聞くとガウェインは、一度目はカイのため、そしてもう一度は娘のため、都合二度にわたってメネリーフと槍試合を重ね、二度とも打ち勝った。このようにして、カイは助け出され、娘は自由の身になったのである。　　（～）

23 アーサーとカイとガウェインはともに腰を下ろし、ボルドウィン卿の誓約について話し合っていた。「考えるに、私はこの誓約を試してみたいと思う」とアーサーが宣言し、騎士の一団を呼び集め、ボルドウィンの城へ向かい、その晩は喜んで迎えられた。彼らはアーサーがボルドウィンをその晩城の外へ送る口実を見つける以外、もっぱら自分たちの冒険を語って過ごした。ボルドウィンが出ていってしまうとすぐに、王は彼の妻が横になっている部屋のドアを叩き、入れてくれるようにと言った。最初のうち彼女は拒んだが、王の名前のゆえにドアを開けた。アーサーは微笑を浮かべながら、彼女に恐れることはないと言い、ガウェインに命じて、着物を脱いで寝台の彼女の側に入るようにと言った。それから明かりを灯すように命じ、自分は一晩

May

じゅう寝台の側でカイ卿とチェスに興じて過ごしたのだった。　　　　　　　　　　　　　　　　　　　　　(∽)

24 朝になってボルドウィンが戻ってくると、アーサーは彼に、ガウェインが彼の妻と寝床をともにしているのを見たと告げ、ことの成りゆきを見届けようとそこに留まった。ボルドウィンは穏やかに微笑むと、自分の妻は「ガウェイン卿とは何のかかわりもなく、誠実を貫いていることは分かっている、このことについては、説明をしてもらう必要がある」と言った。王と他の騎士たちは、そう聞いて声を立てて笑い、アーサーは騎士の背中を軽く叩いて言った。「まことに、貴方は誓約を守られましたね。これから先、確かに貴方は、円卓にご自分の席を持ちつづけられるでしょう。」

25 アーサーの宮廷での生活に幻滅し、もはや身を変えてでなければ、コンウォールに帰ることもかなわなくなったトリスタンは、傭兵の仕事を求めて、遠く外国の地を彷徨した。実りをもたらすことのない数々の試合を戦ったすえ、ブルターニュの地へやってきて、従兄弟であるハウエル王の宮廷にたどり着き、王とその隣人との間に起こった戦いに雇われることになった。ここでトリスタンは、王の息子カエルダンと親しくなり、彼と肩を並べて戦って、大きな成果を上げた。戦いが終わってブリトンの宮廷に戻ってくると、カエルダンは何とかしてトリスタンが自分の妹、偶然にもイソルトという名前の娘だったが、と結婚するように説得した。彼女はアイルランドのイソルトとは全然違って

5月

はいたが、その名前が彼の気持ちを惹きつけ、相変わらず舵のない船で漂っている男のように、娘への愛情のためというよりは、むしろ彼女の兄への友情のために、トリスタンはこの娘と結婚したのである。　　　　　（〜6月18日）

26 王がグウィネヴィアと結婚してしまったからには、ランスロットはその宮廷に長く留まることはできなかった。彼は王妃の戦士となっており、彼女を脅かすあらゆる危険から王妃を守るという誓いに縛られてはいたものの、毎日彼女の姿を見ることは、ランスロットにとって耐え難い痛みをともなうものだった。そこで彼は武者修行にゆきたいと願い出て、その後何年も、この仕事に従事するようになった。

　最初の大きな探求が、王をして王国のすべての場所に赴かせ、正すべきよこしまな行為を見つけることには事欠くことはなかった。しかしながら、彼の経験がすぐにうまくいったわけではなかった。ある日のこと、長い騎馬の旅に疲れ、草深い野原に天幕が張ってあるのを見つけると、保護を求めようとした。中を覗き込むと人影はなく、絹のシーツが敷かれた寝台を見て、何とかその上で横になりたいと思い、鎧を脱ぎ捨て、そうする権利があるかどうかも考えずに、その上に横になった。

　真夜中に、自分の横に這い上がってきた男に目を覚まされた。男はランスロットの存在を認めると叫び声を上げ、自分の剣をつかんだ。まだはっきり目が覚めていないランスロットは、無意識に行動していた。自分の武器を引き抜くと、満身の力を込めて打ち下ろしたのである。両者がこれはどういうことなのかを考える間もなく、その男が血を流して横たわ

っていた。次の瞬間、男の妻が天幕に入ってきて、悲鳴を上げた。しばらくの間、混乱があたりを支配していたが、しだいに真実が明らかになった。ランスロットは赦しを乞い、はからずも傷を負わせてしまった騎士のところへ治療する者を連れてくるために、最も近くにある隠者の庵へ馬を飛ばした。数年後この騎士は円卓の忠実な騎士となり、彼とランスロットは微笑を浮かべながら、彼らの最初の出会いを思い出すことになるのである。

27 この日アーサー王はきらびやかに、また力強く、シティ・オブ・ザ・レギオン†（軍団の町）で、戴冠式を挙げた。王に忠誠を誓おうとして、国のあらゆる土地から王や貴族たちが集まってきた。そこには大槍試合に参加しようというオークニーのロット王の息子たち、ガウェインとガヘリスとアグラヴェインの姿も見え、彼らは試合場でもひときわ抜きん出た存在だった。この槍試合には多くの美しい婦人たちも出席し、そのことが、騎士たちをより力にあふれた騎士道を示す饗宴へと駆り立てることになっていた。　　　　　　　　　　　　　　　　　　　（〜9月3日）

† シティ・オブ・レギオン：カエル・オン・ウスクのこと。

28 ガウェインがラグナルの魔法を解き、彼女と結婚したずっと後になって、最初はそれとは知らず、彼女の兄グロメール・ソマー・ジュールとふたたび出会うことになった。ある日のこと騎士たちが円卓に座っていると、体格の良い黒い髪のトルコ人が広間へ入ってきて、横柄

5月

にガウェインのところへ近づくと、耳を打ち、危うく床に叩き落とすところだった。他の人々が飛び出してこのトルコ人を押さえつけたが、彼はそれを払いのけ、言った。「ガウェインよ、恐怖のあまり拒まぬとしたら、私の旅の供をするがよい」。このような挑戦を受けて、ガウェインは拒むことができなかった。彼は鎧を身に着け、このトルコ人に従って、キャメロットの地を出ていったのである。

29 その日はほとんど森を抜けて進み、トルコ人は馬を道の端に引くと、低く一列に並んだ丘の北の方に向かって、頭から突進していった。すると丘の斜面が開き、ふたりは中に入っていった。ガウェインと馬は、向こうに広がるぼんやりとした世界を垣間見ながら、しりごみした。まわりは昼のように明るかったが、太陽の影もなかった。ほどなく、彼らはひとつの城を見つけた。「さあ」とトルコ人が言った。「勇気があるのなら、お入りなさい。私も一緒に参りますが、私の姿が見えるのはあなただけですよ。」ガウェインは堂々とした門を抜けて入ると、自分が巨人の一団に囲まれているのに気づいた。ある者は身の丈8フィートもあった。不安を隠して大広間に入ると、そこではもっと大きな荒々しい男が、赤々と燃える石炭の入った、大きな金属製の火鉢の前の玉座に座っているのが見えた。この巨人の長はガウェインを見ると、欠けた歯を見せて大声で笑い、「入ってこい、小さな人よ。どんな材料ででき上がっているのか、私たちに見せるのだ」と言った。そして火鉢を持ち上げるように指示するのだった。確かにこれはふつうの者にはできない芸当だった。しかしトルコ人が飛び出してゆき、両手にそれをつかむと、巨人めがけて投げつけた。巨人が苦痛と

驚きでうなり声を上げて身を引くと、他の仲間たちがガウェインを攻撃してきた。

30 つづく数分間は、恐ろしく、あっと言う間もなく過ぎた。ガウェインは剣を前後左右に振り回して、巨人の腕や脚や頭を切断した。トルコ人が彼らの体を持ち上げて塀に投げつけ、彼らはそこで横に倒れたり、留まったりしながらうめき声を上げていた。すべてが終了した。戦いに勝利し、トルコ人は黄金の鉢と鋭い剣を持ってガウェインのところへ近づいてきた。「さあ、私の首を切り、血をここに入れてください。」ガウェインは抵抗したが、最後には言われたとおりにした。切り放たれた首から血が噴き出すと、トルコ人の姿がちらちら光り、揺らめき、代わってそこには立派な騎士の姿があった。「ガウェイン卿」と彼は言った。「私を魔法から解放してくれたことを感謝いたします。私はラグナルの兄グロメールです。」このようにしてガウェインは、兄と妹ふたりを解き放ってやることになったのだ。そしてまた、彼らが別世界からやってきた人々で、今やそこに向かっての旅をつづけることになっているグロメールと同様、ずっと以前にガウェインのもとから姿を消した彼の妹も、兄の前にそこへいってしまったのだということが分かったのである。しかしガウェインは人々の国に帰らねばならず、さもなければ、この別世界に永遠に留まるしかなかったのである。

5月

31 キャメロットに聖霊降臨祭を祝う宮廷が集い、全員の者が荘厳ミサを聞くために大聖堂へ出かけていった。人々が外に出て円卓の広間へ向かうと、危険の座の後ろに金色の文字が書かれているのを見た。そこには「この日、椅子は占められる」とあった。そこで一同の者は、偉大な出来事が間もなく起ころうとしているのを知ったのである。　　　　　　　　　　　　（◞6月1日）

6月
June

　ときは過ぎ去り、聖ヨハネの祝日も近づくと、
ブリテンのすべての貴族たちが集まってきて、
その数たるや、とても数えられないほどに大きくなった。
そこには、豊かな者から貧しい者にいたるまで、
あまたの騎士の姿も見られた。その日がくると、
王はミサに出席し、大司教が儀式をとり仕切っていた。
　…王はミサに参列したあと自分の宮殿に戻り、
下の町では、食事の前に身を清める合図の角笛が
鳴り響き、騎士たちが食事のための席についていた。
アーサー王がオークニーのロット王とともに、最上座に
座った。反対側には、デンマーク王とアイルランド王が
席を占めた。そして宮廷には、王の命令に忠実に従う
七人の騎士たちがいたのである。

『散文によるパルシヴァルのロマンス』

円卓の騎士たちが食卓に着いているとき、年老いた隠者が赤い鎧をつけた若者を連れて入ってくる。この若者こそが「危険の席」に座ることになっていたガラハッドである（天蓋形のひさしの中に立っている人物）

6月

1 翌朝、仲間たちは大広間へと向かっているとき、ひとつの不思議に遭遇した。川の流れに漂いながら、バラ色をした大理石の塊が流れてきたのである。そこにはひと振りの剣が刺さっていた。その上に、「脇腹に吾を携える男を除いては、何者もここより吾を抜くことあたわず。その男こそ世界最高の騎士とならん」という文字が書かれていた。アーサー王はそれを聞くと、川の縁までやってきた。ランスロット卿とガウェイン卿も一緒だった。「さあ、ふたりともこの不思議に挑戦してみるがよい」と王が言った。しかし、ふたりの偉大な騎士が試み、また彼らの後で他の者たちもやってみたにもかかわらず、誰ひとりとして剣を動かせる者はなかった。仲間たちは広間に入っていった。皆が席に着くと、年老いた男と赤い鎧を身にまとった若者が入ってきた。若者は一同に声をかけた。「平和がもたらされますように、立派な殿方。」そしてこの老人が若者を「危険の座」に導き、「私はティトゥレルと申し、アリマタヤのヨセフの縁に連なる者です。王の血を引く騎士を、ここにお連れいたしました。この若者によって、多くの神秘がなされることになるでしょう。」宮廷の一同が驚いて見つめていると、若者は、聖杯の主人公として長いこと予言されていた者以外、誰も座ることのなかったその席に自ら座を占めた。その老人が言った。「近くの川に、ひと振りの剣が漂っております。それはこの若者のためのものなのです。」そこで宮廷の皆は川のところへ戻ると、この若い騎士がやすやすと剣を抜き取ったのだった。老人は彼をランスロット卿のところへ連れてゆき、「あなたはすでにこの若者に、騎士の地位をお授けになりました。今やこの剣をつけておやりなさい」と言った。そのときになって初めてランスロットは、若者が例の大修道院からきた者であることが分かった。うやうやしく彼は

133

June

　剣を若者が脇に下げている空の鞘につけてやった。それから老人が、「ランスロット卿、さあ、あなたの息子ガラハッド卿に声をかけてくださいませ。息子よ、父に挨拶いたすのだ」と言った。そこでランスロットは、この者が確かに、あの聖杯の乙女ヘレインの子どもであることを知り、涙を流したのだった。しかし王妃は、自分の立っていたところからこの場面を厳しい様子で眺めていた。それは彼女の恋人の裏切りの証だったからである。　　　　　　　　　　　(～)

2 　仲間たちは全員大広間へと戻ってゆき、ガラハッドがふたたび「危険の席」に腰を下ろした。今やそこに彼の名が刻まれていることを全員が確認した。あの老人の姿はどこにも見えなかったが、突然すべての窓のよろい戸が大きな音を立てて閉まり、風の泣き叫ぶ音や雷の音が聞こえてきたかと思うと、突然まっ暗になった。広間には日の光が差し込んできて、白い掛け布で覆われた物体の上にたゆたっていた。その物体からは光が発せられ、ひかえめにではあったものの、そこに潜んでいる栄光を約束していた。それぞれの者が仲間の様子を見つめると、確かに仲間であったにもかかわらず、今までに見たことのない様子をしているのに気がついた。広間には、バラや香料などの芳しい香りが漂い、そこにいたすべての人々の前に、それぞれに自分が最も欲していた食事が備えられていた。しかしそれが霊的な食物であるのか、または実際のヴァイアンヅ（食物）であるのかは分からなかった。このような状態のうちに、聖杯は広間からかき消え、もはや見えなくなってしまっていた。ガウェイン卿はすっくと立ち上がり、この神秘の器を求める旅に出ることを誓った。そしてそれを見つけ出すか、もしくは自

6月

分の命がなくなるまで、ここには戻らぬと言った。仲間の残りの人々は、自分たちもまた出てゆきたいと大声で叫んだ。しかし、アーサー王は目に涙を浮かべて言った。「ああ、ガウェインよ、そなたは私に大きな悲しみを与えてしまった。というのも、この仲間たちが、この世でふたたび会えるかどうか分からないからだ。」　　　　　　　　　（〜6月8日）

†ヴァイアンヅ：食品、食料のこと。

3　ある日のこと、ひとりで狩をしていたアーサーは、泉の側で休もうとして横になった。眠っているのか目覚めているのか定かではない状態で横になっていると、30組の猟犬が声の限りに鳴く音を聞いたように思い、今までに見たこともないような奇妙な獣が飛び出してくるのを見た。何ものかは分からなかったが、探求の獣であることだけは確かだった。すぐ後から、大きな馬に乗った騎士がやってきて、泉のかたわらで立ち止まり、アーサーにそのような獣を見なかったかと尋ねた。アーサーの答えを聞くと、騎士はふたたび追求を始めようとした。しかし王はしばらく彼を留め、獣についてもっと話してくれと言った。「殿。私はしばらくの間ゴールの地を治めていたペリノール王です。しかし昨年は、長い夜の間この獣のことを夢見ては、それを追うことのみで、休まることもありませんでした。どうしてそうなったのかは分かりませんが、そやつの運命と私のそれとはしっかりと結びついているように思えるのです。というのも私の兄ペレス王もまた、この獣の夢を見ていたのです。私に分かっていることといったら、虜にしてしまうか、はたまたそうすることで命を落とすことになるにいたるまで、私が

それを追いつづけなければならないということなのです。」そう言うと、彼は馬にまたがり、ふたたび獣を追って出ていったのである。

4 宮廷の人々が食事の席に着いていると、馬勒のついていないラバに乗った美しい娘が広間に乗り込んできた。「よき王よ、馬勒を取り戻す手伝いをしてくださるために、あなたさまの戦士のうちのひとりに、休暇を認めてくださいませんか。成功したあかつきには、その者にはたくさんの口づけと、それに加えて他の物も進ぜましょう。」多くの騎士たちが熱望した。というのも、娘は見た目に非常に美しく、口づけをするのにふさわしい芳醇な唇をしていたからだ。しかしアーサーは、乳兄弟のカイの方を向き、彼に冒険の許可を与えたのだった。「あなたのなすことは、このラバが導くところについてゆくことだけです」と娘が言った。

5 多分それがカイがラバに乗る方法だったのか、または騎士というものを嫌うラバの性質であったのかは定かではないが、馬勒を求めるカイは、残念な冒険のいくつかをやり過ごしてしまうことになった。カイはしきりに揺れ動くラバの乗り心地の悪い席に座り、両足をぬかるみにつっ込んで、いらいらしていた。ラバは彼を乗せて獅子や豹がうろつく森を抜けて運んでゆき、蛇のひそむ谷間を越えて運んでいった。いささか恐れてはいたものの、いずれの動物もカイには害を与えようとはせず、それはすべてこのラバの持ち主である女主人への尊敬のためと思われた。ついに

6月

ラバは、橋としたら一本の鉄棒以外には何も架かっていない川へと彼を連れていった。その細くすべりがちな足場を見ると、とても渡る度胸がわかず、カイはキャメロットへ戻ってきた。

6 次にガウェインが馬勒探求の冒険に挑戦した。カイが通過したと同じ冒険をなぞり、みごとに鉄棒の橋を渡ったが、向こう岸にある城の回転扉がラバの尻尾を半分に切ってしまったのだ。城の中は森閑としており、ガウェインはなぜそうなのかを見いだした。その場所は2頭の獅子、2匹の蛇、そしてひとりの騎士に守られていたのだった。ガウェインは順ぐりに彼らを倒し、馬勒を手に入れるために戦い、自分が乗ったラバの持ち主である娘の姉によって、馬勒が彼に与えられた。

7 ガウェインは馬勒をたずさえて宮廷に戻り、それを娘に与えた。「私はあの城の恐怖を克服し、ご褒美を頂戴して参りました」と彼は言い、娘の前にひざまずいた。娘は彼を助け起こし、口づけの洪水を浴びせたので、他の騎士たちは、嫉妬と期待のため息をついたのだった。娘は馬勒をしっかり握りしめ、ラバに乗った。「ガウェイン卿、あなたさまは馬勒のために、口づけは確かにみごと勝ち取られました。しかし、わたしの約束した他の物については、部分的にしか差し上げられませんよ。というのも、あなたはわたしのラバの尻尾を半分にして連れ帰ったのですから。さあ、これで宮廷ともお別れです。」こう言い終えると、残念そうに顎をなでるガウェインをそこに残したまま、彼女

は出ていってしまったのである。

8 旅に出るための十分な備えのある円卓の仲間たちすべては、聖杯の探求のための準備を始めていた。彼らは朝のミサに参列し、それから大聖堂の前の広場に集まった。王は、目に涙をためて呼びかけた。「皆の者は冒険の中でも最高のものに向かって出てゆこうとしている。われわれはこの世で二度と会えることはないかもしれないと危惧する。しかし私は、皆の者の安寧と、神と聖母のお守りがあることを願っているよ。」王は顔をそむけ、手放しで泣き、大司教が、出発しようとしている150人全員の者を祝福

聖杯探求にたずさわることを誓う円卓の騎士たちが描かれるイタリアの写本。多くの者がもう戻ることがないだろうと悲しむアーサーが描かれる

6月

した。そして彼らは、聖杯を見つけ出すか、さもなければ自分の命を捧げることを聖書に誓ったのだった。最初に出ていったのはガウェインとランスロットで、王妃との別れは辛いものとなった。彼らがキャメロットの町を馬で通り過ぎてゆくとき、まわりじゅうに大きな泣き声がわき上がった。というのも多くの人々が、このような仲間たちをこれから先見ることはないだろうと分かっていたからだった。

(～12月15日)

9 ランスロット卿は隠者としてもう5ヶ月間も暮らしていて、その聖なる徳によっての評判を勝ち取っていた。しかしある日のこと、起き上がることができなくなり、弟マリスのエクター卿が起こしにゆくと、ランスロットは死んでいた。エクターは、そこでスレナディ✝(哀歌)を作った。あらゆる円卓の仲間たちの中で、ランスロットこそが最も偉大な騎士であったからだ。それからカンタベリーの大司教のところへ出かけていった。高位聖職者がやってきて、ランスロットの偉大な功績に対しての話をした。その晩エクターは幻の中で、ランスロットの魂が天使たちによって天国に運ばれてゆく夢を見たと言われているが、それが本当かどうかは知る由もない。

✝スレナディ：(死者に対する)哀歌のこと。

10 若い王は首都キャメロットの大広間で、彫りものがほどこされた王座に座り、若く美しい王妃がかたわらに座っていた。30人の小さな国の王たちが貢ぎ

物を差し出すためにやってきており、その日は120人の騎士たちが大きな円卓の席に着いていた。何年もの間、このように素晴らしい宴会を見ることはなく、列席していた者はその後もまた、これが最も重々しく、喜びに満ちた宴会だったと思い出すほどであった。　　　　　　　　　（〜5月26日）

11 しばしば見られたことだが、食事を始める前は、冒険が始まるのを待って、ざわざわと落ち着かなかった。ついにギスミラントという若い郷士が、冒険を求めて出かけてゆくことになった。旅を開始して一時間もしないうちに、彼は美しい妖精に出会った。妖精は挨拶をし、自分は彼の使いの意味を知っているので、助けてあげようと思うと言った。「これをおとりください。そしてアーサー王のところにお戻りになるのです。」そして彼に金色の髪の一筋を手渡した。「この髪の持ち主であられる方が、あなたがお望みの冒険を準備することでしょう。」こう言うと、彼女の姿はかき消えてしまったのである。　　　　　　　　（〜）

12 ギスミラントは興奮しながら宮廷に戻ってきた。「さあ宴会を始めましょう」と彼は叫び、アーサーにその髪の毛を見せた。「私を騎士に任じてください」とギスミラントは頼んだ。「というのも、それこそがわたしの冒険なのです。」アーサーは承諾し、若者はすぐに出発した。彼は数週間森を逍遙し、ある朝、目覚めると、あの妖精が自分を見下ろしているのを見つけた。「そんなふうにしているのは、感心できませんね」と彼女が言った。「さあ、申し上げましょう。この髪の毛の持ち主であるお方はここか

6月

ら遠くないところに住んでおいでです。毎週、聖マルコの教会堂でのミサにお通いになっておられます。その間、町の人は誰もが家の中に留まっていなければなりません。出てきてその姿を見た者には死が訪れるからです。」そしてふたたび彼女の姿は消えてしまったのである。　　　　　　　　(～)

13　話を聞いてギスミラントは町への道を見つけ出し、日曜日がやってくると、教会堂の中に身を隠して娘が現われるのを待った。まもなく、今までに会った中でも最も美しい娘がやってきた。彼はすぐに恋に落ちてしまった。娘は2匹の不思議な獣に守られていた。獅子とグリフィンで、ギスミラントを見るとただちに攻撃してきた。娘が彼らを引きとめた。「ここはあなたがくるようなところではありません」と彼女は言った。しかしその言葉とは裏腹に、本当のことを言えば、彼女もまた同じように、ギスミラントの容貌に好意を覚えていたのだった。それから娘は声を立てて笑い、言った。「私はここから逃れたいのです。助けてやろうとおっしゃるのなら、真夜中に、西のはずれにある塔の窓の下で待っていてください。」　　　　　(～)

14　そしてそのようになされた。ギスミラントは言われたとおりにそこで待っていた。娘が現われて、彼を見下ろして言った。「どのようにして、私の宝石を持ってゆきましょう？」ギスミラントは言った。「私のためだったら、何もお持ちにならなくてよろしい。あなた以外の何もいりませんよ。」にっこりと微笑むと、小姓の装いをした娘は塔から降りてきて、ふたりはこの町から逃げていっ

た。数時間もたったころ、彼らはひづめの音を聞いた。町の領主が追ってきたのである。ギスミラントは猛然と立ち向かっていった。娘は杖を取り出し、道を打った。すると即座に深い森が立ち現われ、追跡の音は消えていった。娘は声を上げて笑って言った。「そう驚きなさいますな。私はこの冒険をあなたにもたらしたあの妖精の姉なのです。今や私は自由になったのですから、あなたを私の恋人にいたしますわ。」こうしてギスミラントは彼女のもとに留まり、多くの歳月を一緒に過ごしてキャメロットに戻り、人に知られる騎士としての経歴を開始することになったのである。

15 ランスロットは、名声が高まるにつれて、トーナメント試合や槍試合に加わることがずっと困難になったことに気づいた。それから借り受けた楯や兜を身に着けて、名前を明かさずに加わることにしたため、誰もランスロットであるとは分からなかった。あるときランスロットはアストラットのベルナルド卿の城にいた。見た目にはランスロットと分からなかったので、このよき老人に頼み込んで、息子の楯を貸してもらうことにした。息子は怪我をしており、来るべきトーナメント試合には参加できなかったからだ。ベルナルド卿にはエレインという名前の娘があり、わずか15歳であった。彼女はランスロット卿を見たとたん、命をかけて愛するようになってしまった。娘は自分の袖をトーナメント試合にたずさえていって欲しいと頼み込んだ。そんなことはついぞランスロットがやったこともないことだった。しんそこ身分を隠していたいと思っていたので、彼は同意したのだが、このことがのちに、ふたりに悲劇をもたらすことになったのである。 (∽)

6月

16 トーナメント試合で、ランスロットは若者から老人にいたるまで、すべての騎士たちの身に着けている巻き布を切り開いてしまった。ガウェイン卿を含む多くの者は、この戦法をどこかで知っているとは思ったものの、娘からの贈り物を身に着けたこの男が、まさかあのランスロットであるとは信じられないでいた。最後の一試合で、たまたまランスロットの馬の足並みが乱れ、敵対者の槍が楯の下に滑り込み、脇腹を深く切りつけてしまった。ランスロットは自分の変装が見破られるのを恐れ、血をしたらせながら試合場を去っていった。全力でアストラットへ馬を走らせると、エレインの足元に気を失って倒れ込んだ。　　(～)

17 つづく数週間、アストラットのエレインはこの偉大な騎士の看病をし、何とか快復させようとした。この間に、ランスロットへの愛情はより深くなったのだが、彼の傷が癒えるまではそのことを口にはしなかった。しかしある日、寝台のそばに座っていたとき、彼女は彼の顔を覗き込み、長いこと打ち明けたいと思っていたその言葉を思い切って口に出したのである。ランスロットは、頬を赤らめたり青ざめたりさせながら、自分はただひとりの婦人へ愛を捧げていることを打ち明けた。そうした後で、できるだけすみやかにここを出てゆく用意をした。というのも、エレインの表情から、彼女がどんなに深く傷ついているかを悟ったからだった。　　　　　　　　　　　　(～11月12日)

June

18 トリスタンと白い手のイソルトとの結婚は愛のないものであり、ふたりはすぐにそれを悔やむこととなった。結婚の初夜、トリスタンは花嫁から顔をそむけ、古傷が痛むことを理由に彼女を退け、以後は床をともにするのをあからさまに拒否していたからだった。ある日のこと、真夏の太陽が輝く中、トリスタンとカエルダンとイソルトが馬で進んでゆき、小さな川を渡ろうとしたとき、水がイソルトの脚にかかってしまった。「ああ、御主人さま」と彼女が悲しげに言った。「あなたさまは、わたくしにそんなことまでなさるのですか。」カエルダンは、自分がすでに想像していたように、この結婚が成就してはおらず、トリスタンが美しい白い手の持ち主である自分の妹を愛してはいないことを知った。この瞬間から、彼のトリスタンへの友情は冷めてしまったのである。　　　　　　　　　（～10月7日）

19 年代記の伝えるところによると、アーサー王はこの日、ベイドンの丘でサクソン人と戦い、あまたの敵を倒したので、その後アーサーの存命中には、彼らがふたたびブリテンを襲ってくることはなかったということである。このようにして、ヴォルティゲルンによってもたらされた邪悪な行為は正されて、アーサーの名声が国外にも広がり、彼の名前と彼の騎士たちの行ないのいくばくかを聞き及ばない者は、全西欧世界には存在しないようになった。

　この戦いでアーサーは、祝福された聖母のイコンを、肩にかけた楯に掲げて持ち運び、それ以来、自分を守る聖母マリアのために特別に尽くしたとも言われている。

6月

20 ボールスは長いこと馬での旅をつづけ、探求に専念していた。ある日、森の奥深く入っていったとき、彼を恐怖で満たした光景を、突然木の間から見ることになったのである。自分の兄弟ライオナル卿が裸で馬の背にくくりつけられ、その後ろの馬に乗る男が、茨の枝で何度も何度も打ちすえているのだった。無数の傷からは多量の血が流れ出し、ライオナルの頭はひどく無残に、だらりと垂れ下がっていた。ボールスが助けにゆこうとしたとき、叫び声を耳にして振り返ると、ひとりの娘が大きな騎士に連れ去られそうになっているのが目に入った。一瞬ためらったものの、彼は娘の後を追った。すぐに騎士に追いつき、挑戦して、やっつけてしまった。それから娘を後ろに乗せて、ライオナルを捜しに出発したのだった。ある修道院へたどり着くと、そこに兄弟がいるのを見つけた。彼はランスロットによって助け出された後、そこで休息していたのだった。すぐに助けにきてくれなかったことで、ライオナルは最初のうちはボールスに対して辛くあたったが、しばらくして、ふたりは和解したのである。

21 ある日のこと、アーサーとマーリンは、夏の太陽の日射しを楽しみながら、馬を走らせていた。泉のほとりにやってくると、鎧で身をかためた男がひとり、道端に座り込んでいるのを見つけた。「ちょっと待て」とこの男が声をかけてきた。「ここを通すわけにはゆかない。」激怒したアーサーはマーリンの警告にさえも耳を貸さずに、騎士に挑んだ。両者は長いこと戦い、大事なところで、石と金床から引き抜いた例の剣が折れてしまった。もしも手ぶりでその騎士を眠らせてくれたマーリンがいなかった

June

ら、間違いなくアーサーは馬から落ちてしまったことだろう。それからアーサーは、自分の剣が折れてしまったことを嘆き始めた。そんな王にマーリンが答えた。「心配することはない。もっとよい剣が間もなく手に入るだろう。」マーリンは王を近くの湖へ連れていった。そこには背の高い、銀髪の女が立っていた。マーリンは彼女に挨拶して言った。「この王が、自分にふさわしい剣をお望みです。」女は静かに手を上げ、湖の中央を指し示した。突然波の裂け目から、剣をかかげた手が現われた。「さあ、お行き。あなたの剣を取ってくるのだ」とマーリンが言った。アーサーは小舟を見つけてそれに乗り込むと、手が剣をかかげているところを目指して漕ぎ出した。アーサーが剣を取ると、今までにないような力が全身にみなぎってくるのを感じた。この剣は、粗末な皮の鞘に入っていた。引き抜くと、無数のロウソクの炎の光をあびて輝いているようだった。その上に名前が彫ってあり、「エクスカリバー」と読めた。「これからはこれが、あなたの剣となろう」とマーリンが言った。「この剣を身に着けているかぎり、誰ひとりあなたを倒すことはできないだろう。しかし鞘の方がずっと価値があるのだ。というのも、これを持っている限り、決して傷つくことはないからだ。」

(～4月20日)

22 西方の島の王は、もうずいぶん長い間、どんな義務も果たそうとしなかったので、アーサー王はその理由を見つけ出そうと、ガウェイン卿を使いに出すことにした。ガウェインは、ハンバウトを一緒に連れてゆくことにした。彼の勇敢さと信用は疑うすべもなかったが、この重々しく真面目な騎士のことを知っている者は少なかった。

6月

　最初の晩は、娘を最高に注意深く守っている城の主のところに泊まることにした。けれど娘は、もうすでにガウェインを愛してしまっていたのだ。その晩、娘はガウェインの部屋へいたる道を見つけ出し、そこでふたりは愛し合った。朝になると、騎士たちは逃げ出さねばならなかった。ハンバウトが、ガウェインのおよそ騎士らしからぬ振る舞いを咎めたからだった。しかしこのいかんとも抵抗しがたい魅力を持つ騎士は、ただこの婦人自らが、彼を探してやってきたのだと答えるだけだった。　　　　　　　　　　　　　　（〜）

23　翌日の夜、ふたりは、同じように主人の娘がガウェイン卿を慕うようになる城に滞在していた。しかし娘の父は嫉妬深く、守りも堅かった。翌朝、ガウェインとハンバウトは、ふたたび命からがら逃げ出すことになった。ふたりは、海を渡って、西方にある島へゆく旅をつづけた。そこで彼らはひとりの騎士にめぐり合い、決闘にのぞんだ。ハンバウトはこの男を知っているらしく、自分たちを通してくれるようにと説得した。ふたりは、海を渡って本島へと航海した。そこで彼らは、この町が異常に森閑としていることに気づいた。木の義足をつけた男が城への入場を拒み、ふたりに向かってきた。しかしガウェインが彼を堀へと投げ込んでしまった。

　城の中で、彼らは獰猛な小人に出会った。激しく襲いかかってきたので、ガウェインは彼を殺さねばならなくなった。やっとのことで、大きな広間へ通じる道を見つけると、そこにはこの島々を治める王が座って、深い瞑想にふけっていた。ガウェインが何度も声をかけたが、反応はなかった。ハンバウトは、今や退散したほうがよいと警告した。宮廷の他

June

の面々が彼らを見つけ出し、攻撃してくるのではないかと考えたからだ。ガウェインは迷うことなく撤退に同意した。ふたりはすぐに、自分たちが追われているのを知った。しかし彼らは攻撃をかわし、小舟を手に入れ、速やかに岸へと漕ぎ出した。そこでふたりは激しく泣いているひとりの娘に出会

ガウェインの肖像画。彼の最もよく知られる意匠5つの角を持つ星の代わりに、ここでは例外的に楯の上には獅子が描かれている

6月

った。というのも、彼女の父親と恋人とが強盗に捕らわれ、それぞれ別の方角に連れ去られてしまったからだった。ガウェインとハンバウトは二手に別れて、両者を救い出すことにした。

24 ハンバウトはめでたく娘の父親を救い出したが、ガウェインからの音沙汰はなかった。ハンバウトと他の何人かの者が、捜索に乗り出した。やがて彼らはガウェインが圧倒的多数の者から攻撃され、牢にぶち込まれてしまったことをつきとめた。ハンバウトはこの盗賊たちがガント・デストイトの婦人の手のもので、彼女はガウェインをひどく愛していて、すべては彼を捕らえるための彼女の工作であることを知った。ハンバウトは婦人の騎士に一騎打ちを挑み、騎士を打ち倒し、ガウェインを自由にするように要求した。婦人は、自分が英雄と慕う者が、自分に近づくことを拒否していることですっかり気落ちしてしまい、最後には彼を自由にすることで満足する他なかった。宮廷に戻ったガウェインとハンバウトは、西方の島の王のことをすべて報告し、アーサーは義務を果たすようにと王に督促するための、より強力な軍隊を送ったのである。

25 グウィネヴィアは、不在のランスロットを除く最上の円卓の仲間たちのために、独自の晩餐を用意した。ガウェインの好物がリンゴであることを知っていたので、彼のためにはリンゴ料理をといった具合だった。けれどピナル卿という騎士は、自分の縁者ラモラック卿を殺されたという理由からガウェインを憎んでいて、密かにこれ

らの料理に毒を盛った。仲間たちは食事を取るために着席した。汁の多い肉料理が出され、塔のある城や戦闘の平地を模したサブトレティーズ†（菓子）が振る舞われた。アイルランド王のひとりパトリス卿は、仲間に加えられたことを大いに光栄に感じ、手を伸ばしてリンゴをひとつ手に取ったが、ひと口かじった後、倒れて死んでしまった。即座に彼の従兄弟ポルトのマドールが飛び出して、パトリス卿殺害のかどで、王妃を糾弾した。ガウェインが、この果物を好んでいたのは他ならぬこの自分で、自分の敵が、明らかにそれを自分のために用意したのだと、いくら説明しても埒があかなかった。マドールはまっすぐにアーサーのところへ赴き、王妃を糾弾するべきだと迫ったのである。

†サブトレティーズ：砂糖で作った繊細なお菓子のこと。

26 アーサーはしぶしぶ、この一件は戦いで決めようと宣言した。王妃を糾弾するための証拠は故意のものと分かっていたので、緊急の使者を送ってランスロットを捜させた。一方グウィネヴィアも、自分の戦士を捜したのだった。グウィネヴィアとランスロットについては、あまりにも多くの論議があったために、王妃の人気には翳りが生じていた。何人かの者は、彼女がパトリス卿に毒を盛ったのかもしれないと考えるほどだった。やっとのことで王妃は、ランスロット卿の従兄弟にあたるボールス卿を説得して、自分の名誉を守ってもらうように頼み込んだ。しかしボールス卿は、この考えには乗り気でないように見えた。こうしてすべての者が、ランスロットの現われるのを待ちかねていたのである。　　　　　　　　　　（6月29日）

June

6月

27 円卓の仲間たちが結成される以前には、ブリテンの地には多くの邪悪な男や女がいた。彼らは探し出され、殺されるか、姿を消されるかしたのである。しかしふたりの者が残っていた。サン・ピテのブレウス卿とトゥルカン卿である。両者は夏の盛りの間に倒されてしまった。ブレウス卿はオークニーのガレスの手によって、死力を尽した戦いのすえ、切り殺されたのである。　（〜）

28 すぐ翌日、ランスロットがトゥルカン卿と会い、戦った。力の及ぶ限り戦って、戦いは命を失うほどに激しいものとなった。というのもトゥルカンは、誰もがかなわぬほど重みのある恐ろしい人物であったからだ。戦いは三日間つづき、しまいには両者ともに深い傷を受け、森の開けた地の草が彼らの血潮ですべるほどになってしまった。しまいには、ランスロットが敵の防備をつき、頭からへそにいたる切り傷をつけて引き裂いた。このようにして、アーサーたちの時代がくる前に、騒動を起こしていた者たちが、退治されたのだった。

29 パトリス殺害に対する、グウィネヴィアの裁判が始まる日の明け方、最後の瞬間になって、ランスロットがやってきた。誰にも語らず、グウィネヴィア本人にさえも告げることなく、戦いのリストに加わり剣を抜くと、王と王妃に挨拶し、数分の間にマドール卿を亡き者とした。彼は、王妃の無実を口走って宣言し、そこにつめかけていた騎士たちの歓声が上がった。しかしランスロットは、すぐさまふたたび馬で走り去り、まことの陰謀をあばき、罪人

June

を裁くのをガウェインの手に委ねたのだった。グウィネヴィアはこのことがあってから黙って引き下がってしまい、彼女の戸惑いを見て、多くのものが微笑みを浮かべたのである。

30 トリスタンはイソルトに、竪琴を教えつづけた。何の疑いを抱くこともなく、マルクはそんなふたりを愛しげに見守っていた。しかしとうとうアンドレットという彼の従兄弟が、ふたりがしっかりと寄り添って座り、偶然を装っては、何度もトリスタンの手がイソルトの手を愛撫しているのを知った。それからマルクが、ふたりが一緒にいるところを、密かに注意して見ているようになった。ある日、イソルトが竪琴を取り上げて奏でると、トリスタンが頭を彼女の膝に載せ、ふたりの上に太陽が暖かく注がれているところを目撃した。イソルトは竪琴の上に見をかがめ、彼女の長い髪のひと房が、恋人の顔にかかっていた。マルクは、どんなに長いこと、ふたりが見つめ合っているかを見て、彼らが恋人同士であることを悟ったのだった。彼の怒りはとどまるところを知らず、彼らに罠を仕掛けることにした。ある晩、彼はトリスタンの寝床のまわりに粉をまくと、翌朝、女の裸足の足跡が、そこに残っているのを見つけた。しかし、トリスタンのコンウォール中で知られる最強の騎士であるという名声と、マルク自身が妻の不義をこうむっている当事者であったというために、公然と彼を非難することを控えたのだった。マルク王はトリスタンを自分の前に引きずり出し、顔を激しく打ちすえた後、永久に宮廷から追放することにしたのである。　　　　　　　　　　（〜7月18日）

7月

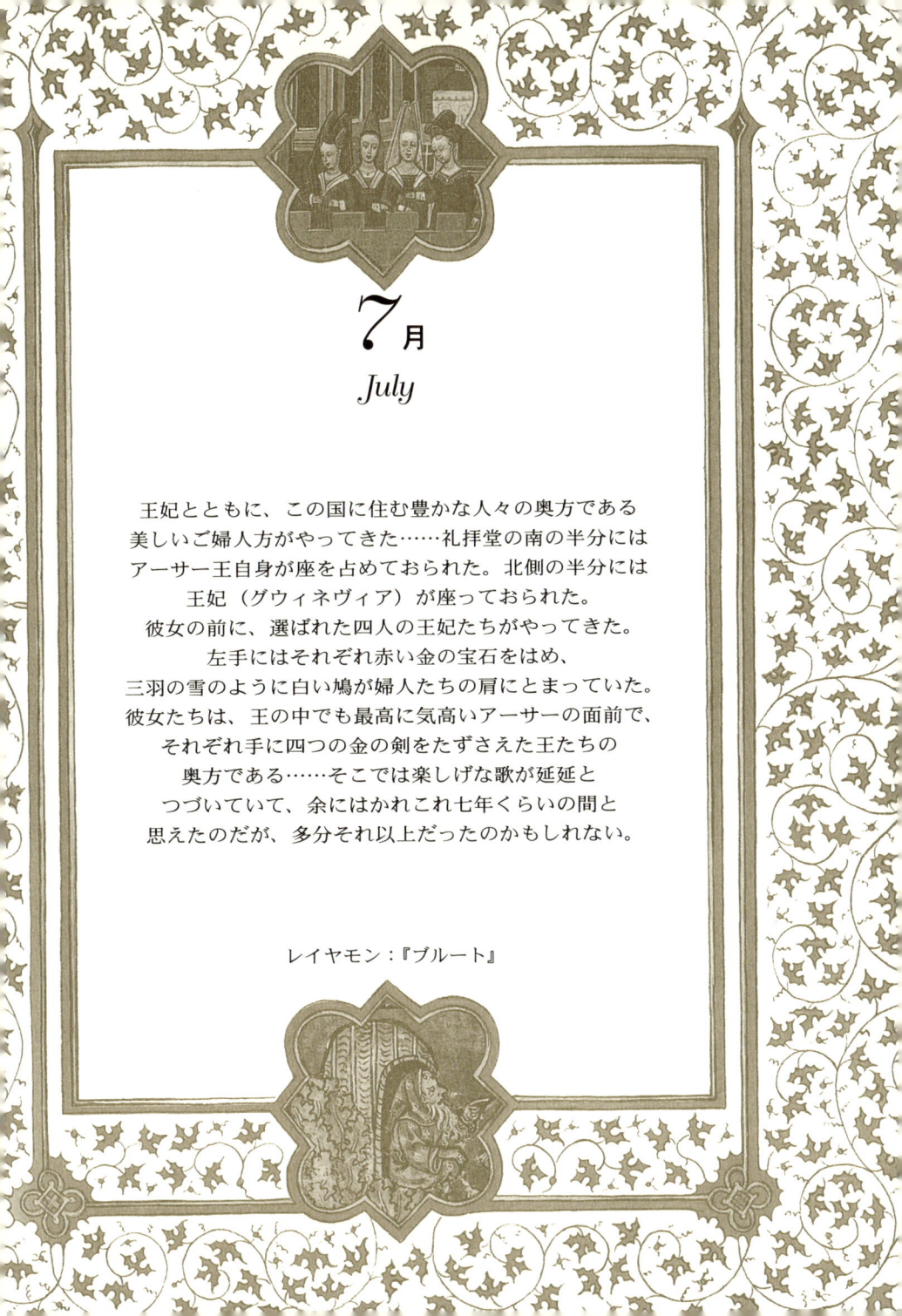

July

　　王妃とともに、この国に住む豊かな人々の奥方である
　美しいご婦人方がやってきた……礼拝堂の南の半分には
　　アーサー王自身が座を占めておられた。北側の半分には
　　　　　王妃（グウィネヴィア）が座っておられた。
　　彼女の前に、選ばれた四人の王妃たちがやってきた。
　　　　左手にはそれぞれ赤い金の宝石をはめ、
　三羽の雪のように白い鳩が婦人たちの肩にとまっていた。
　彼女たちは、王の中でも最高に気高いアーサーの面前で、
　　　それぞれ手に四つの金の剣をたずさえた王たちの
　　　　奥方である……そこでは楽しげな歌が延延と
　つづいていて、余にはかれこれ七年くらいの間と
　思えたのだが、多分それ以上だったのかもしれない。

レイヤモン：『ブルート』

July

1 ペルシヴァルが海沿いの道を旅していると、一艘の船が近づいてきた。へさきには、美しい娘が立っていて、彼に向かって探求の知らせがあると叫んでいた。ペルシヴァルが喜んで船に乗り込むと、甲板の上には素晴らしい食事が用意されていた。娘と長いこと話しているうちに、娘は彼に、別の探求の騎士たちに起こったことを話して聞かせた。彼女はとても楽しんでいるように見え、彼の手をなでてみたり、そっと寄り添ってみたりしたので、ペルシヴァルは思わず心地よい眠りにすべり込んでいった。すると、十字架の形をした自分の剣の柄が眼に入り込んできて、目が覚めた。彼は娘が半分裸体で、たいへん美しいのを見てとったが、破れかぶれの気持ちになって剣を抜き、自分の大腿部を深く切りつけた。痛みが吹き出して体全体を貫き、悲鳴が聞こえてきた。暗闇が襲いかかって、目を覚ましてみると、自分がふたたび岸辺にいるのに気づいた。そこにはもう船の姿も、愛らしい乗船者の影も形も見えなかった。

(〜1月16日)

2 ガウェイン卿とモロルト卿は、冒険を求めてともに馬を進めていた。ある日のこと、自分たちが、森のまん中に孤島のように立っている高い岩場に近づいているのに気がついた。頂上で何かが動くのが見え、一緒に歌ったり、話しをしたりしているはっきりとした声を聞いた。岩の麓までやってくると、頂上にたくさんの女たちがいて、彼らを見下ろしていた。「まあ」とそのうちのひとりが言った。「ガウェイン卿とモロルト卿ですね。あなた方おふたりは、円卓の仲間の結束が終わってしまう前に死ぬことになっておりますよ。」吃驚して、ガウェインがなぜ女たちが

7月

それを知っているのかと詰問した。「私たちは姉妹です」と別の女が言った。「私たちのひとりが、マーリンといさかいをするという不運に遭遇したのです。それで彼が、私たちを魔法でここに連れてきて、どうしても逃れられないのです。けれどここからは、あらゆることが見えるのです。ほんとうのところ、この国で起こることになる出来事は、すべて私たちの知るところとなっているのですよ。」「どうやったらそこに上がって、あなたたちと一緒になれるのです？」とモロルトが聞いた。というのも彼には、この険しい勾配の岩の頂上にいたる階段も、道も見えなかったからだ。「それはたやすいことですわ、もしほんとうにそうしたいとお望みでいらっしゃるならば」と、にっこりと微笑んで別の娘が答え、一瞬のうちにふたりの騎士は、自分たちが岩の頂上に立っているのに気づいた。ここからは、どこまでつづくかも知れないような大きな森が連なっているのが見え、遠く離れたキャメロットの塔に、太陽の光が反射して輝くのさえ目にできたのだった。

3

彼らは数日の間、岩の上の9人の女たちから、多くのことを学んで過ごした。しかし、出発しようと思ったとき、そう簡単には望みどおりにならないことに気づいた。それから彼らは、一年近くそこに囚われていて、この優雅な捕囚の状態から自由になったのは、たまたまそばを通りかかったオークニーのガレスの仲立ちによってのことだったのである。同胞がそこにいるのを知ったガレスは、この9人の女の弟が近くに住んでいることを見つけ出し、ガウェインとモロルトを解放しなければ、弟を殺すと脅したのだ。その後もガウェインは自分が学んだことを憶えて

いて、今後、どんなふうにかは分からなかったものの、自分が死ぬことになるのを予見するようになったのである。

4 ランスロットが長い間聖杯の探求に没頭していたとき、ある十字路にやってくると、そこに、古く荒れ果てた礼拝堂があった。疲れていたので、一本の木の下に横になって休息した。しばらくすると、半分目覚め半分眠っているような状態で、担架に載せられている傷ついた騎士を見たように思った。以前礼拝堂が立っていたところにやってくると、男は大声で癒しを祈った。それからランスロットは、不思議な行列を見た。すべてに火のつけられているロウソク、一本の十字架、そして、白い覆いがかけられた別のものがあった。それは以前、ペレス王の家で見たように思った何ものかだった。しかし誰がそれを運んでいるのかは一切分からなかった。起き上がろうとしたができなかった。しかしあの傷ついた騎士が覆いをかけられているそのものに触れ、即座に癒されたのを見せられることになった。この礼拝堂から運ばれた品物がどこにいってしまったのかは分からなかったが、癒された騎士がひざまずき、感謝を捧げるのが見えた。騎士の従者が男の身に武具をつけはじめたとき、騎士は兜も剣も持っていないのが分かった。騎士はランスロットがまだ横になっているのを見ると、ずっとランスロットに気づいていたことを知らせた。というのは騎士が、「聖杯の前におりながら、立ち上がることもできないでいるあの騎士は誰なのだ？」と尋ねたからだった。「あの方はランスロット卿といい、円卓の騎士の中でも最も偉大なお方です。」「それでは彼の兜と剣をいただこう、そして彼の馬もだ。私の馬よりずっとよい。というのも彼は罪に浸ってしまっているの

7月

で、それらを必要とはしないからだ。」ランスロットは激しくもがいては見たものの、手も足も動かせず、従者が自分の剣と兜をとり、騎士に差し出すのを見ているほかはなかった。こうして騎士はランスロットの馬に乗り、去っていってしまったのだ。ランスロットが完全に目を覚ましたとき、確かに自分の持ち物はすべてなくなってしまっていて、「グウィネヴィア王妃への愛ゆえに、汝は聖杯探求にふさわしくない」という声を聞いたのだった。　　　　　　　　　（〜）

5 それ以来、ランスロットはすっかり気落ちしてしまった。あの衰弱した騎士のものだった馬に乗り、馬の赴くままに森の中を進み、隠者が住む一軒の庵にたどり着いた。中に入って、重荷となっていたあらゆる罪の告白をして、自分が成してきた武勇は、それ自身が善きことであるとかアーサー王のためというより、王妃のためのものであったことを認めたのだった。すべてを聞くと、隠者は判断を下した。「さあ、」と隠者が言った。「あなたより以上に、祝福された騎士を存じ上げません。というのは、王妃を愛することであなたは大きな間違いを犯しました。しかしあなたには、力と美しい容貌とまっすぐな体が与えられておられます。そしてあなたに、他の誰もが成し得ないような、聖杯探求を引き継ぐことになる騎士が授けられたのです。しかし次のように申し上げましょう。ここより出てゆき、もはや罪を犯さないようにしなさいと。そして聖杯の探求をおつづけください。あなたのご子息ガラハッド卿が、その神秘を完全に理解する方とおなりになろうとも、探求からあなたが学ばれることはまだたくさんあります。というのも、あなたはもう一度、聖杯の前にお出になることになられるからです。」そ

July

グウィネヴィアへの愛のために、聖杯探求に失敗すること
を知り、悔恨の念にかられて隠者を訪れるランスロット。
隠者は木の上の庵に暮らしているように描かれている

れから隠者はランスロットに、彼が行なうべき難行苦行を示
し、その道へと送り出してやったのだった。

6 自分の生まれが判明したのち、ガウェインは名声と
富とほんとうの家族を求めてブリテンへと戻ってい
った。間もなくカエルレオンへいたる道を見つけ出
し、そこではアーサーが宮廷を構えていた。町へ近づいてゆ
くと、路上でひとりの不思議な騎士に出会い、その騎士はガ
ウェインに戦いを挑んできた。ふたりは数時間にわたって激
しく戦い、ついにガウェインが相手を打ち破ってしまった。
騎士は悲しげに、自分がアーサー王その人であることを認

7月

め、しばらく国家の問題を離れて、ここにきているのだと言った。ガウェインはすぐに自分の剣をこの若い王の足元に置き、自らの物語を語った。不思議の念に満たされて、アーサーは甥に挨拶し、ふたりはともに宮廷へ向かった。そこでは、12人の反乱の王たちとアーサーに敵対して戦った後、最近アーサーの側に加わったオークニーのロットが驚きに満ちて、長いこと分からなくなっていた自分の息子と対面した。ガウェインは、自分には今やふたりの兄弟があることを知った。ガヘリスとアグラヴェインである。しかしガウェインがこの兄弟のいずれかの者、そして母モルゴースに会うのにはもう少しの時間が必要だった。のちに、さまざまな事件で彼の安易な性質が兄弟の嫌われるところとなり、兄弟たちのように、姉モルガンとともに成す事になったモルゴースの陰謀には加わらなかったのである。

7 モルゴースとラモラックの間の恋が発見されて以来、そしてその恋の結末は母の死ということになってしまったのだが、オークニーの三兄弟は、ラモラックをなんとか亡き者にしようと計画した。やっとのことで彼らはラモラックに恥ずべき最後をもたらしたのだった。まるで山賊よろしく森の中へと彼を追い込み、襲撃したのである。ガヘリスとアグラヴェインの攻撃からは身を守ったものの、ガウェインが彼を後ろから襲い、策略を弄して切り殺してしまった。こうしてペリノールとロット、両家の間の宿敵は終焉を向かえることになったのだ。アーサー王はことの顛末を聞き、三人の兄弟たちを一年間宮廷から追放し、多くの者のいうところによると、彼らはもはやお互いに信頼し合うことはなかったという。

July

8 ある日のこと、アーサー王の宮廷に、ブルノア・ル・ノアという名の若者がやってきた。若者は立派な鎖帷子を身に着けており、その鎧には裂け目や穴がたくさんあいていた。若者が、アーサー王手ずから騎士の身分を賜わりたいと頼むと、彼の形の悪い鎖帷子を見ていたカイ卿が、「あなたの名前をラ・コット・マレ・タイルとすることにしよう。『不様な鎧』という意味でね」と言った。しかし若者はカイを穏やかに見つめ言った。「この鎧は私の父のものなのです。父はこれを着て亡くなりました。これらの切れ目や裂け目は父の敵の剣でできたものです。私はそれらのすべてを検証するまで、この鎧を着ているつもりです。」アーサーは、その答えと若者の責任を問う姿勢を気に入り、翌日彼を騎士に任じてやろうと約束した。騎士としてのアカレイド†（爵位授与式）を受けるとき、ブルノアは、槍試合の際には、自分をカイによって与えられた名前で呼んでくれるように頼んだ。

† アカレイド：ナイトの爵位授与式のこと。騎士となったことを示すため、肩を軽くたたく儀式。

9 翌日、ラ・コット・マレ・タイルは騎士に任じられ、同じ日の朝、白い手の紋章が飾られた黒い楯を持つ娘がやってきて、この楯の冒険をやり遂げてくれる騎士を求めていると言った。ラ・コット・マレ・タイルがすぐに飛び出してきて、自分がそれをやってみたいと申し出た。しかしこの娘は気が進まず、もっと良い、経験のある騎士をと望んだ。しかしアーサーが申し出を許可し、若者はこの娘とともに出かけていった。娘は、その辛辣な口のきき

7月

方のために、マルディサン†（口悪）と呼ばれていた。道中彼女は、若者の未熟さと経験不足を非難しつづけた。しかし若者は、すぐに自分が有能な騎士であることを示したのである。

　しばらくして、たまたまランスロットが宮廷に戻ってきて、ラ・コット・マレ・タイルと娘のことを聞き、叫んだ。「恥を知ってください、皆さん方。こんなことが起こるままにしておくなんて。私はその女を存じておりますよ。その女は、あまたの騎士たちを、あの楯の冒険に誘うことによって、亡き者にしているのです。あの楯には悪い評判があり、多くの男たちを呼び寄せ、持ち主を襲わせることになる楯なのです。私が自分でこの若い騎士を探し出し、できるかぎりのことをやって見ましょう。」　　　　　　（〜）

†マルディサン：口の悪い話し方をすること。

10 ラ・コット・マレ・タイルはすでに面倒に巻き込まれてしまっていた。お互いに親戚関係にある強力な王の一団に遭遇し、彼らは激しく若者を攻撃し、自分たちの城の中庭へと追い込んでしまったのだ。彼は背中を壁に向け、出血多量のためしだいに力を失ってゆくといった陰惨な戦いの後、打ち負かされて牢屋に入れられてしまった。以前若者に辛くあたったことを悔いたマルディサンが馬で出かけてゆき、ランスロット卿に会い、ランスロットがすぐにこの城へ駆けつけ、騎士たちを打ち破ってラ・コット・マレ・タイルを自由にしてやらなかったら、若者は牢で惨めに暮らすことになったであろう。彼が何者かを知ると、ランスロットは暖かく挨拶し、ずっと以前に、自分がブルノアの

父ランス・ル・ノア卿を殺した者をどうやって亡き者としたかを話してやった。このようにして、若者の探求は終わった。彼は間もなくこの楯の娘と結婚し、その後彼女はボウヴィアンと呼ばれるようになった。そしてブルノアは、彼が虜になっていた城を自分のものとした。しかしそれから先も彼は、もはや不様な鎧は着ていなかったものの、ラ・コット・マレ・タイルと呼ばれつづけたのだった。

11 ランスロットは聖杯の探求をつづけて、多くの冒険を重ねたすえ、2頭の獅子によって守られているのを除いては、打ち捨てられているように見える城へとやってきた。ランスロットは2頭を難なく切り殺し、城へ入っていった。どうしても開こうとはしない扉のところへやってくると、中から神をたたえる栄光の歌声が聞こえてきた。いっそう激しく扉を叩くと、ついに扉は開けられ、彼は中をのぞくことができた。そこには祭壇があり、ひとりの年老いた司祭がミサをあげているのが見えた。しかし司祭が使っている容器は、ただの杯ではなかった。そこから無数のロウソクの炎のような光が輝き出ていたからである。また、そこには他の人影は見えなかったが、讃歌を歌う大合唱の声が聞えていた。

　畏怖に打たれ、ランスロットは中を見たまま立ちつくしていた。それから司祭が聖餐式のパンを掲げるのを見た。それはただのウェハーではなく、両手と両足、横腹の傷から血を流している男の体のように見えた。ランスロットはか弱い老人が、何とかして体を持ち上げようとしているのを見ると、助けようと前に進み出た。しかしランスロットが敷居をまたごうとすると、その体からまぶしい光が出て視力が失われ、

7月

ほとんど意識をなくして地面に倒れるのを感じた。朝になると、この城の住人たちが戻ってきて、ランスロットを発見し、寝台に寝かせた。こうしてランスロットは20日間、そこに留まったのである。　　　　　　（～9月14日）

12 トリスタン卿は、自分の生命よりも深く、イソルトを愛していた。その情熱が決して報いられることがなかったのに、同じように彼女を深く愛している別の男がいた。この男はパロミディズ卿といい、アーサー王の側に立って戦うことを選んだサラセン人の騎士で、その力を認められ、円卓の騎士となった人物だった。イソルトの姿をひと目みたいと、しばしばマルク王の宮廷に出入りする言い

イソルトへののっぴきならぬ愛のために、競争相手となるトリスタンとサラセンのパロミディズ。森の中でふたりが出会うところが描かれる。東洋風の帽子をかぶっているパロミディズ（右手の人物）はヨーロッパ人として描かれている

訳を見つけては、東洋風のやり方で、彼女の類まれな美しさを讃える歌を作ったりしたにもかかわらず、イソルトからは嘲笑以外の何も与えられなかったのである。そんなわけで、この報われることのない恋を忘れるために、パロミディズは遠く冒険を求めて彷徨っていたのだった。　　（〜5月17日）

13 かつてメラウギスとゴルヴェインスは偉大な戦友であったが、カヴァロン王の娘リドイーンへの恋をめぐって仲たがいしてしまった。平和を維持するために、リドイーンはこの一件をアーサーの裁断に委ねた。宮廷の特別な婦人たちが仲裁をかって出て、メラウギスに、一年間リドイーンに求愛することを許し、自分が彼女への愛に値することを証明させようと決めた。ひとりの小人がアーサーに、ガウェインがもう長いこと「奇蹟の剣」の探求に出かけていて、宮廷を留守にしていることを思い出させ、メラウギスがこの探求を自分のものとして引き継いだ。こうして恋人たちは一緒に出発した。というのも、リドイーンは騎士について、冒険の供をしていたからだ。　　　　　　　　（〜）

14 メラウギスはガウェインを探し出すことができず、幽閉中のマーリンのところへいって、どの方角にいったらよいか聞き出そうとした。神秘に満ちた場所の上にある高い岩の上には、9人の魔女が座っていて、三様の表示板がある交差路の方角を教えてくれた。メラウギスは、「名のない道」と呼ばれる道をとることにした。そして「名のない町」というところへやってくると、彼もリドイーンも大いに喜んで迎えられた。　　　　　（〜）

7月

15 人々はメラウギスを見て大いに喜んだ。というのは、彼こそはこの島の王と戦うことになっている者だったからだ。野原にやってくると、その男こそはガウェインその人であることが分かった。ガウェインは島の婦人に囚われていて、戦いに勝利する以外に、解放されることはなかったのだ。彼とメラウギスは、偽の一騎打ちをしてメラウギスが死んだふりをした。そしてその晩、メラウギスは女装し、ガウェインとともに逃げ出したのである。（～）

16 リドイーンはメラウギスが殺されてしまったのだと信じ込み、アミスという貴族とともに避難していった。しかし友だちの館に向かう途中、ベルチスによって誘拐されてしまったのである。彼女は唯一自分に残された望みと信じていたゴルヴェインスのところへ伝言を送った。そうこうしているうちに、メラウギスは魔法のかかった庭へ迷い込み、ベルチスの義兄によって救い出された。同じ屋根の下にいることが分かった恋人たちは狂喜した。しかしゴルヴェインスがすぐに到着して、メラウギスは昔の友人への嫉妬から、ベルチスの側にたって戦った。このような事態をやめさせるために、リドイーンは彼らに、アーサーの宮廷に戻って、そこで決闘するようにと頼んだ。居並ぶ騎士たちの前で、メラウギスとゴルヴェインスは戦い、ついにメラウギスが勝利した。こうしてゴルヴェインスはリドイーンに対する自分の権利を放棄し、彼女はメラウギスと結婚したのである。

17 剣の試練をかいくぐって、アーサーが最初にブリテンの王に選ばれたとき、そこには彼を認めようとはしない12人の王がいた。その結果、必然的に戦争が起こり、たっぷり二年の間、若い王は12人の連合軍を向こうにまわして戦うことになった。この時代には、新たな英雄たちの多くの功績が歌に歌われた。ついに、大きな戦闘がベデグレインの森の近くで起こった。マーリンの魔法とアーサー自身の戦術によって、反乱は鎮圧された。多くの者が殺され、その中には、最も力あるとされたオークニーのロット王も含まれていた。この運命の日が終わる頃、まだ命あったものたちは、アーサーへの恭順を誓ったのである。

(〜7月19日)

18 たった一度だけ、アーサーの時代の最も偉大な騎士たちのふたりが戦うことがあった。世界中の騎士たちから最高の騎士と認められていたランスロットと、放浪者で、めったに円卓の騎士の仲間たちとは会うことのなかったトリスタンが、マーリンによって、ランセオルとコラムの墓石として置かれていたペロンの石のところで、たまたま会うことになったのである。マーリンはそこで、このふたりの最も力ある戦士たち、当時の最も偉大な愛人たちが出会い、戦うことになるだろうと予言していたのだが、ついにその通りになったのである。ふたりは互いに相手を知らなかった。午前中ずっと戦い、午後に及んだ。とうとう両者には剣を持つ力もなくなり、足もふらつき始めた。ついにそれ以上攻撃する力も失せ、息をつくために休息し、面頬を上げた。自分たちが誰を相手に闘っているのかを知ったとき、ふたりはそれぞれの剣を投げ出して降伏し、座り込んで、長い

7月

こと語り合った。
　イソルトに対するトリスタンの愛は、このときにはもうよく知られたものとなっており、多分そのために、ランスロットはグウィネヴィアに対する自分の愛を語ったのである。というのは、王妃にたいして自分が感じている愛を、ランスロットはこの世のどんな男にもそれまで語ったことがなかったからだ。そんな話が王妃を汚すのを恐れたからだった。このようにして、ここに死がふたりを分かつ日までつづく友情が始まったのである。それ以来、このふたりの偉大な騎士たちは、トーナメント試合で戦うことを避けたため、今日でもどちらがほんとうは優れていたのかは判らないのである。

(～5月25日)

19　12人の反乱の王たちが鎮圧されてからは、アーサーに逆らう者はいなくなった。マーリンはこれを記念して、12の人の形にのっとって、12の像を鉛と銅で作り、金のメッキをほどこして、昼夜燃えつづける小ロウソクをそれぞれの手に持たせた。それらすべての上に、剣を引き抜いているアーサー王の像を置いた。しかしアーサーは、悲しげに言ったのだった。「これらの小ロウソクが燃えている間は、私はあなたと一緒におる。しかし燃えなくなったら、私も行かねばならぬ。そしてその後でも、サングレアル✝の冒険はつづくであろう。」

　　　　　　　✝サングレアル：聖杯のこと。

July

20 ペルシヴァルは、アーサーの王国の中でも、最も荒れ果てた地方に逗留していた。彼はある城へやってきて、一夜の宿を求めた。「他のところへいったほうが良いでしょう」とその城の婦人が言った。「というのも、近くにグロスターの9人の魔女たちが住んでいるからです。彼女たちこそが、この田園を荒らしてしまったのですわ。」

(～)

21 真夜中の鐘が鳴ると、城は大きな軍勢に襲撃され、ペルシヴァルが防戦に加わった。大柄な女が見張りを切り殺すのを見て、剣で彼女の兜の後ろに狙いを定めて打ちつけた。「お慈悲を、善良なるペルシヴァルさま」と彼女は言った。「どうして私の名前を知っているのだ？」と彼が叫んだ。「わたくしはあなたさまの運命を握っているのですよ。というのは運命が私たちをこうして一緒に結びつけているのですから。あなたさまが心の中で愛しておられる方のお名前と、血に染まった雪の中であなたさまが心に描いた方に誓って、私と一緒にきてくれるように命じます。わたしがあなたさまに鎧を着せて差し上げ、別の騎士道をお教えいたしましょう。」そこでペルシヴァルは、この魔女とともに別世界の領域に入ってゆき、魔法の武器の使い方の習得を始めたのだった。

22 聖杯の探求が終わった後で、ちりぢりになった円卓の仲間たちの残りの者が、キャメロットにふたたび集まって宴会をひらいた。アーサーがずっと前から予想していたように、その身分には大きな差があった。70

7月

人以上の騎士たちが、死んでいるのか、行方不明になっているのか定かではなかったからだ。それゆえアーサーは王国中に伝言を送って、ロナゼップの町で、盛大なトーナメント試合を開くと告げた。槍試合を見たいという騎士と婦人たちが集い、円卓の空席を埋めようとして、新しい騎士たちがやってくることになるだろうと思ったからだ。

23 ロナゼップのトーナメント試合には、王国の屈強の騎士たちが集まった。そこには、ランスロット、トリスタン、パロミディズ、ガウェイン、ガレスその他、すべての名だたる戦士たちがおり、同様に、先輩たちに立ち向かって名声と幸運を勝ち得ようとする多くの若い者の姿があった。しかしあまたの長いトーナメント試合でも一段と輝いていたのは、他でもないあのサラセン人のパロミディズであった。というのも、このトーナメントには、アイルランドのイソルトがトリスタンとともに公然と出席しており、アーサー王自身も、ふたりに対するマルク王の無法を知っていたにもかかわらず、何も異議を唱えなかったからだ。ある人々のいうところによると、トリスタンとイソルトの愛を大目に見たりしたら、自分の妻とランスロットの間の愛も許すことになってしまうからだったということである。

　パロミディズは、彼の婦人の目の中で輝きたいと努力していた。しかしほんとうのところは、彼女はほとんど彼に注意は払っていなかったのだ。そしてそのことが彼を追いつめ、落馬したトリスタンを、その回復も待たずに打ち倒したので、大きな功績にもかかわらず、彼の名誉は損なわれてしまった。トリスタン自身は昔の競争相手を許し、両者は混戦状態にもつれ込むまで激しく戦い、すべての者たち、太股に傷

をおったランスロットまでもが、倒れて引き下がっていった。(～)

24 ついにトーナメントが終了すると、パロミディズが アーサー王の前に進み出て、以前彼のふたりの兄弟 セフェレ卿とセグワリデス卿がそうしたように、自分もキリスト教徒になりたいと言った。そこにいた多くの人々は、彼が洗礼を受けるのを見て大いに喜び、アイルランドのイソルトさえもが彼に微笑を送ったほどである。こんなわけで、パロミディズとトリスタンはついに和解したのである。

25 ムンタベルのガウリエルという名のひとりの若い騎 士が、名高いアーサー王の宮廷を訪れた。その途 中、美しい女性だけで、ひとりの男性も見えない地域へと入っていった。女性のひとり、フルエルをあえて愛そうとすると、彼女はその地の女王であったので、彼がすっかり自分の手の内にあるのを見て、見る人がなんと醜い若者だと思うように、ガウリエルに魔法をかけてしまった。それからガウリエルを自分の前に呼び出して、彼の醜さをあざけり、円卓の騎士たちの中で最も偉大な3人の者をこの国に連れてきたら、元の姿に返してあげようと言ったのだった。

(～)

July

聖杯探求の後で、生き残ったすべての騎士たちが集まるこ
とになるロナゼップのトーナメント試合。これが最後の大
試合となる。すぐ後で仲間の結束が破れるからである

July

26 ガウリエルはすぐに使いに赴き、カルリスルの近くで、アーサーが露営しているところへやってきた。ひとりの娘が彼に挨拶に出てくると、彼女を丁重に扱ったものの、虜にし、アーサーの騎士たちが彼に挑戦して、娘を取り返すのを待つことにしたのである。

27 騎士たちは何度かやってみたが、ガウリエルにすべて打ち負かされてしまった。それからガウェイン、オウァイン、エレックが長い冒険から戻り、それぞれこの力強い若い騎士に挑戦した。若者はこれら3人のすべての者を馬から落とすことに成功したが、ついにガウェインによって打ち負かされてしまった。なぜ自分がそのように振る舞ったのかを認めたガウリエルは彼らに懇願し、フルエルの国に一緒にきてくれるように説得した。

28 近づいてゆくと、騎士の大群が、ガウリエルの恋人の家を襲撃しているのを見た。4人は背後から攻撃し、全力をあげて戦った。このようにして、自分の身分を証明すると、ガウリエルは風呂を浴びるように命じられた。それから水の中で、彼の醜い容貌が洗い流されたのだった。ガウリエルは女王と結婚し、生涯にわたって、アーサーの誠実な臣下となったのである。

29 ふたたびアイルランドのイソルトを失ったトリスタンは、海を渡って、ブルターニュへ戻っていった。その地で彼は狩に出て、たまたま怪我をしてしまっ

7月

た。深い傷は毒を持ち、病は重くなり、死にそうになっていた。彼はイソルトがずっと以前に自分にくれた指輪をとり、使者に命じて、アイルランドへもってゆかせ、イソルトに自分を癒しにきてくれるようにと頼んだ。彼は使者に言った。「私はおまえの帰るのを待ちわびているぞ。もしイソルトが一緒なら白い帆を掲げてくれ。そうでなければ、黒い帆にするのだ。」

30 病状は悪化し、トリスタンは戻ってくる船を眺めるために、寝台から身を起こすこともできないほど弱ってしまった。白い手のイソルトが彼をやさしく看

ブルターニュで瀕死の傷を受けて死の床につき、最後の力をふりしぼって剣を持ち上げるトリスタン。妻である白い手のイソルトと、彼女の兄のカエルダンが見守っている。（3コマつづきのうちの最後の絵。全体は次ページに示される）

July

病していた。この看病の間、ふたりは以前よりずっと親近感を覚えていた。しかしイソルトはアイルランドへ使者が送られたのを知っており、あの同じ名前の者に対する苦々しい気持ちも大きくなっていった。そこでついに船が見え、それが白い帆を掲げていたにもかかわらず、トリスタンが弱々しく

上段：矢の傷をおっているにもかかわらず、イソルトに竪琴を奏でつづけるトリスタン
中段：トリスタンをめがけての毒槍を運んでゆくマルク王とその仲間。（ある話の版によるもの）
下段：トリスタンの死。前ページにその細部が描かれている

7月

その色を尋ねたとき、黒だと答えてしまったのだ。それを聞いたトリスタンは、顔を壁に向け、わずかに残っていた命への執着も放棄してしまった。アイルランドのイソルトが上陸したとき、彼はすでに死んでしまっていたのである。イソルトがその死を知ったとき、あまりに大きな悲しみのために心臓は破れ、彼のかたわらでこと切れた。多くの人々が恋人たちの死を嘆き悲しんだ。彼らの存命中にふたりを非難した者でさえもそうだった。最後にやってきて、友人の死を悼んだランスロットの命令によって、ふたりはひとつの墓に埋葬された。

　白い手のイソルトは、事の顚末を知っている人たちの糾弾に耐えることができず、またトリスタンのいない人生を熟視することもできず、父の城のそばの崖にゆき、身を投げてしまった。そのため、彼女の体は永遠に、どこまでも広がる海の中に失われてしまっている。

31 ヴォルティゲルンはサクソン人の侵入と自分自身の民の怒りを逃れて、ウェールズへやってきた。彼の相談役たちは、安全な逃げ場として、エル・ウィッズヴァ（スノードン山）の近くに高い塔を造るように命じた。石工が仕事を始めたのだが、何度土台を築いても、それは次の日になるまでに、すっかり地面にのみ込まれてしまうのだった。ヴォルティゲルンのドルイド僧たちは、父親のいない少年の血をその土台の上に振りかけないかぎり、塔の建築はできないだろうと言った。その言葉に従って、ヴォルティゲルンは子どもを捜し出すため、国中に使者を送ったのである。　　　　　　　　　　（〜11月1日）

聖杯探求の旅の途上、弟を助けるべきか、苦境におちいっている娘を救うべきかという問いに直面するボールス。後者を選択し、救出した娘と馬で進んでゆく姿が描かれる [6月20日]

ガルハウトの城の庭で、はじめての口づけを交わすランスロットとグウィネヴィア。傲慢王子ガルハウトが見守っている。背景には、針仕事に励むグウィネヴィアの侍女たちの姿が描かれている［1月4日］

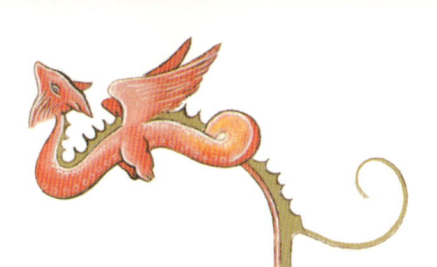

ベノイクのバン王が亡くなり、王国が近隣の者たちの
侵略で荒らされてしまった後に、ランスロットを水中
の魔法の王国へ連れてゆく湖水の貴婦人［2月9日］

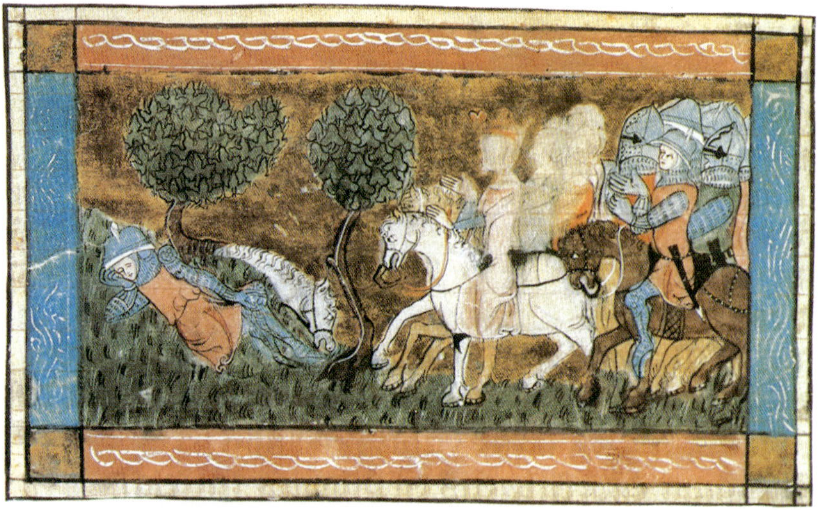

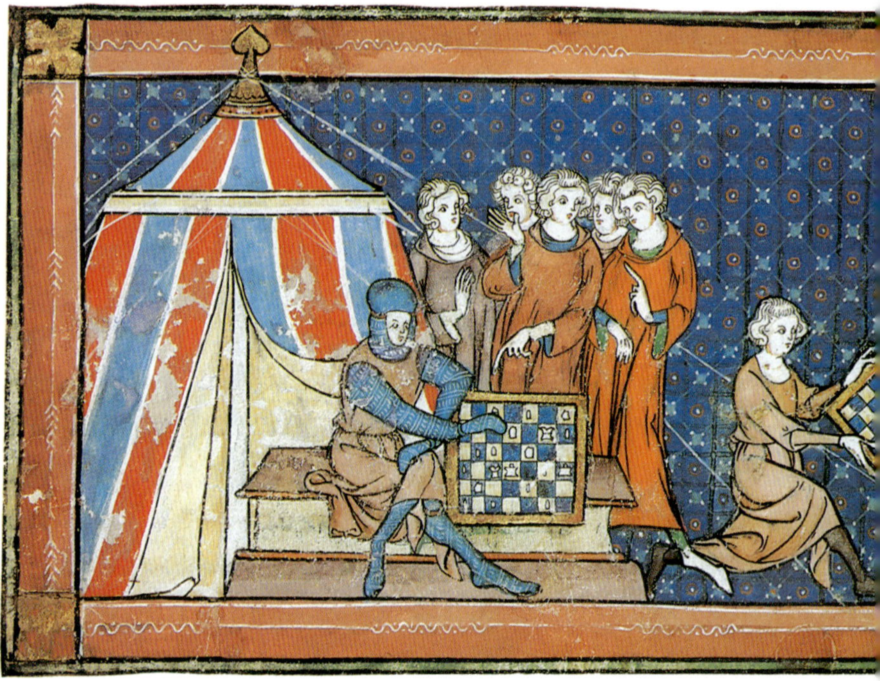

左：一本の木の下でランスロットが眠っているところに近づいてくる3人の異界の女王たちと従者。物語のほとんどの版では4人の女王となっているが、ここでは画家に3人の者を描く空間しか与えられていない。この時代の多くの挿絵では、顔のいくつかは未完のまま残されている [4月3日]

下：「失われた森」での魔法を克服した後（この中世の絵の細片では最初の枠の部分）、ランスロットの最後の試練は、魔法のチェス盤で試合をするということだった。勝利を収めた後、彼はこれをグウィネヴィアのところへ送る。最後の部分には、アーサーとゲームをしているグウィネヴィアの姿が描かれる [4月8日]

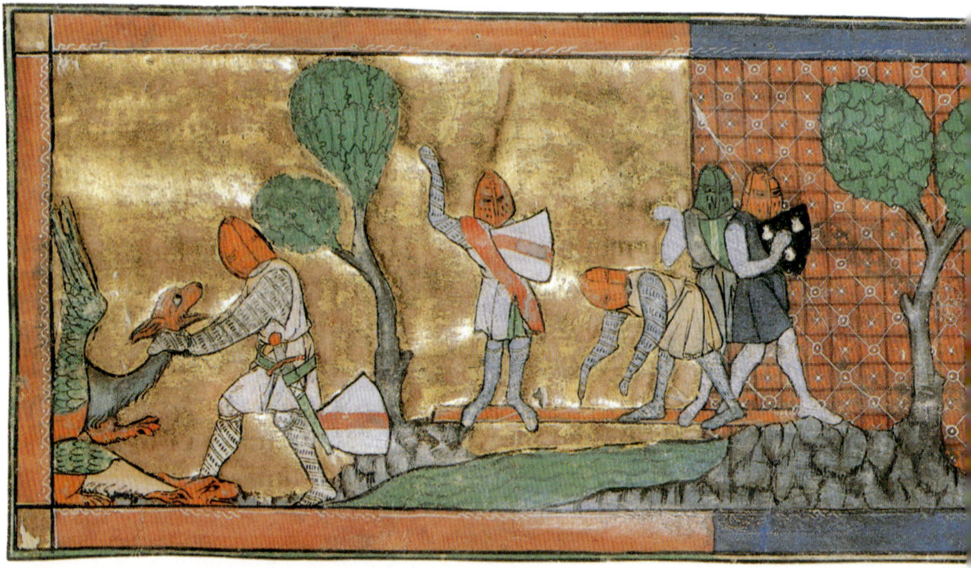

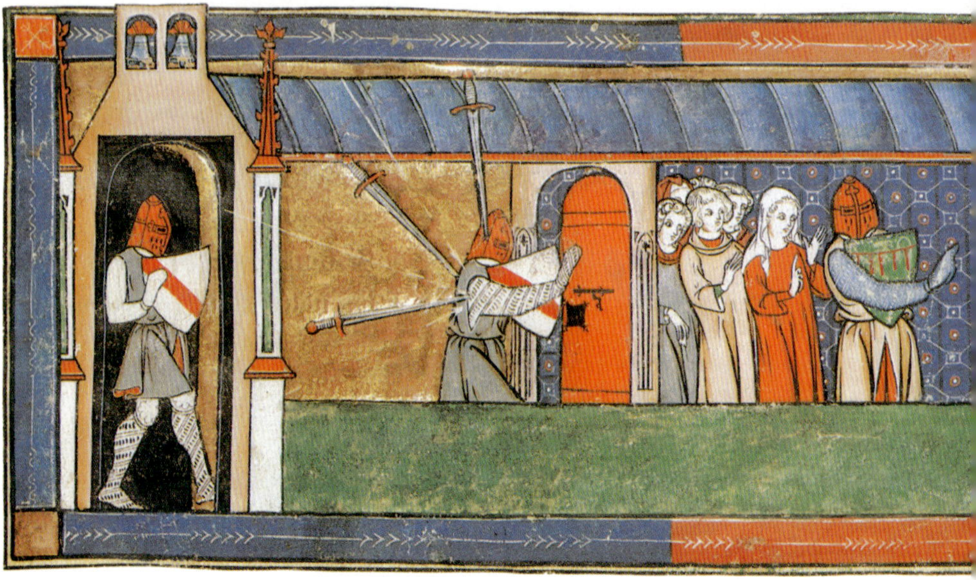

「帰らざる谷」でモルガン・ル・フェイの手下たちに苦しめられるランスロット。彼はあらゆる試練と試みに直面することになる。その中には竜の姿をしたもの、幽霊のような騎士、炎の壁、斧を手にした巨人などがいた［12月13日］

「危険の礼拝堂」で、「暗闇のエスカロン」の呪文を破るため、閉ざされた扉を開けるランスロット。姿の見えない騎士たちの攻撃を受け、彼らを打ち負かすが、祭壇の前へ倒れ込んでしまう。最後の場面には、駆け込んで彼を生きかえらせようとするオウァインと乙女たちの姿が描かれている［12月26日］

赤と白の竜が戦う水たまりのそばに立つマーリンとヴォルティゲルン。戦いの意味を説明し、予言をするマーリン。一方には、驚いて見つめているヴォルティゲルンのドルイド僧たちの姿が描かれる［8月29日］

8月

August

 とこしえに、とアーサーが言った。
大きな危険が迫っているとき、
他の尊敬すべき騎士を助けるのは、
有徳の騎士のとるべき行動となる。というのも、永遠に、
尊敬に値する男というのは、尊敬する男が辱められる
ことを嫌悪するからである。尊敬するにあたわぬ、
臆病とともに生きているような者は、寛容を示す
こともなく、危険におちいっている者を見ても、
いかなる良き行ないもとらないものだ。そんなときには
臆病者は慈悲をかけるということもない。良き者のみが、
自分がそうされたいように他の者を遇することだろう。
その後、盛大な宴が王たちと貴人たちのために
設けられ、酒宴と競技と芝居、そしてあらゆる高貴な
行ないが示されたのだった。自分の友にたいして、
礼儀正しく、真実で、信義に厚い者が、
その時代には大切にされていたのである。

マロリー：『アーサーの死』

August

1 ダイオナスの娘ニムエは、ダイアナの祝福と「湖水の貴婦人」のものである知恵とを自分の内部に合わせ持つ、すぐれて有能な娘だった。彼女の美しさとこの世のものとも思われない能力とが、マーリンの愛を呼びおこすことになった。というのも、彼は今まで自分と同じような力を持つ娘に会ったこともなかったからだ。マーリンは娘に多くの素晴らしいことを教え込んだ。彼女は飽くことなく魔法を学ぼうとする弟子でもあったからだ。娘の唯一の願いは、マーリンの持つ深い知識を自分のものにすることだった。しかしマーリンは自らの研究を怠り、国家の状態に忙しくうつつをぬかしていた。ある日のこと娘は、どのようにして壁を持たない塔を造ることができるのかと尋ね、何の考えもなしに、マーリンはそれを教えてやった。ニムエは、マー

ニムエを愛するあまり、魔法の幻影を見せてやるマーリン。その中には楽器を奏で、歌う恋人たちの姿もある

8月

リンが眠っているとき、自分のヴェールを使ってマーリンのまわりに輪を作り、そこを９度歩きまわって、ガラスの塔を創り上げた。目を覚ますと、マーリンが抗議した。「愛する人よ、なぜこのようなことをしたのか？」ニムエは微笑んで、「さあ、これであなたは、私の命令に従い、あなたの知っているすべてを私に教えてくれるようになるでしょう。私がそうしないかぎり、ここから出ることはできないのですから。」「そうはさせないよ」とマーリンが言った。「これ以上はあなたには何も教えない。あなたがこの王国に怒りに任せて魔法をかけるといけないからね。」こんなわけで、マーリンは、ガラスの城の囚われ人となったのだった。それ以後、ニムエがしばしば中に入り、彼の指導を懇願しても、マーリンは彼女の要請に応えることはなかったのである。

(～８月６日)

2　ガウェイン、カイ、ボルドウィン司教は、馬に乗って狩に出かけていった。夜になる頃、彼らはキャメロットを遠く離れたところにいて、天候も思わしくなくなってきた。「今晩はどこで休もう？」とカイが尋ねた。「近くによい場所を知っています」と司教が言った。「ただし、荒々しいところで、そのうえカルリスルのカールというそこの主人は、もっと猛々しい男ですが。」「ともかくいってみよう」と彼らは言い、すみやかに馬を進め、暗く陰気な森へとやってきた。カールが一行を迎えに現われた。ねじ曲がった唇と壊れた鼻を持つ、大柄な、醜い男だった。しかし彼は十分に丁重に彼らを迎え、広間にはいってゆくと、そこには赤々と暖炉が燃えていた。しかし、暖炉の火のそばには、獅子、熊、猪、そして巨大な雄牛という４頭の獣が横になっ

August

　ていたのである。3人がひるんで後ずさりすると、カールが雷のような大声で獣たちに吼えかかった。すると獣たちはそれぞれ唸ったり、鼻を鳴らしたりしながら、こそこそと立ち去っていったのである。

　天候は急速に悪化し、最初にカイ、次に司教が、馬の様子を見に外へ出ていった。カールがひとりで戻ってくると、ガウェインは友達の生命を心配しはじめた。許しを得て、厩へやってきた。そこで彼は、カイと司教のふたりがうめき声を上げてわらの上に倒れているのを発見した。一方で、1頭の子馬が、戸口に震えながら立っていた。ガウェインはとっさに自分の外套を子馬にかぶせ、友人たちの様子を見ようとかけよった。両者ともに打ち倒されてはいたものの、怪我はなかった。後ろで足音が聞こえたのでガウェインが振り返ってみると、カールがいた。「騎士殿、友人方があなたのように良く振る舞い、自分たちの馬に餌をやろうと、子馬のやつを追い払うようなことをなさらなかったならば、そんなところに投げ出されてはおりませんでしたのに」と彼は言い、きびすを返すと、大股で広間へ戻っていってしまった。

3　ガウェインが仲間の意識を回復させ、そろって広間へ戻ってみると、夕食の準備ができていた。カールの妻が彼らに加わった。カイ卿がすぐに会話を始めるほどの美しい女性だった。しばらくすると、カールが食卓に身を寄せ、言った。「あなたのお考えはお忘れになるがよい、殿。さもないと後悔の種を作りましょうぞ。」カイは顔をまっ赤にし、黙り込んでしまった。

　夕食が終わるころ、ひとりの娘が竪琴を持って入ってきて、上手に演奏して聴かせた。それから夜の休息をとるため

8月

　退くときがくると、カール自らが3人の旅人たちに、それぞれの部屋を指示した。ガウェインが最後になり、室に入ってゆくと、カールの妻が待っていた。「さあ、」とカールが言った。「私の妻に口づけしてください、しかしそれ以上はなりません。さもないと、困ったことになりますよ。」そこでガウェインは言われたとおりにしたが、情熱が高ぶらないわけにはゆかなかった。というのも夫人は本当に美しかったからだ。「それで十分」とカールは唸るように言い、妻に出てゆくようにと合図した。それから演奏を聴かせてくれたあの娘が入ってきた。「これは私の娘です。今夜はあなたに提供いたしましょう」とカールは言って、去っていった。ガウェインとこの美しい娘はお互い見つめ合った。ガウェインは娘を両腕に抱き、自分の寝台へとともなっていった。　　(～)

4　翌朝、3人の騎士たちは、朝食をとるために広間で再会した。カールは後から入ってきて、彼らが食事を終えるまで、黙って座っていた。食事を終えると、彼は大きな槍を壁から取り、ガウェインに手渡した。「これを私に向かって投げるのです」と彼が言った。「恐れることはありません。私を傷つけることはできませんから。」そこでガウェインは槍をつかみ、渾身の力を込めて投げつけた。カールはひょいと身をかがめ、槍は激しく壁にぶつかった。するとカールは前に進み出て、ガウェインを抱擁した。目に涙を浮かべ、3人を外へ連れ出し、広間の後ろ側にやってきた。そこでカールは、人間の骨で一杯になった荷車を見せたのだった。「これらすべての者は私が殺したのです」と彼が言った。「というのも、誰ひとりとして、何の質問もなく私が頼んだようにしてくれて、私の試験を通った者がなか

ったからです。ガウェイン卿、あなただけがうまくやり遂げてくれました。これで私は誓約から自由になれたのです。」ボルドウィン司教は十字を切り、ふたりの騎士たちは横目で、その恐ろしい残骸を眺めていた。「殿」とガウェインが言った。「私たちはみんな一緒に、アーサー王の広間に戻って、この件について判断してもらうべきだと思います。」

5 カールはよろこんでついてゆくことにし、彼の妻と娘も同行した。アーサーは静かにこの話を聞くと、言った。「カール卿、あなたは大きな過ちを犯された。しかし審判をなさるのは神である。これから先は私の王国内で、悪事をしないというあなたの言葉を聞いたからには、許してさしあげよう。」カールはたいへん喜び、自分は女妖術師モルガン・ル・フェイに強制されて、そんな行為をしたのだと告白した。すると皆は、いっそう彼に親切にし、カールはガウェインに、自分の娘を差し上げようと申し出た。ガウェインは喜んで承諾した。というのもこの娘がたいそう気に入ったからだった。そして彼女は、グィンガモルというひとりの息子をもうけて死んでしまうまで、ガウェインを本当に幸せにしてくれたのだった。

6 アーサーがマーリンの姿を最後に見てから多くの歳月がたち、ガウェインが捜査に送られた。ガウェインがブロセリアンドの森にやってくると、目に見えない者の声を聞いたように思った。ガラスの城のあるところへやってくると、マーリンはガウェインに今まで起こったことのすべてを話した。「王と王妃に挨拶を申し上げ、私がど

8月

マーリンがニムエによって囚われの身となって以来、はじめてその声を聞いたガウェイン卿。ここには石造りの独房に囚われている魔法使いが描かれている。実際の伝説では、マーリンは別世界に幽閉されたということになっている

んな様子でいるか伝えてくれ」とマーリンが言った。ガウェインはすっかり悲しくなった。マーリンの叫び声を聞きながら、自由にしてやることができなかったからだ。

(～12月29日)

7 ガウェインが戦いで受けた傷から回復するのには、長いことかかった。しかしある朝、彼は良い空気を吸いに、馬で戸外へ出てゆくために十分に体力がついたと感じた。絹の天幕を見つけ、今まで見た中でも最も美しい娘が出てくるのが目に入った。娘は楽しげにガウェインを歓迎し、彼が自分の兜をとって、日の光が顔にあたると、声を上げて言った。「あなたはガウェイン卿ですね！　あなたさまこそ存命の人の中で、私が最もお慕いする方ですわ。」そして、彼の足元に身を投げ出すと、両足に口づけしたのだった。ガウェイン卿はやさしく彼女を抱え上げ、天幕の中に入っていった。この騎士は鎧を脱いで、愛の行為を楽しんで過ごしたのだった。しかし婦人のもとを去らなければならなくなったとき、それは涙なしにはできなかったことだったの

August

リスの娘が寝台に横たわっている天幕に入ってゆくガウェイン。そのこと自体はたやすいことであったが、後に娘の父と兄から難儀をこうむることになる

　だが、ガウェインは、娘の兄と名乗る背の高い騎士ブラン・ド・リスに、戦いを挑まれた。ガウェインは、自分が奪った娘の名誉のために闘うことを要求されていたのである。
　別のときならば、ブランを倒すのはやさしいことであったが、ガウェインは傷を受けて弱っていたので、試合を互角には闘えず、打ち倒されて、命を落とすままにされていた。ガウェインは自らの流した血潮の中に横になっているのを発見され、運び戻されて、ふたたび元気になるまで看護された。

(～)

8 アーサー王がガウェインを含む彼の騎士の何人かと一緒に、とある城に留まってから一年が経ったとき、ガウェインは突然、壁の上に、ある楯の幻影が

8月

浮かぶのを見た。食卓から立ち上がり、自分の剣と兜を取ると、食事をするのを拒んで、武具を手にして座っていた。尋ねられると、リスの婦人の物語を告白し、あの楯は彼女の兄のものだと言った。その瞬間、ブランその人が入ってきて、戦いを終わらせようとガウェインに挑戦してきた。アーサーと他の人々が見つめる中で、両者は激しく戦いはじめ、どちらも一歩も譲らなかった。するとそこに、腕に子どもを抱えた婦人がかけ込んできて、どうぞふたりともやめてくださいと叫んだ。幼児は自分の上に掲げられた輝く剣を見上げ、よろこんで声を上げてはしゃいでいた。するとアーサーが進み出て、戦いを止めさせた。しぶしぶふたりの男は握手し、婦人はガウェインに、彼の息子を差し出した。後になって、ガウェインはこのリスの婦人と結婚したが、5年も経たないうちに、いつもの彼のやり方で彼女の元を離れてゆき、ふたりが会うことは二度となかったのである。

9 ペルシヴァルの夢はつづき、今はただ大きな嘆きもなく、ふたりの婦人のことを夢に見つづけていた。ひとりはこの大地よりも古く、もうひとりは星のように美しい婦人だった。最初の婦人はドラゴンに乗り、次の婦人は獅子に乗っていた。美しい婦人はペルシヴァルに、聖杯の探究をつづけるように命じた。彼女は彼に、誠実を誓った自分の心の婦人のことを思い出させた。醜い方の婦人はペルシヴァルに、のろのろとした、不吉な振る舞いをしないようにと警告した。彼女は武器の使い方を教えてくれた教師にとても似ていたため、ペルシヴァルは戸惑い、汗をかいて、目が醒めたのだった。　　　　　　（～10月2日）

August

10 カイ卿によって、「ボウメインズ」と名付けられた若者がキャメロットにやってきてから一年が経ったころ、ひとりの娘が、赤いラウンド†（土地）の赤い騎士によって包囲されている、自分の女主人への援助を求めてやってきた。すぐにボウメインズが進み出て、恩恵を賜ることを求め、その冒険を自分に任せてくれるようにと願い出た。アーサーは自分の言葉に責任を持つ男であったので、これを認め、その処置に娘は腹を立てたのだった。誰か偉大な騎士の援助を頼んだのにもかかわらず、「台所の下働きの小僧」を与えられたからである。しかしとにかくボウメインズは娘に従って出てゆき、ランスロット卿に後を追いかけてきて、騎士の身分を授けて欲しいと頼んだのだった。ランスロットはそのようにした。というのも、それ以前に、すでにこの若者を尊敬するようになっていたからだった。

† ラウンド：ランド（土地）のこと。

11 ボウメインズはランスロットに自分のほんとうの身分を告白し、ロット王の息子ガウェイン卿の末弟、オークニーのガレスとして騎士に任じられた。それから彼は、あの傲慢な娘の後を追った。追いついたとき娘は、彼を「台所の下働きの小僧」としか呼ばず、絶え間なく侮辱しつづけた。それは、彼が盗賊団の手から彼女を救い出したときにも変わらなかったのである。

アーサーの宮廷へやってくるリネットを描いた15世紀の彩色画。辛辣な口調で、幽閉された女主人救出のために、未熟なガレスを使わすという王の決定に不服を唱えるリネット

August

12 旅の二日目、ボウメインズは黒いラウンド（土地）の騎士と出会い、闘って、彼の鎧を取り上げた。けれど、リネットという名のその娘は、依然として彼を侮るばかりであった。

13 三日目、ボウメインズは、彼が倒した最初の騎士の弟、緑のラウンド（土地）の緑の騎士と戦って打ち破った。しかしリネットは依然として彼にやさしい言葉はかけなかった。

14 四日目、ボウメインズは青いラウンド（土地）の青い騎士と戦い、ついにリネットは彼のことをさまざまな名前で呼びはじめるようになった。「油っぽい臭いを取り払っておくれ」などと、依然として馬鹿にするような態度はとりつづけてはいたものの、前よりは親しみを込めて彼を見るようになってきたのである。この日、ふたりはリネットの女主人リオノルスの城に到着した。ボウメインズは、塔の窓から身を乗り出している婦人の姿を見て、それまでどんな婦人も娘も愛したことはなかったのにもかかわらず、即座にこの婦人を愛するようになったのである。

15 五日目、ボウメインズは赤いラウンド（土地）の赤い騎士と終日戦い、ほとんど夜までつづいた激しい戦いのすえ、若い騎士はやっとのこと、兜への一撃で、相手を打ちのめしてしまった。アイアンサイズという名のこの赤い騎士はリオノルスの包囲を解くことを約束し、自

8月

分は審判を受けるため、アーサー王のところへ赴くことを誓ったのだった。リネットはもはや賞讃の言葉を惜しまず、「台所の下働きの小僧」の身分が判明すると、自分の振る舞いを恥じ、女主人に、よろこんでボウメインズのためのとりなしをした。間もなくふたりは結婚し、ともどもキャメロットへ戻ってゆき、一同はよろこんで彼らを迎え入れた。こうしてカイ卿が唖然として立ち尽くしている一方で、ガウェインは自分の弟を歓迎したのである。

16 ランスロットは、アリマタヤのヨセフその人にまでさかのぼる家系に連なる王の息子として、キャメロットに現われた。「湖水の貴婦人」によって、たっぷりと魔法の力を注ぎ込まれていたため、彼は円卓に座る騎士の中でも最強の者として認められるようになった。それから先、死にいたるまで無敵を誇り、例外となったのは自分の息子ガラハッドだけであった。

17 アーサーがブリテンのハイ・キング（高位の王）となったとき、ライオネスの地はメリオダスという良き領主が治めていた。やがて彼の妻が子どもを産むときがやってきた。しかし出産の数日前、メリオダス王は姿を消してしまった。ひとりの女魔法使いによって誑られ、囚われの身となってしまったからである。すっかり取り乱した王妃は、寝台から起き上がると、泣きながら森の中へと走った。彼女の生命を心配した侍女たちが後を追った。それ以上は進めないというところまでやってきたとき、出産のときを迎えた。子どもは大きく、彼女の陣痛は大変激しく、侍女た

August

ちが見つけ出したときには、ほとんど意識を失っていて、しだいに弱り果てていった。やっとのことで子どもは生まれた。強くしっかりとした男の子だった。母親は子どもに会わせてくれるように頼み、言った。「息子よ、あなたは母の生命をうばってしまいましたね。」侍女たちには、「私の主人が見つかったなら、よろしくと伝え、息子にトリスタン✝という名を付けてくれるように言っておくれ。」と言うと、王妃は亡くなり、故郷へ運ばれたのだった。

✝トリスタン:「悲しみの人」という意味を持つ。

18 しばらくして、マーリンがメリオダスを見つけ出し、自由にしてやった。彼は国に戻って妻の死を聞き、悲しみに打ちのめされてしまった。しかししばらくすると別の婦人を愛するようになり、新しい王妃として娶ったのだった。彼女もまた息子たちを産み、自分の息子たちの脅威となるかも知れないと見てとると、トリスタンを退けた。その憎しみは大きく、毒殺しようともしたが、うまくゆかなかった。王は彼女のした事を知ったとき、妻と子どもたちを追放し、トリスタンをブルターニュに送って、ゴヴェルナルという信頼できる騎士に育てさせた。（4月25日）

19 オウァインは狂気のうち、絶え間なく、人間というよりは獣のような唸り声をあげて彷徨っていた。それから大きな蛇のために、洞窟から出ることのできなくなっている1頭の山獅子に出くわした。強くなっていて、獣の持つ術を身に付けたオウァインは、蛇とつかみ合

8月

獅子を助けてやるオウァイン。以後この獅子は彼の忠実なる相棒、助っ人となる。そのためオウァインは「獅子の騎士」として知られるようになった

い、とうとう殺してしまった。若い獅子は出てきて、自分を救ってくれたオウァインに子鹿のようにじゃれつき、彼の相棒となったのである。　　　　　　　　　　（〜）

20 オウァインが獅子と歩いていると、地面の下から聞こえてくる声のようなのもを耳にした。それから地下の洞窟を発見し、囚われている女性を見つけ出した。「あなたは誰なのですか」と、狂気に襲われて以来、初めて声を出してオウァインが尋ねた。「私はリネッドと申します。お助けして、主人である泉の貴婦人と結婚させて差し上げた騎士の方が、泉の貴婦人の夫であられた方の命を奪った者ということが分かったために、ここにこうして閉じ込められているのです。あの方々は私を火あぶりにしようと企てておいでです。あらゆる殿方の中で、一番お慕いしているあの方がここにお出でになってくれさえしたらよいのですが。」ある記憶がオウァインのうちで騒ぎはじめた。「その人の名

August

前は何と言うのです？」「ウリエンスの息子オウァインというお方です」と彼女が答えた。オウァインの頭はすっかりはっきりした。彼は従者たちがリネッドを出してやるのを待って、自分の獅子をけしかけた。彼らが逃げ去ると、リネッドを助け出し、ふたりは逃げ出したのである。（～10月19日）

21 カメリアルドのレオデグロンスは、あるひとつの場合を別にしては、妻に誠実な男であった。そしてその例外というのは、魔法によってもたらされたものだったのである。アーサー王の未来の花嫁となるグウィネヴィアが生まれたその晩、彼もまた、自分の主席狩人の妻と寝所をともにするように、悪意のある女魔法使いに仕組まれたのである。この妻もまた娘を妊娠し、子どもはグウィネヴィアが生まれるのと同じ時間に生まれ、あらゆる意味からいって、彼女と双子のような存在となった。例外というのは、娘の左の太腿部にあるあざだけであった。この娘は、ゲニエヴルと名付けられた。レオデグロンスの娘との類似がよりはっきりとしてくると、彼女は宮廷の人々の目から隠されて、本当の父親さえもその存在を知らないほどだった。彼女が12歳になったとき、モルガン・ル・フェイのところからひとりの侍女が送られてきて、両親にこの娘を彼女の保護のもとに差し出すようにと説得した。このときから、ゲニエヴルは人生にひとつの目的を持つようになったのである。そのときがやってきたならば、自分の異母姉妹である者に成り代わって、ブリテンの女王になることであった。モルガンはこの思いを、ベルトレイトという騎士に助けさせた。この男は、ほかの男を殺したために、レオデグロンスに追放されていた者だった。彼は、ゲニエヴルと結婚し、ふたりはモルガンの所

8月

有する城に落ち着いた。ある日、アーサーがそこにおびき出され、ゲニエヴルに秘薬を飲まされた。それは、自分こそが本当のグウィネヴィアで、自分の姉妹はアーサー王に信じるようにさせるために、悪意の男たちから送られた回し者であると思わせるためだった。王は宮廷に戻ると、驚いたことにも、王妃を牢に入れてしまうように命じたのである。誰もその真実を知らず、ふたりの女性のうち、どちらがほんとうのグウィネヴィアか分からなかったのである。　　　(～)

22 グウィネヴィアが牢に入れられ、ゲニエヴルに取って代わられて以来、恐ろしい時代がつづくことになった。ランスロットは、その知らせを聞くやいなや、キャメロットへ戻ってきた。囚われの王妃を訪れると、カイ卿を説得して、王妃を彼の保護のもとに引き取らせた。カイは王妃をただちに、ふたりがつかの間幸せに過ごした「喜びの園」へ連れていった。アーサーは、自分の最高の騎士のこの無礼な振る舞いに腹を立て、あやうくふたりを捕らえるために、武装した一団を送るところだった。しかし良識がそれを押しとどめ、そのままにしておくことにしたのである。　　　(～)

23 運命が手を下さなかったならば、どんなことになったかは分からなかった。しかしある朝、アーサーが目を覚ましてみると、自分のかたわらで、ゲニエヴルが硬直し、言葉もなく横たわっているのを見つけた。彼女の呼吸は速く浅く、その体は声も出せない苦悶で硬くなっていた。アーサーは医師たちを呼びにやらせたが、彼らには成

August

偽のグウィネヴィアを見破り、3人の騎士と戦うランスロット。画面右手ではゲニエヴルと彼女の夫ベルトレイトが裏切りのために火あぶりにされている

すすべがなかった。最後に、アムスタンスという隠者が宮廷にやってきて、ことの真相を理解しなかったアーサーの過ちについて、長い訓戒をたれた。王の目からうろこが落ちはじめ、アーサーはレオデグロンスとその妻を呼びにやった。ついに狩猟長とその妻が召喚され、全貌が明らかにされた。彼らの告白に恥じたアーサーは、本当のグウィネヴィアを呼び戻し、国のために良かったことには、彼女はランスロットと一緒にいたいという思いにもかかわらず、王妃としてアーサーのもとへ戻ったのである。依然として麻痺している偽りの姉妹の方は、彼女が最初に王を欺いたところへ戻された。そこではベルトレイトが言葉を失い、身動きもできず、同じ状態でいるのが見つかった。後になって、言葉と動きを回復した両者は、火あぶりに処せられたのだった。

24 ゲライントは妻イーニッドと幸せに過ごしていた。コンウォールの父の領地を引き継ぎ、今は闘いも、狩さえも、めったにしないほどだったので、ゲライ

8月

ントのメイニー†（家の者たち）は不服だった。イーニッドはこれに気づき、ひそかに嘆いていた。ある朝目を覚ますと、自分の夫をしげしげと見つめた。「わたしがこの方の名誉を失わせるような原因となったのなら、なんと惨めなことでしょう。」彼女の両の目から涙が流れ出て、ゲライントのむき出しの胸に落ち、彼は目を覚ました。ゲライントの判断の中で夢と現実が混ざり合い、てっきり彼女が自らの不実を思って泣いているのだと思い込んだ。そこで彼女に命じて、最も粗末な身なりをさせ、自分の後についてくるように言った。そしてまた、どんなことが起こっても黙っているように命じたのだった。というのも、彼女が十分に恥じ、ふさわしい罰を受けるまで、国じゅうを引き回したいと思ったからだった。

†メイニー：家の者たち

25 最悪の道を選び、しばしば最も荒れ果てた場所を通って進んでいったので、ゲライントは多くの危険に遭遇した。何回も、イーニッドは道路に現われる盗賊や無法者を見つけ、ゲライントの怒りにもかかわらず、彼に警告した。何回も、ゲライントはイーニッドを連れ去って陵辱しようとする男たちから彼女を守るため、恐ろしい敵を相手に断固として戦い、死にそうな目にあった。アーサーの宮廷の人々が彼らが通ってゆく森の中に天幕を張っていて、薄汚い衣装を着け、長いこと無言を強いられているイーニッドに同情した。多くの者がゲライントに、その恥ずべき振る舞いをやめるようにと頼んだ。しかしゲライントは、イーニッドに自分の力を示すために、できるだけ多くの危険な冒険

をしてやろうと決心していた。そこで、アーサーの医師団からの治療を受けると、自分の道を進んでいったのである。

(～)

26 彼らはオウァイン伯爵の住むワタリガラスの城へやってきた。途中で出あった人々はすべて、そこにはゆかないようにとゲライントに警告した。というのも、オウァインから快く迎えられるためには、危険な試合をしなければならなかったからだ。オウァインの母方の親族は、別世界の者ということだった。このことがゲライントをいっそう駆り立てて、激しくこの危険に立ち向かわせ、イーニッドは辛抱強く彼の後に従った。オウァインは暖かく彼らに挨拶した。夕食がすむと、伯爵はゲライントが顔色悪く、引っ込みがちなのを見てとった。「お言葉をくださりさえしたら、この魔法の試合をなさることには及びませんよ」と彼は申し出た。ゲライントは唇をかみ締め、「私の成すべきことを教えてください」と言った。

(～)

27 オウァインは、杭のめぐらされた高い生垣を指し示した。杭のそれぞれには、人間の首がついていた。生垣の向こうには霧がかかり、霧の向こうに果樹園があった。ゲライントはそこを通り抜けると、金色の椅子が置いてある天幕があるのを見つけた。椅子に座ってみた。一本のリンゴの木の上に、狩の角笛がかかっていた。たいへん美しい妖精の娘が出てきて、ゲライントのかたわらに腰を下ろし、そこには座らないようにと警告した。間もなくゲライントは、妖精の騎士の挑戦を受け、生命をかけて戦った。イ

8月

　ーニッドの辛抱強い愛のおかげで、ゲラいのは最後の一撃を振り下ろし、敵は馬から落ちてしまった。「どうかお慈悲を！　おっしゃってくだい。そうすれば何でもあなたの言うとおりにいたしますよ！」「このような戯れはこれ以上やめてもらいたい」とゲライントが叫んだ。妖精の女が、彼女の相手に命じて角笛を吹かせた。「ゲライントとイーニッドが、もはや懐疑と誤解の囚われ人ではないという喜びの知らせを世に伝えてやるのです。さあ、奥さまの許しを乞い、あなたがその行ないにおいて強くあられたように、奥さまに真実を尽くしてください。」そしてゲライントは、そのようにしたのだった。　　　　　　　　　　　　　　　　（～）

28　この妖精の騎士は、かつてはマボナグラインという力強い人間の戦士であった。彼は20年の間妖精の世界で働き、角笛を吹くことで、自分の限りある生命をふたたび手に入れたのだった。彼はこの魔法の庭に若い男として入り込み、今やその盛りは過ぎてしまっていた。やがてゲライントが彼を召しかかえ、自分の国の執事としたのである。

29　マーリンは自分の生誕の話を聞き、ヴォルティゲルンのドルイド僧たちに挑戦した。「あなたたちがそんなに賢いというのなら、うまく築けない土台の下に、何があるのか言ってみてください。」ドルイド僧たちは、怒りと不満で唇をかみ締めた。というのも彼らは、この塔がなぜ壊れてしまうのか分からなかったからだった。マーリンは溝を掘ることを命じた。「この地の下には、水溜りがあっ

て、その中にふたつの空ろな石が置いてあるのです。そこに２頭の竜が横になって眠っています。」マーリンは威厳をもって話したので、ヴォルティゲルンはその言葉を信じた。水溜りの水が抜かれると、ヴォルティゲルンは自ら確かめるために降りていった。マーリンが言ったとおりだった。白い竜と赤い竜が見つかり、竜たちは止むことなく戦いはじめた。

(～)

30 ヴォルティゲルンが尋ねた。「この竜たちは、何を意味しているのだ？」この質問で、若いマーリンの中の、この世のものではない予言の泉がかき立てられることになった。「赤い竜には気の毒なことですが、その終わりが近いからです。ブリテンの人々は、サクソン人の白い竜によって征服され、この地のすべての美しいものは荒廃してしまうでしょう！　ただ、コンウォールの猪†だけがそれを守ることになるのです。」こうしてマーリンはブリテンの未来を、この世の終わりの日にいたるまで予言したのだった。やがてヴォルティゲルンは、反乱を起こしたブリトン人に包囲され、自分の塔の中で、生きながら焼かれてしまうことになったのである。　　　　　　　　　(～２月25日)

†コンウォールの猪；アーサー王のこと。母イグレインの持つ資格によって、彼にこの称号があたえられている。

31 ランスロットは夢を見た。ひとりの老人が彼のところに現われ、言った。「私はあなたの祖父である。もし大きな冒険がしたいと思うのなら、『危険の森』

8月

へゆき、血を流している墓のそばにある泉を見つけ出すのだ。」目を覚ますと、ランスロットは出かけてゆき、夢の中の場所を見つけるまで、探しつづけた。そこは2頭の獅子に守られていた。ランスロットはこれら2頭を切り殺したが、その墓には近づかなかった。そうする代わりに、泉の中を覗き込んだ。水は沸き立ち、泡を浮かべ、その中に夢に出てきた老人の首が漂っていた。ランスロットは煮え立つ水の中に手を入れた。ひとつの声が彼に呼びかけ、見上げると、古い朽ち果てた礼拝堂が見えた。隠者のような男が彼を手招いていた。「よくやった、息子よ。さあ、この墓が開けられるかどうかやってみなさい。」ランスロットが両手をその縁に触れると、簡単に持ち上げることができた。中には、首のない死体が入っていた。首を隠者から受け取ると、それをうやうやしく中に入れてやった。「これはあなたの祖父の体です」と隠者が言った。「彼はひとりの善良な女を心を込めて愛したのでした。しかしほかの者たちはそうは思わず、その夫に告げ口したのです。その男があなたの祖父を、この泉で水を飲んでいるとき殺させたのです。誰もこの首を取り去ることはできませんでした。水が煮え立っていたからです。間もなく、別の者がやってくるでしょう。彼は最高の騎士です。その方がこの結末をつけることになりましょう。」ランスロットと隠者は、死体を礼拝堂の中に葬った。間もなく、ランスロットの息子ガラハッドがこの泉にやってきて、水の中に手を入れると、泉は煮え立つのを止めたのだった。

9月

September

けれどその（聖杯の）城は、どんな人からも遠く離れたところに
あって、何となく不可思議な場所であるように思われていた。
廃墟になってしまったあとは、近隣の国と島に住む多くの
人々はそこには何があるのかといぶかしがり、何人かの者が
訪れて確かめてみたいと強く願うようになった。しかしそこへ
出かけていった者は、決して戻ってはこなかったのである。
彼らに何が起こったかを知る者もなかった。その知らせは
あらゆるところへ伝わり、それからは誰ひとりとしてあえて
近づこうとはしなかった。例外は、それを聞きつけたふたりの
ウェールズの騎士だった。彼らはとても若く、活力に満ちた、
まことにみごとな騎士たちだった。彼らはお互いに誓い合って、
そこへゆくことに決め、ひどく興奮して城の中へ乗り込んで
いった。彼らは長い間そこに留まることになり、そこを
去っていってからは、隠者のような生活を始めたのである。
…それは厳しい生活だったが、彼らは大いに楽しんでいた。
人々がなぜそのように暮らしているかと尋ねると、
「私たちが訪れたところへいって見てください。
そうすればなぜか分かるでしょう」と答えていた。

『聖杯の高徳な本』

September

1 トリスタンとイソルトは、「喜びの園」で、歓喜に満ちた４ヶ月を過ごし、その間にマルクは、ふたりがライ病人たちの手から逃れたことを知り、何とかして彼らを罠にかけて捕らえようと計っていた。ついに彼は、嫉妬深いアンドレットに率いられた騎士の一団を送って、深夜の闇にまぎれてイソルトを盗み出してしまった。その日、トリスタンは円卓の集まりに出席するようにという知らせを受けて、そこにはいなかったのだ。戻ってみるとイソルトの姿はなく、ランスロットの家来たちの何人かが死んでいるのを見つけた。怒りに震えてアーサーの宮廷に戻ると、この事件を王の前に提訴した。アーサーは、公式にできることはほんのわずかしかないと告げた。個人的には、この恋人たちのことは大目に見てはいたものの、王としてはふたりをいさめ、マルクの肩を持たねばならなかったからだ。そのため王は、何とかできそうな唯一の手段をとった。マルクの元に使者を送り、イソルトを取り戻し、公けの席で彼女を許し、これ以上罰をくだすことはないと宣言せよと命じたのだった。マルクはそれをしぶしぶ認めたが、心の中では王を呪っていた。こうしてイソルトは実質的な囚われ人となり、一方トリスタンは失意のもとに、放浪の旅に出たのである。

（〜７月29日）

2 ガウェインは長いこと聖杯の探究に従事し、「運命の婦人」の城へとやってきた。宝石と貴石とがちりばめられた世界で最も素晴らしいところであったが、最初彼は、この城が彼女のものだとは分からなかった。ガウェインが扉の前で足を止めると扉は開き、彼は中に入っていった。広い広間には運命の輪が置かれていて、その上に

9月

据えられた椅子に、婦人が座っていた。輪は、その椅子に座る人の、良かったり、悪かったりと、刻々と変化する運命を操って、永遠に回っているように見えた。彼女を見ると、ガウェインには、婦人の顔の半分は美しく、もう半分は醜く思われたのだった。彼が見つめていると輪は止まり、婦人はすっかり美しく変わっていた。「よくいらっしゃいました、ガウェイン！」と彼女は声を上げた。「長いことあなたのおいでを待っておりました。この長い期間中、あなたの運命は私の手中にあり、何回も変化していたからです。」ガウェインはその事実をよく知っており、悲しそうに微笑むのだった。婦人はつづけた。「残念ながら、あなたは聖杯を手にはできないと申し上げねばなりません。けれどここに、あなたへの価値ある贈り物があります。」そして自分の手から、サファイアとダイアモンドの指輪をはずした。「この指輪をはめる者は、運命がもたらす最上のものを手にすることができるのです。これをアーサー王のところへ持っていってください。というのも王が王国を維持している間は、幸運を手にするようにさせたいのです。」後に探究も終わったとき、ガウェインは実際この指輪をアーサーのところへ届けたのだった。しかしその後、指輪は失われてしまい、以後王は決して幸運を手にすることはなかったのである。　　　　（～6月20日）

3 アーサーがハイ・キング（高位の王）として即位するのに立ち会った人々の中に、オークニーのロット王の未亡人モルゴース王妃の姿があった。彼女とともに、背が高くたくましい4人の息子のうちの3人、ガウェイン、ガヘリス、そしてアグラヴェインもやってきていた。彼らはこの出来事を祝うために計画された大行事、トーナメ

September

ント試合に集まった他の競争者の中でも抜きん出て輝いていたのである。若く、思慮の浅かったアーサーは、この婦人がかなりの年増であったにもかかわらず、すっかり夢中になってしまった。というのも彼女は盛りの時代を過ぎてはいたが、人の言うところによると、女魔法使いとしての力で美しく見えたということである。このようにして、アーサーは彼女と床をともにし、彼女は息子を身ごもった。実のところモルゴースはイグレインの娘であり、彼女はその事実を十分に心得ていたにもかかわらず、アーサーの方は彼女が自分の異父姉であることは知らなかった。この近親相姦で、モードレッドが生まれることになり、やがてこの息子が父の運命を握る者となるのである。マーリンはこれからどんなことが起こるか分かってはいたものの、それを避ける手段は何もないことも知っていて、そのために、大いに悲しんでいたのだった。

（〜9月6日）

4 かつてエリアウレスの息子カラドックという騎士がいて、恐ろしい難儀をこうむっていた。彼が愛を捧げることを誓ったひとりの女魔法使いが、彼の左の手に蛇をはりつけ、それが彼の血を吸い、決して取り去ることができなかったからだ。親友カドールと婚約者グィミエールが、このたたりから何とかして彼を自由にしてやる方法を見つけ出そうとしたのだが、カラドックの方は、愛する人が自分の衰弱した体を見てどう思うかを恐れるあまり、森の中に隠れてしまったのだった。

（〜）

9月

5 さんざん探し回ったのち、隠者のように暮らしているカラドックと、彼を自由にしてやれる方法が見つけ出された。2種類の風呂が用意され、ひとつには牛乳が、そしてもうひとつにはワインが入れられた。カラドックがワインの風呂に、そしてグィミエールが牛乳の風呂に入り、娘が自分の胸をあらわにして、カラドックのところから蛇をおびき寄せた。ふたりの間にはカドールが控えていて、この生き物を殺す用意を整えていた。すべては計画どおりに運んだ。グィミエールは勇敢にも自分がおとりとなり、カドールは蛇を一撃でまっぷたつに切り離した。カラドックは彼の許婚者と間もなく結婚し、円卓の偉大な騎士となった。しかしその傷のために、彼の左手は曲がったままになってしまった。そのため彼は、「短腕のカラドック卿」とか、「縮んだ腕」として知られるようになったのである。

6 ある日のこと、アーサーはひとり馬に乗って森の中へと狩に出かけた。今や王となっていたため、宮廷の随員たちの注意を引かずにいるのは容易ではなかった。森の中心にある泉へやってくると馬を繋ぎ、腰を下ろして深い考えにふけっていた。しばらくすると、ひとりの少年がやってくるのが見えた。この若者は大胆に彼に呼びかけた。「アーサー王さま、ご挨拶申し上げます。私はあなたを良く存じているのです。あなたの父上のことも、また母上が誰であるかも知っており、王となられてから成されたことも承知しております。」腹を立ててアーサーは若者を手で追い払った。「いったいどうしてそんなことが分かるのだ？　私よりずっと若いおまえが。」「それでも、それらを承知しておりますよ」と若者は立ち去るとき言った。

September

　間もなく白い髪の老人がやってきて王に挨拶し、喜んで迎え入れた。老人が言った。「王よ、ご挨拶申し上げる。まったく知らなかったこととはいえ、あなたが成されたよこしまな行為をお話し申し上げよう。というのも、あなたは御自分の異父姉であるモルゴースと寝所をともにし、あなたの運命を握ることになる息子を孕ませたのですぞ。」アーサーは自分の運命を深く嘆き、なぜ老人がこのようなことを知っているのかと尋ねた。「私はマーリンという者だ」というのがその答えだった。「子どもの姿でやってきたとき、あなたは私を認められなかった。そこでこのようななりをしてやってきたのだ。今や私の言うことを信じようとなさっておられる。あなたの運命は悲しいものだが、それでも私よりずっとましなのだ。私の方は、ずっと力のない者によって閉じ込められることになるのだから。」それから老人は姿を消し、アーサーは自分が犯してしまった暗い行為について思い巡らしていたのだった。　　　　　　　　　　　（〜5月16日）

最初は若者の姿、次には老人となってアーサーの前に現われ、アーサーの運命を告げるマーリン

9月

7 アイルランドからブリテンへと戻る途中、トリスタンは、自分がいないうちに叔父の側近がマルク王に近づき、結婚してコンウォールに世継ぎをもうけてくれるように要求したことを知った。しかしマルクは最初のうちはあまり乗り気ではなかった。そのとき一羽の鳥が、くちばしに長い金髪をくわえて窓から飛び込んできた。鳥はそれをマルクの前で落とし、飛び去った。コンウォールの領主は、この髪の毛の所有者ならば結婚しようと宣言したのだった。イソルトを思って悲嘆にくれていたトリスタンは、自らが先頭に立って、この髪の毛の持ち主を探し出すことを申し出た。　　　　　　　　　　　　　　　　　　(～)

8 翌日、トリスタンは出発したが、どこへ向かったらよいのか分からなかった。マルク自身は、花嫁を見つけ出してくるのを望んでいないことは分かっていた。トリスタンの足はアーサーの宮廷に向かい、よろこんで迎えられ、すぐに自分の地位を確立した。ある日のこと、トリスタンが食卓に着いていると、ひとりの女が広間に入ってきて、彼と向かい合った。「あなたはご自分の探究を怠っておりますね、騎士どの」と彼女は言った。「今晩、夕べの潮に乗って、この島の岸から、行き先を定めぬ船が一艘船出することになっています。それにお乗りになれば、あなたがお探しのものが見つかるでしょう。」彼女の姿はかき消え、誰もどこへいってしまったかは分からなかった。そこでトリスタンはもう一度船に乗り、船は運命に遭遇させるため、彼を運んでいった。トリスタンはしばしば金色の髪を取り出しては、それをしげしげと見つめ、この髪の持ち主はどんな娘だろうと思い巡らしていた。　　　(～2月20日)

September

9 ある日、ランスロットはコルビンの村へとやってきて、不思議な輝きを見せる、立派な塔を見つけた。村人たちが彼を歓迎するために進み出て、叫んだ。「よくいらっしゃられた、ランスロット卿。さあこれで、われわれは解放されることになるでしょう。」いったいどういうことかとランスロットが尋ねると、あの塔の中には、長いこと囚われているひとりの乙女がいて、その方が解放されないうちは、すべての村人たちが呪いの下にあるのだと言った。ランスロットが塔へ入っていくと、目の前で、かんぬきと横棒のすべてが開いた。彼は塔の頂上にある部屋へ入っていき、そこでひとりの乙女を見つけ出した。彼女は泡だつ風呂に入っていた。ランスロットが娘の手を取ると、彼女は全裸のまま、足を一歩前に踏み出すことができた。彼が娘を外へ連れ出すと、村人たちが衣服を持ってきた。それから彼らはランスロットを近くのコルビンの城へと連れてゆき、乙女の父がランスロット卿に心から感謝し、自分はアリマタヤのヨセフの従兄弟ペレス王で、娘の名前はヘレインというのだと告げた。そしてランスロット卿を中へと導き、歓迎したのだった。彼らが食事をとっていると、助けてやったあの娘が広間に入ってきた。彼女は白いヴェールで覆われた何かを手に運んでおり、それからは光が発せられ、部屋全体が甘い香りで満たされた。ランスロットがそれは何かと尋ねると、ペレス王は、これこそ聖杯だと答えた。「これがアーサーの治める地でふたたび現われるときには、王国を崩壊させることになる大きな探究が始まるでしょう」と言ったのだった。

(～)

9月

10 さて、ペレス王はずっと前から、予言によって、ランスロット卿が自分の娘と寝所をともにすれば、やがて聖杯を勝ち取ることになる勇敢な騎士を孕ませることを知っていた。そのため、どうやったらそうできるかを思い巡らしていたのだった。ブリセンという女がおり、薬の処方とちょっとした魔法を操ることができた。ブリセンはヘレインの乳母を長くつとめていて、信頼できる女だった。この女がペレスに、どうやったらこの運命の子を産ませることができるかを教えたのである。「ランスロットさまはグウィネヴィア王妃だけを愛しておられます。ですから、彼には自分を呼び出したのが王妃さまだと信じさせ、成すべきことをさせるのです。」 (∽)

11 翌日の夜、ブリセンは策を弄して、ランスロットに薬を処方したワインを飲ませ、彼がすっかり正気を失った頃を見計らって、彼の私室に、いかにもグウィネヴィア王妃からのものと思わせる指輪を持たせたひとりの男を遣わし、王妃が近くにある「事件の城」で、彼のくるのを待っていると伝えさせた。ランスロットはすぐに起き上がり、夢中で城へ馬を走らせた。彼はすぐに受け入れられ、まっ暗にされた部屋へと招じられた。暗闇の中で、ひとつの手が彼の方に差し出された。それから薬のため血がたぎっていたランスロットは、グウィネヴィアだと思い込んだその婦人と、床をともにしたのである。 (∽)

September

12 朝になるとランスロットは起き上がり、帳をあけた。このようにして彼は、寝台の中の婦人が、ペレス王の娘のヘレインで、グウィネヴィアではなかったことを知った。怒りと当惑は大きく、剣を引き抜き、娘を切り捨てようとした。けれど娘は、全裸のままランスロットの両足のもとに身を投げだして言った。「お殿さま、わたくしにお怒りにならないで下さいまし。父の願いのままに振る舞っただけなのです。私が産むことになる子どもは、偉大な徳ある騎士となることは確かです。私の善良な乳母と父からそう言われております。父は長いこと、自分の血統から最高に聖なる騎士が出るという予言を、胸にしまっていたのです。」ランスロットは剣を取り落とし、大きな叫び声を上げ、上着だけの姿で窓から外へ飛び出し、正気をまったく失ったまま、森の中へと逃れ出ていった。そこに何ヶ月も留まり、皆は彼が死んでしまったのだと思った。しかしグウィネヴィアは騎士を送って彼を探させ、ついに木の実を食べて森の中に暮らしているランスロットを見つけ出した。髪もひげも艶を失い、ずっと以前から上着の代わりに動物の皮をまとっていた。実のところ、彼はまるで野生の動物のように見えたの

コルビンのヘレインと一夜を過ごさせられたことを知り、彼女を切り殺そうとするランスロット。自分の子を懐胎したという告白が、ランスロットを一時的に狂気に追いやった

210

9月

ランスロットの狂気を知って、騎士を送って探させるグウィネヴィア。見つけ出されたランスロットの首に湖水の貴婦人からの楯をかけてやる侍女たち。これによって彼の正気は部分的に戻ってくる。絵の後半では藁い子のランスロットを眠らせて、十分に目覚めさせようと介抱する湖水の貴婦人が描かれている

だった。最初のうちは、彼は誰ひとりとして見極めがつかずにいた。グウィネヴィアはひとりの騎士に、ランスロットと王妃のように見える、ふたりの恋人たちの絵が描かれた楯を見せてみるように指示した。それを見ると、ランスロットの目ははっきりとしてきて、やがて深い眠りに落ちていった。従兄弟のボールス卿がランスロットをコルビンへと連れてゆき、そこではヘレインが看護し、健康を取り戻させようとしたのである。

13 オウァインは、コルグレヴァンスの跡を追って、「動物の王」にめぐりあい、泉のところへ進んで緑の石に水をかけた。すぐに雷が鳴り、稲妻と雨と小鳥の大合唱が聞こえてきた。すると黒い騎士が現われて、オウァインと戦ったのだった。彼らは終日闘い、オウァインが相手の鎧を刺し貫いた。黒い騎士は瀕死の重傷を追い、自分の居場所へ戻っていった。オウァインは城の落とし格子のと

September

ころまで追ってゆき、落とし格子は主人である黒い騎士の入るのは許したものの、オウィンの馬の後ろ半分の上に落ちてきて、馬を半分に切り裂いてしまった。オウァインは惨めな状態におちいった。落とし格子と内側の門の間に挟まれ、敵の手中にはまってしまったからだ。ひとりの乙女がその様子を見ていて、格子を通して宝石の入った指輪を差し出した。「この指輪をおとり下さい」と彼女は言った。「手の中に宝石を握って付けていてくださいませ。そうすればあなたのお姿は見えなくなります。彼らがあなたを捕まえようとなさったらくぐり抜け、中にある馬台のところでお待ち下さい。わたくしがあなたをかくまって差し上げます。」オウァインは急いで指輪をはめ、乙女が言ったようにした。

(～9月15日)

14 何ヶ月も彷徨ったのち、ランスロットは海辺へやってくると、「ソロモンの船」が自分を待っているのを見つけた。ガラハッドがひとりその船に乗っていた。この父と息子、ふたりの男たちは、静かな船の中で、昔のこと、自分たちの人生とその意味、周知のものであるガラハッドの使命のことなど多くのことを語り合いながら、日々を過ごした。それは必ずうまくゆくには違いないが、同時にまたガラハッドの生命の終わりをも意味する仕事となるはずだった。ついにふたりが別れるときがきた。それは頬に涙なしにはすまされぬ、まことに心打たれる瞬間であった。ランスロットは、思慮深い家来たちとともに、ふたたび逍遥することになった。一方ガラハッドは、ペルシヴァルとボールスに会うことになる場所へと、航海をつづけたのである。

(～9月27日)

「ソロモンの船」に乗って船出するガラハッドに、別れの挨拶をするランスロット。この船がガラハッドを「聖杯の城」へ連れてゆく。一方父親（ランスロット）は同行を許されない

September

15 オウァインは、リネッドという娘によって、二日間かくまわれていた。彼は塔の隠れ場所から泉の騎士の葬列を目撃し、騎士の夫人の深い悲しみの様子を見た。夫人は髪をかきむしり、胸を引きむしって、嘆きのためにわれを失っていた。泉の貴婦人が教会から戻るやいなや、リネッドは行動を開始した。「奥方さま、もうこの城を保護し、あなたの泉を守ってくださる方はおりません。わたくしをアーサーの宮廷に遣わして、あなたのために新しい夫となる方を見つけさせてください。」最初のうちは、リネッドを不実者と責め、叫び声を上げていた婦人も、すぐにこの侍女の言うことに一理あることを理解した。　　　（〜）

16 リネッドは出かけたふりをして、翌日戻ってきた。「あなたを守ってくださるにふさわしい、ひとりの殿御を見つけましたよ。」そしてオウァインには、自分の用意した鎧をつけさせ、獅子の図案が縫い取られた黄色い絹のマントを着せかけてやった。このようにしてオウァインは、自分のものであったワタリガラスの図案をかなぐり捨ててしまったのである。泉の貴婦人は、オウァインを自分の夫として受け入れ、黒い泉の騎士の武具一式を彼に与え、オウァインがやってくるすべての人々から、泉を守ることになった。　　　　　　　　　　　　（〜10月17日）

17 ガラハッドが聖杯の探究へと、遠く出かけていったとき、とある海辺で不可思議な船が自分を待っているのを見つけた。その船の脇腹には、金色の文字で、「この船に乗り込む者、揺るぎなく断固として振る舞う

多くの試練ともめごとの後で、泉の貴婦人との結婚にこぎつけるオウァイン。貴婦人の騎士と侍女たちが見守る

September

べし。そうできぬなら、その者を助けることあたわず。」と記されていた。ガラハッドは船に乗り込み、船は自分の気の赴くまま、別の場所へ向けて船出していった。　　　　　(～)

18 別の場所で、ガラハッドはペルシヴァルとボールスが、自分を待ち受けているの見つけた。というのもふたりは夢の中で、そこへゆくよう言われたからだった。それぞれは、昔からの友人と仲間たちがするように挨拶を交わし、お互いの冒険を確認しあったのである。(～)

19 それから３人の騎士はふたたび船出し、３種類の木でできた天蓋付きの大きな寝台を発見した。ひとつは白く、ひとつは緑、もうひとつは赤い木でできていた。そこには、どのようにして賢者ソロモンとその妃が、彼らの血筋を引くひとりの者——ガラハッドその人——によって成される偉大な行為を知ることになったかが書かれていた。船が用意され、ときの大海原を漂うことになったのである。その寝台は、「善悪の知識の木」でできていて、天蓋を支える３種類の木も同様だった。これらには色がつけられていた。というのもはじめはみな白だったのだが、アベルが生まれてからは緑となり、アベルが殺されたあとは、血の色を思わせる赤となったからだった。ガラハッドはその寝台の上で眠り、聖杯を夢に見た。　　　　　　　　　　(～)

9月

選ばれた3人の聖杯の騎士たち――ガラハッド、ペルシヴァル、そしてボールスが「ソロモンの船」に乗っているところ。船は彼らを「サルラスの聖都」へ連れてゆき、ここで聖杯の最後の神秘が起こることになっている

20 またこの船の中で、3人は古い鞘に入った偉大な剣を発見した。その上には「鞘の中から、われを引き抜く者は、他の者よりずっと大胆であれ。われを引き抜く者は、決して敗れることはなく、死にいたる傷を受けることもなし。」と書かれていた。騎士たちは、ソロモンの王妃がどのようにして、立派な宝石をちりばめたダヴィデ王のこの剣を手に入れこの船に乗せたか、ソロモン王が剣が下がっている粗末な大麻製の帯に言及したとき、王妃が、やがてそれがもっとふさわしい帯に変えられるだろうと予言したかという話を読んだのだった。

September

21 片方の鞘の上には、「われを振り回す者、負けることなく、われが下げられることになる帯、最も清らかな意志を持つ処女によってでなければ、取り替えられることなし」と書かれており、もう一方の側には、「われを最も賞讃する者、最も必要にされるとき、われが最も非難されるを見るべし。」と書かれていた。　　　　　　　（〜）

22 船は長いこと航行をつづけ、ふたたび陸地に着いた。そこで彼らは、ペルシヴァルの妹ディンドレインが待っているのを見た。最も聖なる娘で、そこで修道女として育てられていたのだった。彼女は船に乗ってきて、彼らをいぶかしがらせた事柄の意味を説明した。剣の持つ意味というのは、それが世界中で一番偉大な騎士ガラハッド自身によって身に着けられるべきであるということを意味し、もし他の者が身に着けるようなことがあると、最も必要とされるときに、その者を裏切るだろうということを意味していたのだ。鞘は新しい帯で、それは古い材料を使ってではなく、ディンドレイン自身の髪の毛を使って編んだ金色の帯によって、提げられることになるということだった。（〜）

23 3人の騎士たちは、昔、ガラハッドの祖先のひとりラムボルズという王がこの船を見つけ、船に乗って、剣を引き抜こうと試みたことを知った。しかし手の中で剣は反転し、王の太腿を刺し貫いたのだった。そのため彼は、他の多くのアリマタヤのヨセフの親族がそうであったように、傷を持つ身となったのである。（〜9月27日）

9月

24 ガウェインの息子グィガロイスは多くの冒険をしたが、ベレア婦人の夫を助け出しに赴いたときほど、変わった冒険に遭遇したことはなかった。彼女の夫モレルは、「空虚な丘」の下に住む竜のような生き物に誘拐されてしまっていた。グィガロイスはねぐらを見つけ出したが、そこにはモレルの姿はなかった。すると生き物自らが姿を現わした。人間のように立ってはいたが、巨大なかぎ爪のある前足を持ち、炎を吐き出す頭をしていた。グィガロイスには、水晶の槍とまことに美しい花が贈られていた。今や彼は、その花を楯のように前に掲げ、野獣が跳ね返ったとき、その槍で心臓を打った。槍は野獣の生命を奪うと、まるで何事もなかったように溶けてしまったのである。しかし倒れるとき、野獣はグィガロイスを自分の下にしっかりと抱え込んだので、彼は失神した。意識を取り戻すと、グィガロイスは、鎧を盗まれ、自分の名前も思い出すことができない状態でいた。森の中を逍遥していた彼をベレアが見つけ出し、健康を取り戻すまで看護した。彼女の夫は多分この生き物に殺されてしまっていたので、ベレアはグィガロイスと結婚し、双子の息子を産んだのだった。

25 長い間、ランスロットは王妃への愛のために苦悩していた。ときが経つにつれて、モードレッドの影響が、まるで傷の中の腐蝕物のように、円卓の力を吸い取り始めていた。そこでランスロットは、王国のために、長いことつづいたこの愛を終わりにしなければならないと確信するようになったのである。彼は王妃に伝言を送り、彼女の私室で会いたいと伝えた。彼らは長い間語り合い、ついに、もうこれ以上密かに会うことをやめようという結論に達

September

した。このようにして、これから起こるかも知れない悪い事態は止められるはずだった。しかしモードレッドと彼の弟のアグラヴェインがランスロットを見張っていて、そのときを狙って扉を叩き、中に入れるように迫った。他に方法がなかったので、ランスロットは自分の身を守る他なくなり、10人の他の騎士たちとともに、部屋の外でアグラヴェインを切り殺し、モードレッドに深い傷を負わせた。それから、今や自分自身と王妃の関係はすべて終わったことを知り、ランスロットは逃亡したのである。

26 モードレッドは王のところへゆき、この話を告げた。悲しみに打ちひしがれたアーサーは、王妃を糾弾しなければならなくなった。判決は避けられなかった。アーサーは自ら、彼女を火あぶりの刑にすることを宣言した。しかし密かにランスロットに、ふたりが愛したこの婦人を救うようにという伝言を送ったのである。

（9月29日）

27 ボールス、ペルシヴァル、ガラハッド、そしてディンドレインはソロモンの船を降り、一緒に馬で進んだ。突然、ディンドレインを捕らえようとする兵士の一団に囲まれてしまった。「その娘をわれわれに与えよ。というのも娘はこの地の習慣を遵守して、自らの血で深皿を一杯に満たさねばならないからだ。」一同はこの言葉にそろって腹を立てたが、ディンドレインは言った。「よろこんでそういたしましょう。われらの主が恐れずにそうするようにと私に命じているからです。」彼らは中に入り、城の女主人

9月

が、ライ病のためやみ衰え、一鉢の乙女の血だけが彼女を癒せるかも知れないのだという話を聞いた。多くの者が血を提供したのだが、癒しの力を発揮するほどにふさわしい娘はいなかったのである。ディンドレインが出かけていってこの婦人と話をし、戻ってきた。「どうぞお気持ちを安らかにして下さい。ことを決めてまいりました。」彼らの嘆願にもかかわらず、彼女の決心は固く揺らぐことはなかったのである。

28 ミサを終えると、ディンドレインは聖杯の仲間たちのそれぞれに別れを告げた。それから彼女は、自分の腕を切り開かせ、一同は器の中に血が満たされるのを、驚愕に満ちて眺めていた。最後の息の下で、ディンド

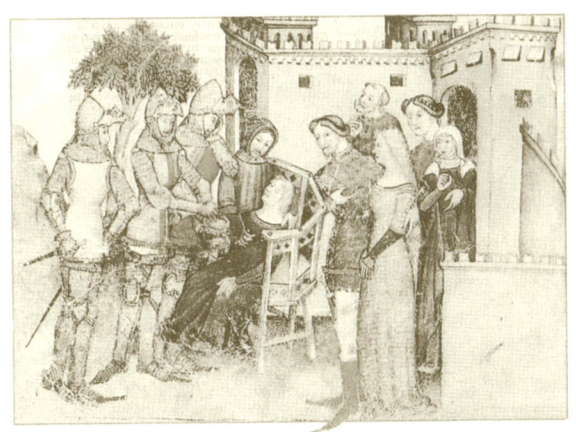

ライ病の婦人を癒すために、生血を与えるペルシヴァルの妹ディンドレイン。兄とガラハッド、ボールス、そして病める婦人の城の者たちが見守る中で死んでゆく

221

September

レインはペルシヴァルに言った。「兄上さま、わたくしをここには埋めないで下さい。ご一緒に、サルラスにお連れくださいませ。」聖杯の騎士たちが泣き崩れる中で、ディンドレインは息絶えたのだった。その血はライ病やみの婦人のところへ運ばれ、婦人はその中で体を洗うと、ふたたび完全な体に戻った。聖杯の騎士たちは、ディンドレインの体をソロモンの船に乗せた。しかし彼らほど重い心を抱いていた者は、かつてないほどだった。　　　　　　　　（〜2月28日）

29 王妃が火あぶりになることになった暗い日の朝、キャメロットの中庭には声もない群集が集まっていた。そこにいる者はみな暗い顔をしていて、ガウェインはやってこようとしなかった。彼の兄弟、ガレスとガヘリスが王妃の警護についていったが、彼女への信頼のしるしとして、いっさい武具を着けないでその場に向かった。このようにして、ふたりの運命は封印されてしまったのである。というのも処刑の瞬間ランスロットが現われて、王妃を運び去ったからだ。乱闘の中で、多くの騎士たちが打ち倒され、その中には、ガレスとガヘリスも含まれていたからである。
（〜）

30 この知らせがガウェインのもとに届けられると、彼は悲しみと怒りの涙を頬に浮かべてアーサーの面前に赴き、ランスロットを追跡し、戦いたいと求めた。アーサーは、その要求に反対することはできなかった。というのも、それまでに起こったすべての出来事のために、王は風の中のロウソクのように揺れ動いていたからだった。
（〜10月21日）

222

10月
October

すべての英国の民よごらんあれ、ここにある危害が
見えないとでもおっしゃるか！　彼こそは王の中の王、
世界の騎士であり、気高い騎士たちの友情を
最高に愛され、この方によって彼らのすべてが
支持されているというのに、今やこれらの
英国の民たちは、この方のやり方に満足せず、
それを守ろうとはしないのだ。見よ、この国の
古くからの慣習と風習はこのようなものである。
そしてまた人々は、この国にある我々が、
いまだこの風習と慣習をなくしたり、
忘れ去ったりはしていないと言っているのだ。

マロリー：『アーサーの死』

October

「危険の墓地」での冒険に挑戦するガウェインとエクター。そこを守っているこの世のものではない不思議な者たちによって追い返される。墓から出てくる炎と剣に追い払われる騎士たちの姿が描かれている。エクターの楯には5本の剣が突き刺さっている

1 ガウェインとエクターは、「危険の墓」へとやってきた。彼らはそこで、永劫の炎に焼かれるいくつかの墓を見た。門のそばの石の上には、勇敢な者の中でも最もすぐれた者のみが、この炎を消すことができるのだと書かれていた。彼らは中に入っていった。しかし、墓からとび出して彼らを攻撃してくる、姿の見えない敵の12本の剣によって、追い返されてしまった。ふたたびそこに敢えて入ってゆこうとする者はいなかった。日をあらためて、この神秘に結末をつけるのは、ランスロットにまかされていたのである。

2 ペルシヴァルは、もう何ヶ月間も、生き物に会っていなかったので、隠者の庵に遭遇したときは、たいへん嬉しかった。彼は隠者に、自分の見た夢の意味を尋ねた。隠者はペルシヴァルの一生の良き行ないを評価し

10月

ていたため、その結末を話してやった。「あなたはどうも、女性の姿を借りて現われた被造物の世界に奉仕してきたように思われます。良き神は、あなたがひとりの魔女から武器の使い方を学ぶようにさせ、今まで傷を受けないですむようにさせていたのです。その世界は、ふたつの姿であなたの前に現われたのですよ。竜の上に乗る魔女と獅子の上に乗る乙女です。彼女たちは被造物の世界の古い約束と、われらの主キリストによって確立された新しい約束を示しているのです。心安らかにしておいでなさい。間もなくあなたはボールスとガラハッドという騎士にお会いになり、それから、あなたのお求めになっていたものを見つけ出されることでしょう。」

3 エレインはこの「名なしの騎士」(フェア・アンノウン)をシナドウンの城まで導いていった。そこに彼女の女主人が囚われていたのである。若者の経験不足を嘲笑ってはいたものの、自分を守って行なってくれた数々の冒険によって、今ではもうこの若者は自らの力を証明していたのである。「名なしの騎士」は、魔法の力で囚われの婦人を見張っているふたりの男たちと戦った。彼はひとりに傷を負わせ、もうひとりを殺して、婦人のいる部屋へと突き進んでいった。そこで女の顔を持つグリフィンを見ると、吃驚仰天した。それは床を歩いて近づいてきて、身を包み込んで彼に姿を見えないようにし、口づけした。すぐに、彼の前に全裸の女が立ち現われ、若者はエレインに服をもってくるようにと叫びながら、部屋から飛び出した。グリフィンはシナドウンの貴婦人その人だったのだ。「わたくしはあなたがお会いになったあのふたりの者に魔法をかけられており、ガウェインさまか、その方の親戚の者に口づけするまでは、

October

あんな嫌な姿のまま留まる運命にあったのです。」

4 彼らはグラストンベリーへ戻ってゆき、モルガン・ル・フェイがこの神秘を解明してくれた。「あなたが誰であるかを教えてあげましょう。もう名なしの若者ではありませんよ。あなたはガウェインと妖精の女との間に生まれた息子グィンゲラインなのです。」とモルガンは言った。「あなたの母は、自分と一緒にあなたが妖精の国に留まることを望んだのですが、父の血があなたに、騎士道と立派な行ないを愛するようにさせたのです。」それからガウェインは息子に口づけし、シナドウンの貴婦人を歓迎し、彼女はよろこびに満ちた儀式をあげて、キャメロットに戻ってきた宮廷の人々の前で、彼の義理の娘となったのである。

5 ある朝ガウェインは、キャメロットへと急ぐ使者に出会った。この男はフロイス王から遣わされた者で、王の国に現われては、そこを荒らす巨人を退治するのを助けてくれるよう、アーサーに頼むためにやってきたのだった。ガウェインが言った。「私がお供しましょう。」しかしその途中、ガウェインはアマルフィナという娘の城へ迎えられた。この娘は、長いことひそかに彼を愛していて、自分の姉に対抗して、戦う騎士の役目を果たしてくれるようにと頼んだ。彼が考え込んでいると、娘が彼に三週間の間、記憶を失わせる薬を飲ませてしまった。ある朝、ガウェインは偶然に自分の楯を目にし、突然、自分が誰で、何のためやってきているのかを思い出し、それ以上ためらうことなく、この場所を出ていった。ついに彼はフロイス王の城へと到着

10月

し、あらゆる技術と巧妙な手口、ほとんど超自然と思われる力とを使って、激しい戦いのすえ、この巨人を切り殺してしまった。それから彼は、キャメロットへ戻っていったのである。　　　　　　　　　　　　　　　　　　　　（～）

6 途中でガウェインはカイ卿と遭遇した。カイはアマルフィナの姉に争いを解決してくれるようにと迫られていたのだが、危険な橋のたもとで引き返してきたところだった。カイとこの娘との間がどうなっているのか分からなかったため、ガウェインは彼女のために戦うことに決めた。しかし自分が戦うことは、あのアマルフィナその人に敵対することなのだと知ると、彼は立場を変えてしまった。実のところ、彼は姉よりもこの娘の方を愛していたからだった。ガウェインは、ふたりの婦人たちを説得して、自分と一緒にキャメロットに赴き、争いの決着をアーサーにつけてもらうようにさせた。争いは友好的に解決され、ガウェインはアマルフィナとともに城へ戻り、しばらくの間、彼女とむつまじく過ごしたのである。

7 トリスタンが、ブルターニュのハウエル王のところに、一年間滞在して、王の娘と結婚し、敵と戦って王を助けていたとき、よく知っている使者がやってきた。それはアイルランドのイソルトの侍女ブランゲインであった。彼女と会うと、トリスタンの顔色は失せ、震える手で手紙を開けた。すぐに彼は伝言を読んだ。「トリスタン、あなたはわたくしに大きな痛みを与えました。どのくらいの間、わたくしと離れているおつもりなのですか？　戻ってく

October

ださい、愛しいお方、すぐに帰ってきてください。」そばにいたカエルダンは、友の顔を見て、彼がすぐに出発するだろうことを知った。カエルダンは言った。「気をつけるのだ、トリスタン。コンウォールでは多くの敵が待っていることは確かだ。」しかしトリスタンは空ろな目で見つめているばかりで、カエルダンの言葉に耳をかしてはいなかった。翌日トリスタンは、ブランゲインとともにブリテンへと出発していったのである。　　　　　　　　　　（〜12月14日）

故郷に帰ってくるようにという伝言をトリスタンに届けるブランゲイン。カエルダンは、トリスタンがブルターニュのイソルトという妻を残して去っていってしまうことを知る

10月

8 アンブロシウス王が死んだとき、ブリテンの上空に、竜の姿をした巨大な彗星が現われた。竜は口から二筋の光を発していた。王の弟ウーゼルはマーリンを呼び出し、これはどんな前兆なのか説明を求めた。「気高き殿よ、貴方の兄上は亡くなられました。急いでブリテンの王冠を要求するのです。あの星のような竜は、貴方ご自身をあらわしているのです。最初の光線は、この国の最高の王になられるだろう貴方のご子息を、そして二番目の光線はあなたの娘†を示しており、息子、そしてまた孫息子たちがブリテンの王家を引き継ぐことになるのですよ。」このようにして、竜がアーサーの家系の紋章となり、戦場に掲げられることになったのだった。しかしまた、この栄光に満ちた幻影が、アーサーの没落と彼自身の家系の不毛を予兆するものともなるのである。　　　　　　　　　　（～3月21日）

† 貴方の娘：ゴルロイスとイグレインの娘、ウーゼルの養女のモルゴースのこと。

9 別世界からやってきた住人たちは、それぞれその種類に従って、宝物かまたは試練をたずさえ、アーサーの宮廷に現われた。その中でも最も不思議な者は、レイズ婦人だった。あるとき彼女は、偶然なことから、自分の右膝の後ろから一束の灰色の毛が生え出ているのを暴露してしまった。このことは、彼女の妖精の出自と姿を灰色の猫に変える力を持っていることを示していたのだが、それはそう公けに語られるようなことではなかったのだ。そこでこの婦人はたいへん立腹し、自分のものとはその質こそ違ってはいたものの、宮廷中のすべての婦人たちの膝の後ろに似

October

たような毛を生えさせてしまった。彼女は力ある女魔法使いでもあったので、多くの者たちがほとんど死にそうになるほどの、この恐ろしい現実的な夢を全宮廷にもたらした。その夢の中で、彼女たちはみんな別世界に移されて、化け物のような猫の大群に襲われ殺されてしまったのである。別世界の事柄についてよく心得ているガウェインが、この猫たちを大量に切り殺し始めなければ、誰ひとりとしてこの夢から覚めることがないように思われた。レイズ婦人が片手をあげると、すべての死んだ騎士たちがすぐに息を吹き返し、朝までやさしく愛撫してくれる美しい乙女たちの腕の中にいる自分たちを発見した。それから彼らが目を覚ますと、レイズ婦人の姿は消え、婦人たちの膝からはあの灰色の毛も消えてなくなっていた。しかし彼らはこの夢を決して忘れることなく、それからは、最も無害なあたりまえの印であっても、別世界の人々の出現については注意を怠ることはなかったのである。

10 恋多き人としてのガウェインの噂は、伝説になるほどのものだった。あるとき彼は、鎧をつけた四人の騎士たちが守りを固めている控えの間に、まんまと入り込むことに成功した。外の部屋で燃える小さなロウソクの火を消して、ガウェインは狙いをつけた人のいるところまで近づいていった。後に彼はこの夜の楽しみの結果として、20人の騎士たちと戦うことを強いられた。しかし全員を打ち倒してしまったのである。婦人はもちろんのこと、それを快くは思わなかった。

10月

ノルガレスの貴婦人のもてなしを受けるガウェイン。彼女の護衛
たちが眠る私室に入ると、そこに燃えている小ロウソクを消す。
次の絵は裸で寝台にいる貴婦人に口づけをしているところ

11 ランスロットはグリフィンの城へとやってきた。そこの慣習というのは、ここにきた人は誰でも、壁にはめ込まれた槍を引き抜くという試練に立ち向かうということだった。彼はそうはしたが、その城の娘と結婚することを断ったので、牢屋に入れられてしまった。しかしひとりの娘が彼に与えた、魔法の犬の助けをかりて解放されたのだった。城の向こう側に一艘のはしけが待っていて、彼をとある島へと運んでいった。そこでアーサーとグウィネヴィアという名前が書かれ、ふたつの大きな墓が準備されているのを見つけた。ランスロットはさめざめと泣き、ここがすべての者が愛と生命の中でふたたび結び合わされるアヴァロンだという声を聞いた。それに励まされて、ランスロットは自分の道を進んでいった。

12 勇敢さと功績に従って、臣下の者に贈り物を与えるというのが、アーサーの慣習であった。ラウンファルの父親が、アーサーの王権に反対をとなえる男た

ちのひとりとして、平和を脅かしていたときもそうなされていた。気の毒なことにラウンファルは、いささかの償いをしなければならず、アーサーの注意を引こうとする試みにもかかわらず、彼の報いは人々の中でも最低のように思われた。けれど彼は見栄えのする若者で、自分が勇敢で礼儀を知る者であるということもよく心得ていた。そこで彼はひとりで冒険に挑戦し、できるかぎりの名声を勝ち得ようと決心したのだった。　　　　　　　　　　　　　　　　　　　　　　(～)

13 ラウンファルは小川を渡り、心を奪うほどに美しい乙女たちが、岸の上で踊っているところまで旅をつづけた。彼女たちは緑の衣を着けており、それは彼女たちが妖精であることを示していた。彼は踊りに加わり、彼女たちはラウンファルを最高に豊かな金の天幕へと導いた。中に座っていたのは妖精の女王その人だった。彼女の肌はサンザシの花のように白く、その唇はラワンの実のように赤かった。彼女はラウンファルに微笑みかけ、ひとつの贈り物をした。それは決して空になることのないという財布だった。彼は心から感謝して、仕えることを許して欲しいと頼んだ。「そうなさいませ、ラウンファル、貴方を私の愛人として受け入れましょう。けれどひとつの条件も加えます。それは、他の人には私のことを話さないということ。そうしたときには、私を永久に失うことになるという条件です。」ラウンファルは心からこれを守ろうと誓い、別世界の喜びと妖精の女王の甘美な愛とを楽しみつつ、彼女のもとに一年間留まったのである。　　　　　　　　　　　　　　　　　　　　(～)

10月

14 事件はちょうど一年後、グウィネヴィアと彼女の取り巻きが木の実摘みにやってきたときに起こった。その日は晴れていて、気持ちのよい日であった。ラウンファルは彼女たちの声を聞きつけて仲間に加わり、婦人と小姓たちが踊るのを見つめていた。グウィネヴィアが彼に気がついた。「まあ、ラウンファル、長らく姿が見えなかったこと。私と踊ってはいかが？」ラウンファルの目には、婦人たちは召使の娘っ子、そして王妃は料理人のようにしか映らなかった。その饗宴は、自分が一年間妖精の国で楽しんだ宴に比べると、粗野なものであるようにも思われた。「奥方さま、どうぞお許しください。そうしたくはないのです。」王妃はこの答えを聞いて侮辱されたように感じ、耳を疑い、理由を聞かせるようにと迫ったのだった。「奥方さま。私の愛している婦人のお仲間たちの方が、美しさにおいてずっとまさっているので、時間を無駄にしたくはないのですよ。」グウィネヴィアは大変腹を立て、ラウンファルを捕まえて、裁判にかけるようにと命じたのだった。

15 ラウンファルはアーサーと同僚たちの前に連れてこられ、グウィネヴィアは頰を上気させて、自分に向けて発せられたラウンファルの中傷の言葉をくり返した。アーサーがどんな審判を下そうかと協議しているとき、妖精の女王その人が到着した。彼女は白と金色の衣をまとい、その裳すそに、春の息吹を持ち込んで入ってきた。どんなに目がくもった人にとっても、彼女が王妃よりも抜きんでているということは明らかだった。そんなにも美しかったのだ。「私の審判はこのようなものだ、ラウンファル卿」とアーサーが言った。「この婦人の美しさについてのあなたの

言葉は本当だ。けれどあなたはあまりにも露骨にそう言い放ってしまわれたので、もうこれ以上ここに置いておくわけにはいかない。どこへでも、私の王国以外の好きなところへいってもらいたい。」妖精の女王はアーサーに言った。「王よ、ラウンファルが誓い、また破った約束によって、彼はもう人間の国にいることは無理と思われます。けれどわたくしとともに、至福の内にとどまることはできるでしょう。」そしてそのようになされたのである。

16 ペルシヴァルは冒険をつづけ、多くの嘆きの声が聞こえる城へとやってきた。「この土地はいったいどんなところなのです？」と彼は尋ねた。「ここは『嘆きの宮廷』の王の城です」と泣いている女のひとりが言った。「ご覧なさい！」そして彼女は、悲痛な様子をした王が、3頭の白い馬を引いてやってくるところを指し示した。それぞれの鞍の上には死体が載せられていた。ペルシヴァルは驚きにうたれて、死んだ男たちが降ろされ、水の入った大釜で洗われて、軟膏が塗られるのを見ていた。それぞれの者が生き返ったが、誰もこの奇跡を喜ぶ者はなかった。「毎日、私の3人の息子たちは、この苦しみを受けねばならないのです。」と王が言った。「恐ろしい動物、アヴァンクが息子たちを殺し、毎晩、私が連れ帰って蘇生させてやるまでは、そこに死んだまま放置されているのですよ。」ペルシヴァルはただちに、アヴァンクを退治したいと申し出て、探しに出ていった。するとひとりの美しい女が夢の中に現われた。いつか雪の中の血の幻影の中で見たのと同じ女性だった。「わたくしを愛してくださると誓ってくださいませ。そうすれば、その動物を退治するための、姿くらましの指輪を差し上げまし

10月

ょう。」目を覚ますと、指輪が彼の手にはまっていた。彼は王の3人の息子たちが馬で通ってゆくまで、野獣の洞窟の脇で待ち、脱兎のごとく飛び出して、野獣の喉に剣を突き立てた。嫌らしい怪物は死んで横たわり、「嘆きの宮廷」の一家は、苦悩から解放されたのだった。

17 オウァインがあまりにも長いこと出かけていってしまっているため、アーサーと家臣たちが、コルグレヴァンスの後から、彼を探しにいった。彼らは動物の王と泉を見つけ出した。カイは、自分が挑戦者となると主張した。石に水をかけると、ものすごい雷雨が起こり、そのためアーサーの従者の何人かは雹(ひょう)に当たって死んでしまった。すると泉の黒い騎士が馬に乗って現われ、ただちにカイを打ち倒してしまった。それからガウェインがこの黒い騎士と戦った。彼らは長い間対等に闘い、とうとう黒い騎士が、ガウェインの兜を頭から打ち落とした。すぐにオウァインは、彼が自分の友人であることに気づいた。アーサーはオウァインに、一緒に宮廷に帰ってくるように命じ、彼は喜んで彼らに従って、キャメロットに戻ったのである。

18 オウァインは自分の愛する婦人のことを考えながら去っていった。リネッドが大広間に入ってきたとき、彼は夕飯を食べているところだった。「信義というものを知らない裏切り者。貴方など侮蔑され、名誉を奪われてしかるべきですわ！」そう彼のことを呪うと、リネッドは彼の指から指輪を抜き取った。オウァインは大きな叫び声を上げたかと思うと、立ち上がり、広間から走り去ってし

October

まった。狂気が彼を襲い、理性を失ったまま、騎士道のこともすっかり忘れ去り、荒野を長いこと彷徨した。髪と髭は野獣のようにのびて、身を地面に低く伏して根っこをかき集めたり、生肉を食べたりしていた。このようにしてオウァインは多くの月日を過ごしたのである。　　　（〜 8月19日）

19 リネッドがラウディーン伯爵夫人に仕えているとき、オウァインは近くの森の中に潜伏していた。彼はあまりにも惨めな状態であったため、十分に回復させてやらなければ、とてもキャメロットには戻れなかったのだ。伯爵夫人の庭で倒れていたとよそおって、オウァインを助けたのはリネッドだった。彼女はこの哀れな騎士の傷のことやまったく打ち捨てられた状態にあることを説明した。伯爵夫人は心のやさしい人であったので、明らかに良い家系の出身であることが分かる、この当惑し、われを忘れている騎士を、よろこんで介護した。彼女は癒しの力を持つ軟膏を持っていた。それは伯爵夫人がことあるごとにしばしば相談を持ちかけていた女魔法使い、モルガン・ル・フェイからもらったものだった。リネッドは何とかしてオウァインを快復させたいと思うばかりに、薬びんの大部分の軟膏を使ってしまい、このためラウディーンに解雇されてしまうことになったのである。彼女の援助のおかげで、今やオウァインは完全に快復し、装いを新たに身づくろいを整えて、自分の道を進んでいった。　　　　　　　　　　　　　　　　（〜）

10月

20 オウァインとリネッドは、悲しい気持ちで、泉のある領域へと進んだ。オウァインはまだ貴婦人と結婚の方はしていたものの、リネッドへの愛情の方へ戻りたいと思うようになっていたからだ。近づくと、そこではすべてがうまくいっていないように見えた。城には人影がなく、泉はつまり、泥だらけだった。彼らがたまたま「動物の王」に会ったとき、王は泉の貴婦人が、自分の戦士を失った悲しみのあまり、死んでしまったと言った。「それでは、もうこれ以上、泉の挑戦はやめることにしましょう」とオウァインが言った。「平和のうちに、キャメロットに戻ります。そしてあなたは」と、彼はひとつ目の黒い男に言った。「この王国の、争うことをしない領主となるのです。というのも、私は野獣として暮らし、彼らを仲間に過ごしてきました。この王国を、彼らのものにしましょう。もはや人間のもめごとで、この世界を悩ませないようにするのです。」

21 3ヶ月間、アーサーとガウェインの軍勢は、「喜びの園」を包囲した。教皇からの使者がやってきて、王がこの諍いを終わらせ、王妃を取り戻すようにと要請した。最初のうちガウェインは、どんな譲歩もできないと怒鳴りちらした。それから、グウィネヴィアが今はもう、決して「喜びの園」の中には入ってはこないことを知った。ランスロットが彼女を救った直後、エイムスベリーの聖なる修道女たちのところに委託して、面倒を見てもらっていたからである。彼は渾身の力をふるって、アーサーへの彼女の貞操を守ろうと誓った。そして誰も彼に打ち勝つことはできないと分かっていた。そこでアーサーは、喜んで教皇からの要請を守ることを誓い、ガウェインに同意するよう説得したの

October

だった。ふさわしい儀式を経て、グウィネヴィアは完全に王妃としての地位を取り戻した。しかしランスロットは罰せられ、王国とアーサーに属するすべての土地から、6日以内に永久に立ち去るよう命じられたのである。

22 このことで、ガウェインの復讐の業火が消えるにはいたらなかった。ランスロットがベノイクに向けて去っていってから一週間ののち、彼はアーサーに、海峡を渡り、この円卓最高の騎士を追う軍隊を進めるべきだと要求したのだ。アーサーは同意した。というのも血を求める空気があたりに満ち、こうすることがそれを静める良い方法だと思ったからだった。そこでモードレッドを自分のいないときの摂政に任じ、大群の軍船を率いて海を渡っていったのである。

23 包囲はだらだらと長いことつづいた。毎日、ガウェインは塀の前に立ってランスロットを嘲ったので、その偉大な騎士はとうとうそこから出てきて、彼と戦ったのである。毎日、ガウェインは打ち倒された。しかしランスロットは、彼を馬から落とす他は、どんな攻撃も加えようとはしなかった。しかし最期にはふたりの友は真剣に戦い、ランスロットも自分の剣を使わねばならなくなった。その結果受けた頭の傷が、彼を一週間苦しませていた。そのとき、不穏を告げる知らせが、ブリテンからもたらされたのである。

10月

24 アーサーは不肖の息子モードレッドを一度は殺そうとしたものの、しだいに慎重にではあるが、信頼をよせるようになっていた。この息子が、アーサーとガウェインは死んだと宣言し、自分が王に即位したのである。グウィネヴィアは自らロンドン塔に閉じ込もってしまい、今やモードレッドが包囲していた。 (～)

25 アーサーはただちに軍勢を結集させ、ブリテンへ戻った。彼らはドーヴァーに到着し、そこでガウェインは、受けた傷がもとで亡くなってしまったのである。彼は最期の手紙をランスロットへ送り、その中で許しを乞い、自分の魂のために祈ってくれるよう頼んだのだった。 (～)

26 軍隊は北へ西へと、モードレッドが自分の軍隊を動かすところへ進軍していった。彼らとともに、ガウェインの死体も運ばれた。彼らがマリンという領主の城に通りかかると、彼の夫人、長いこと密かにガウェインを慕っていた人が、愛する人の死体が乗り物の中にあるのを知り、声を上げて泣きながら出てきて、担架の後を歩いてついてきた。嫉妬に狂った夫が、後を追い、軍隊の見ている前で妻を切り殺してしまった。アーサーは夫を道端に吊るし、嫉妬のためのこのような行ないは、自分の王国では禁じられているのを示すようにと命じたのである。 (～)

October

カムランの戦いを前にして女子修道院へしりぞくグウィネヴィア。ここでは女修道院長と修道女たちに歓迎される姿が描かれている

27 王が近づいてくるのを知ると、モードレッドは北方に逃れていった。グウィネヴィア王妃はもはや包囲されてはおらず、ロンドンから出てきて、自分の夫と会った。その地で、冬の日の明け方、アーサーと王妃は最終的に和解したのである。それぞれの側で涙が流されたかどうかは、文献が伝えるところではない。それからアーサーは戦いをつづけ、王妃は恐れと悲しみに満たされて夫に別れを告げ、エイムスベリーへ戻っていったのである。

28 アーサーとモードレッドの軍隊は、カムランと呼ばれる土地の近くに天幕を張っていた。それにはブリトンの言葉で、「曲がった岸」という意味があった。その晩アーサーは自分が運命の輪の頂上に座っている夢を見た。輪は、回転し、彼を下に投げ出してしまった。するとガウェインの霊が現われた。彼はその生涯のうちに助け出した美しい婦人たちに囲まれていて、翌日は戦わないようにアーサーに警告を与えたのである。

10月

カムランの戦いの前夜、「運命の女神」の夢を見るアーサー。すべての男たちにしてきたように、輪はアーサーを不安定に揺さぶっている

29 戦いの日は、暗く、嵐のような明け方で始まった。片方には、アーサー王の軍団が戦いのために整列し、その数はわずかだった。彼らに対抗して、モードレッドの軍勢が並んだ。ほとんどがサクソン人で、その数は、円卓などというのは年老いた力ない王の子どもっぽい夢であると思っているような、裏切り者の騎士たちも加わって、膨れ上がっていた。

戦いの前に、モードレッドは家来たちに勧告した。「立ち向かってくる者は、皆切り殺すのだ。人質をとってはならぬ。古い血のつながりに心を揺るがされてはならぬぞ。」

王もまた自分の軍隊に向かって演説した。「この日のきた

October

ことを喜ばしく思う。というのも今やわれわれは古き不正をただし、この地から永久に、裏切りと邪悪な信念を取り除くことができるからだ。私の騎士と親族の者たちよ、たとえ今日生命を落とすとしても、円卓がわれわれとともに滅んだといわれないようにしようぞ。」

　軍旗が立てられる前に、それぞれの側の家老たちが、平和をもたらす方法を探し出そうとした。条件が相談されている間、水を見つけて、片方の側の兵士たちが鎧を脱ぎ捨てた。馬から降りたひとりの騎士が、藪から飛び出した一匹のマムシに噛まれた。それを切り殺そうとして彼が剣を抜いたとき、刃の閃光を見て、両軍ともに裏切りが起こったと思った。そこで、何の準備もなく、向こう見ずに、両軍は乱闘に突入し、サクソン人の白い馬の軍旗とモードレッドの白い竜の軍旗が、アーサー・ペンドラゴンのドレイコ'に対抗して戦ったのだった。

　その日は終日、戦いが白熱し、つかの間の停戦があっただけだった。しだいに数の少なくなる人々のまっただ中で、アーサーは常に戦いつづけ、ついには振りかざすエクスカリバーの刃が、血潮でどす黒くそまった。王はいつも、敵の面々の中に、モードレッドの顔を探していた。

　やっとのことで、死人の山の中で、刀によりかかって立つ息子を発見した。「この日の決着をつけることにしよう」とアーサーは宣言し、鎧を運ぶ役目のルーカン卿に命じて、自分の槍を持ってこさせた。「殿、手をお惜しみください。ガウェイン卿の警告を思い出されますように」とルーカンが言った。「生きたままか、死んでそうするかにかかわらず、あの裏切り者をこの野原から逃すわけにはゆかぬ」とアーサーが叫んだ。

　モードレッドは頭を上げ、両の目から血潮を振り払い、槍

10月

　を手にしている父を見た。「よく戦われました」と彼が言った。「思ったより、ずっとよくおやりになりましたな。さあ、この猪を狩に出られますか、父上？」と彼は声を出して笑った。
　「剣は人間に対して、槍は豚に対してのもの」とアーサーが答えた。彼の顔はまさに殺戮に向かうときのものだった。ときを待って、というのもモードレッドは彼の楯をあまりに高く掲げていたので、アーサーは息子の鎧の縁の下を通して、腹に届くまで、槍を投げつけた。
　鼠蹊部に、死にいたる暗い引きつりを覚え、モードレッドは槍の上に身を投げ出し、父のところまで届けばよいと思った。そして突進する野生の猪よろしく、槍の長さの分だけ身を投げ出し、剣を高く掲げると、父の兜めがけて振り下ろし

血なまぐさく、恐ろしいカムランの戦いの様子が描かれている。アーサーの周囲には、山と積まれた死体があり、絵の右手下では王が傷ついて横たわる

October

た。剣と兜はまっぷたつに裂け、父と息子は、死人の山の中に倒れ込んだのである。

　激しく傷ついてはいたものの、このすさまじい戦いの中から、ルーカンとベディヴェールが、まだ息のある王の体を引っ張り出した。彼らは王を、血潮に浸った戦場から運び出し、楯を枕にして、冷たい草の上に寝かせた。それから彼らは王の側に座り、王が死んでしまうのではないかと恐れたのである。　　　　　　　　　　　　　　　　　　　　(∽)

　†ドレイコ：アーサーの赤い竜のついた軍旗のこと。

30 アーサーがうめき声を上げ、目を開くと、ベディヴェールがすぐ近くに立っているのを見た。ルーカン卿は、助けを求めに出ていってしまっていた。王は言った。「エクスカリバーを取って、近くの湖に投げ込むのだ。」そこでベディヴェールは、静かな水平の水が、沈んでゆく太陽の下で、血に染まった金属のようになっている湖に赴いたが、頼まれたとおりにはできなかった。2回戻り、もう2回、アーサーは彼を送り出した。そしてついに、彼は命じられたように、偉大な剣を水の中へと投げ入れたのだった。すると、見よ！　豪華な絹の織物をまとった手と腕とが水の中から現われ、剣をつかんだ。そして3回振り回したと思うと、剣を水面の下へと引き入れてしまった。それを聞くとアーサーは長いため息をつき、今まさに死なんとしている人のごとく、地面に体を横たえたのだった。　　　(∽)

10月

31 それからルーカン卿が戻ってきて、ふたりで王を岸まで運んでいった。そうしているうち、ルーカン卿自身の傷が開き、倒れて死んでしまった。ベディヴェールはしばらく彼を助けようとし、それから王が横になっているところへ目をやると、アーサーが海の彼方を見つめているのを見た。黒い帆を掲げ、甲板に金色の王冠を着けた三人の婦人を乗せた一艘の船がやってきた。婦人たちというのは、モルガン・ル・フェイ、外側の島（アウター・アイルズ）の女王、そしてノルガレスの王妃であった。彼は剣を抜いた。というのも、彼女たちはすべて王の敵であったからで

ベディヴェールの戻ってくるのを待つ傷ついたアーサー。彼はエクスカリバーを湖に投げ入れると、水中から不思議な手と腕が現われ、剣をつかむのを目撃する

October

ある。しかしアーサーが弱々しく言った。「心配することはない、ベディヴェールよ。これらの女性たちは私をアヴァロンへ伴なうためにやってきたのだ。そこで私の傷は癒されることになるのだよ。キャメロットへ戻り、できるかぎり古くからのしきたりを守って、救う努力をして欲しい。」王の息は乱れてきた。「ランスロット卿と王妃によろしく伝えてくれ。ふたりは私の名前に対して、常に誠実を尽くしてくれた。」それから王はもう口を聞くことはなく、体がその船へ乗せられるのに任せたのだった。ベディヴェールは、王が自分の視野から遠く運ばれてゆくのを見つめていた。そしてこの「強者の島」(アイランド・オブ・マイティー) の王座についた者の中でも、最も良き人が去ってゆくのを目撃して、さめざめと涙を流したのである。　　　　　(〜11月2日)

11月
November

どんな天候であっても、草原と森は、
常に夏のようであった…。
悲しみに沈んだ者が、
このふたつの場所を通りかかったならば、
自分の悲しみを忘れ果ててしまうような
喜びでみたされた。
そんなために、この森はベフォレットと呼ばれた。
「美しい森」という意味である。
その美しさはさまざまだった…。
獅子、熊、赤鹿、猪と、人が
狩をしたいと願うような動物たちが住んでいて、
大猟の数をもはるかに越えるほどの獲物がいた。

『ランツェレット』

マーリンの懐胎。地獄では悪魔の相談役たちがキリストに敵対する者の誕生の計画を立てている。仲間のひとりが地上の世界に遣わされ、ひとりの乙女と交わって、マーリンを懐胎させる

11月

1 ヴォルティゲルンの使者たちが王国中をくまなく探し回っていたときのこと、ふたりの男がメルディンの砦へやってくると、何人かの少年たちが、ひとりの少年の生まれをあざけっているのを耳にした。「僕たちは高貴の生まれだが、おまえは、父親が誰であったか知るものもいないのだ！」使者たちは少年を捕まえ、母と一緒に、ヴォルティゲルンの前に連れてきた。母親に詳細を尋ねると、自分はデメティアの王女で、誓約をして修道会に入っている修道女であると言った。「美しい若者が私の私室をたびたび訪れ、私を抱いたのです。けれどその方がどこからきて、どんな人であるかは分かりません。ときには姿も見えなくて、ただお話をなさるだけなのです。またときには私たちは一緒に床につき、その結果この子を身ごもることになり、私がマーリン・エメリスと名付けたのです。」「これではっきりした」とドルイド僧の長が言った。「この婦人は、空気の精と関係を持ったのですよ。悪魔たちは、しばしば人間のふりをして、女性たちと寝所をともにするのです。」このようにして、ヴォルティゲルンは探していた犠牲者を見つけ出したのである。それは父親のいない少年だった。　（◡ 8月29日）

2 アーサーとモードレッドの間での大きな戦いの知らせがフランスのランスロットのところへ届くと、彼は全速力で進む船に乗って、ブリテンへと戻って来た。しかしそこに到着する頃には、戦いはとうの昔に終わってしまっていた。そしてアーサーが去っていってしまったということが、風の便りとして伝わっていたのだった。ランスロットはしばらくの間、どこへいったらよいのか分からないほど悲嘆にくれていたが、やがて、自分がある隠者の住みか

November

にいるのを見い出した。彼は、ボールス卿と年老いたカンタベリー大司教に会うことになった。そしてそこに留まり、鎧を脱ぎ捨て、剣を脇に置いたのである。それから彼は隠者のひとりになり、荒野に住みつき、弟のエクター卿もやってきて、彼とともにそこに留まることになった。(～12月27日)

3 ブレオベリスという名の若い騎士がいて、非常に美しいひとりの婦人を愛していた。若者が婦人のところへゆき、自分の気持ちを伝えると、彼女は微笑んで、言った。「貴方に課する探究を成し遂げてくださったなら、貴方のものとなりましょう。アーサー王の宮廷にゆき、円卓のある大広間の中の金色の止まり木に座る鷹を持ってきてくださいませ。」ブレオベリスは誓いを立て、出かけていった。

あまり遠くまでいかないうちに、十字路のところで、馬に乗った婦人に出会った。彼女は話しかけてきた。「騎士のお方、わたくしは貴方がどんな探究にお出かけなのかを存じております。わたしの助けなしにはそれを成し遂げるのは無理というものですわ。」「どうしなければならないのです?」とブレオベリスが尋ねた。「まずわたくしの馬をおとりください。この馬が貴方をゆきたいところへお連れします。それから、巨人ブランの城の、柱の上にかかっている金色の手袋を見つけて持ってきてください。それに成功したら、鷹も奪ってこられるでしょうし、たぶんそれを守っている12人の円卓の騎士たちを負かすこともおできになりますわ。」そこでブレオベリスは婦人の馬をとり、進むままに身を委ねたのだった。　　　　　　　　　　　　　　　　　　　　　　　(～)

11月

4

翌日、彼は城へと到着した。城は波の逆巻く湖に囲まれていて、湖を渡るのには、水に浸り、その動きに従って常に揺れている細い橋を通ってゆくほかなかったのだった。ブレオベリスは、完全武装した背の高い騎士が橋の先頭に立ち、自分のくるのを待ち構えているのを見た。剣を引き抜くと、橋の狭さも考えずに突進し、橋を渡ってこの警護の騎士と激しく戦った。長い闘いのすえ、彼は騎士を切り殺し、城へ入っていった。中は薄暗く、冷んやりとしていて、食物を乗せた食卓が置いてあるのが見えた。空腹と疲れとで、何も考えることなく食べ物の上にかがみ込むと、まだひと口も食べないうちに、巨大な男が激しい勢いで広間に駆け込んできた。ほとんど巨人族と思われるような男で、大きな棍棒を振り回し、恐ろしい顔つきをしていた。「礼儀作法というものを心得ないのか、この小僧っ子め！」彼は大声で怒鳴った。「よくもここに入り込んで、欲しいものを食べようとするものだ。」「私がここにやってきたのは、食物以上のものを求めてのことです」とブレオベリスは大胆に答えた。「ここには、黄金の柱にかかっている手袋を求めてやってきたのですよ。」「そうだというなら、自分の身を守る用意をするがよい。私は手袋を守る者だ、誰も私を負かすことはできまい。」ブレオベリスと巨人は数時間戦い、ついに騎士が相手の守りをするりとくぐり抜け、巨人の手と棍棒のすべてを取り上げてしまった。苦痛にうめき声を上げて慈悲を乞い、男はブレオベリスを手袋のかかっているところへ連れていった。こうして騎士は手袋を取り下ろし、できるだけ速やかにこの城を離れ、キャメロットに向けて戻っていったのである。(～)

November

5 翌日ブレオベリスは、物語の中でよく知られているアーサーの町に到着し、12人の騎士に会った。彼らは、ブレオベリスが中に入る権利があるかどうか挑戦してきた。ブレオベリスが片手を上げて見せると、そこに金色の手袋があるのが分かった。「この手袋の持つ権利のゆえに、円卓の広間にいる鷹が見たいのです。」「なぜそうしたいのか？」騎士たちの長が言った。「私の愛する婦人が、この宮廷の誰よりも美しいということを証明するためですよ。」「それならすぐに準備をするがよい。」そこでブレオベリスは、12人の騎士たちとひとりずつ戦い、それぞれを馬からかなぐり落とし、しまいにはカイ卿が進み出て戦いを止めさせ、彼を中に招じ入れたのだった。鷹は多くの槍試合の賞品であったが、それを手にすることが許され、アーサーが、彼に円卓に加わるよう要請した。

それからブレオベリスは、故郷に向けて出発していった。その途中、自分を助けてくれたあの不思議な婦人に出会った。「騎士のお方」と彼女は言った。「首尾よくいったことを知って、うれしゅうございます。私の祝福とともに、貴方が本当に愛しているお方のところへおゆきなさい。けれど憶えていて下さいませ。貴方がこの道をふたたび戻られるようなときには、私がここにいることを。私もまた、愛の女王なのです。」それ以上言葉を発することなく、婦人は姿を消してしまった。そしてながいこと、ブレオベリスは事あるごとにそこに戻っていったのである。老人となり、妻が亡くなった後では、この婦人がやってきて彼を妖精の国へともない、そこで彼はいつまでも若いままで留まったということである。

11月

6 ディーンの森に、白い鹿を求めて、アーサーと宮廷の者たちが早く起きて出ていったのは、冷たい朝のことだった。アーサーはグウィネヴィアに一緒に出かけようと約束していた。けれど王妃はあまりにもよく眠っていたので、一同は彼女を連れずに出発した。グウィネヴィアが目を覚まし、馬舎へいってみると、そこには2頭の馬が残されているだけだった。そこで侍女のひとりをともなっただけで、王妃は狩の後を追った。ふたりはしばらくの間、どんな狩人の足跡にも会うことなく進んだ。代わりに背の高い騎士に出会った。騎士は強迫するかの如く、木々の間に身じろぎもせずに立っていた。「行ってどなたなのか聞いておいで」とグウィネヴィアが侍女に言った。「私に声をかけるにしてはあまりにも身分が低い者だな」と騎士は答え、侍女の顔をむちで荒々しく打ちつけた。「その女を侮辱することは私を侮辱するのと同じことです」と王妃は叫ぶと、騎士は去っていった。ゲライント卿が馬でやってきて、事の成りゆきを耳にした。彼はグウィネヴィアに仇をとることを誓い、宮廷に無事戻っているようにと言った。それから武器や鎧を身に着けるためにそこにとどまる間もなく、この尊大の騎士の追跡を始めたのである。　　　　　　　　　　(～)

7 騎士の近くまで追っていったとき、ゲライントは大きなトーナメント試合の準備がされている町へ到着し、黒い鎧を身に着けた大柄な騎士の姿を目にした。みんなが彼を避けていた。老人のひとりに「あの騎士は誰ですか」と聞いてみた。老人は「イーデルです。私を領地から追い払った男なのです。私はかつてインウィル伯と呼ばれていた者です。毎年あの男がトーナメント試合を制し、2

253

November

年にわたってハイタカを手にしています。今年もまた勝てば『ハイタカの騎士』となり、すべてを手中に治めることになるのでしょう。」「私にあの男の権利と張り合い、あなたの仇をとれるでしょうか」とゲラントが尋ねた。「私があなたの鎧の用意をいたしましょう」とインウィルが答えた。「婦人をひとり選んでください。さもないと槍試合に加わることはできません。」ゲラントはインウィルの娘を自分の婦人として選ぶことに同意した。自分の婦人としたイーニッドもまた粗末な身なりをしてはいたが、きわめて美しい乙女で、事の成りゆきも分からずにいたのである。ゲラントは見事に戦い、イーデルを馬から引きずり落とし、ハイタカの賞品を手に入れた。イーデルはひざまずいて慈悲を乞うた。ゲラントはそれを認め、グウィネヴィアのところへ戻って、王妃に働いた無礼を償うようにと言った。こんなふうにしてインウィルは自分の領地を取り戻し、ゲラントと彼の一人娘のイーニッドをめあわせたのである。　　　（～12月12日）

8 騎士たちが聖杯の探究に励んでいる間、アーサーは自分を奮い立たせると、漁夫王の城へとやってきた。彼が食卓につくと、考えられる最高の料理が用意されており、いくらか元気を回復したのだった。

（～11月11日）

9 息子と娘を持つ、イポメネスという騎士がいた。息子の方は善良で誠実であったのだが、娘は暗い魔法の力に犯されてしまっていた。そんなわけで、彼女が自分の兄に許されない恋心を抱いたとき、心を獲得するた

11月

　めに、自分の使えるあらゆる呪文を使ったのである。たくらみのすべてが失敗に終わり、兄から何の反応も得られないと知ると、娘は森に逃れて、生命を絶とうとした。そのとき、地下の世界の生き物が美しい男の姿をとって現われて、自分と一夜をともにすれば、兄の心を勝ち得てやろうと約束したのだった。娘は承諾したが、この悪魔の恋人とともに一夜を過ごしたことによって、心は兄から離れ、逆に憎悪で満たされることになった。悪魔は彼女を促して、彼が拒否したことへの腹いせに、「強姦！」と叫ばせることにした。娘は言われたとおりにし、無実の兄が有罪を宣告されると、血に飢えた猟犬をけしかけて、こなごなに切り刻ませるべきだと主張したのだった。兄は死を迎える前に、妹が化け物を生むことになろうと予言し、そうすることで自分の正しさを立証したのだった。　　　　　　　　　　　　　　　　　　（～）

10　出産のときがやってくると、お付きの侍女たちはみな、娘の腹から出てきたものを恐れるあまり、死んでしまったほどだった。それは蛇の頭、獅子の体、鹿の足、豹の尾を持つ野獣で、腹の中は30組の猟犬が上げる声で満たされていた。野獣はすぐに森の中へと逃げ込み、王は娘を詰問して、起こったすべてを告白させ、娘はただちに絞め殺されてしまった。

　このようにして、長いこと追跡されることになる「探究の野獣」、または「グレイティサント†」として知られる生き物の物語が始まることになったのである。　　（～6月3日）

　　†グレイティサント：フランス語の古語グラティアからきた言葉。吼えるという意味を持つ。

November

11 漁夫王の城に滞在して3日目に、アーサーは、とても口で表現できないような不思議な幻影を見る経験をした。アーサーは聖杯の5種類の全質変化†を目撃しそれを体験することになるのである。聖杯のもたらすこのような変質を目撃するのは、悲しいことであった。まさにこの瞬間から、まるでカラスの羽根のように黒かった彼の髪が、一夜のうちに真っ白に変わってしまったのである。

　　　　　†全質変化：聖体のパンとぶどう酒をキリストの肉と血というように、世俗的なものから霊的なものへの形態の変化のこと。

12 ある朝、冷たい雨がキャメロットの周囲に広がる田園に降り注いでいたとき、黒い帳におおわれた一艘のはしけが、川を下って流れてきた。中にはひとりの美しい娘が横たわっており、その手には一通の手紙が握られていた。この不思議な光景の知らせはすぐに伝えられ、アーサー自身が、王妃、ランスロット卿、ガウェイン卿、そして他の人々を連れて、川の岸まで確かめにやってきた。アーサーは、手紙を広げて読んでみた。「最も気高い騎士、ランスロットさま。今や死が、ふたりの言い争いを終わらせました。そしてわたくしは清らかな乙女†のまま死んでゆきます。わたくしの最期の願いは、貴方が心から愛した方にそうするように、わたくしのために祈って欲しいということです。」

　ランスロットは、何も知らなかったというものの、自分がこの娘の死の原因となったことを恥じて、声を上げて泣いた。というのも、この娘が、彼女の好意で試合に参加することができたにもかかわらず、自分がそのやさしい愛情を踏みにじることになってしまった、アストラットのエレインであ

11月

アストラットの乙女エレインの体を発見するアーサーと宮廷の者たち。彼女はランスロットへの愛のために命を落とし、はしけに乗って川を下り、キャメロットへ到着したのである

ることが判明したからだった。それが分かると、ランスロットはあらゆる儀式を執り行ない、豪華な墓に娘を葬ると、彼女の願ったとおりに、娘のための祈りをささげたのだった。

†清らかな乙女：処女のこと。

13 丘陵とイニス・ウィトリンの大きな岩山を孤立させている水との間にある小さな洞の中に、アリマタヤのヨセフと彼に従ってきた人々が、長いことかけて聖杯を入れておくのにふさわしい教会堂を建立した。彼らは

November

そこに編み枝細工の教会堂を建て、白い色で塗ったので、それはまるで丘の緑の斜面の中で輝く星のようになった。長い間ここに聖杯が安置され、やがては新しい保護者がやってきて、より素晴らしいところへ運ぶことになるのである。

14 ある日のこと、冬の最中、宮廷にフロルディベルという名の娘とその父親とがやってきた。願いにそって父親は、娘を望む者がみな、その首を賭けるという条件で、彼女をそこに留まらせようと申し出た。アーサーは、しぶしぶ同意した。やってきて数ヶ月しかたたないうちにフロルディベルは、グウィネヴィアの若い従兄弟タンダレイスと出会い、恋に落ちた。娘は以前出した条件を悔やみ、恋人とともに、父の城へ逃れてゆくことに同意した。

彼らが逃れたのを知るとアーサーと彼の家来たちは、その城を包囲し、フロルディベルに戻るようにと要求した。タンダレイスは打って出て、円卓の騎士の何人かと戦い、すべての者を捕虜にしてしまった。しかし彼は、ガウェイン卿とは戦うことを拒んだのだった。フロルディベルは立ち上がり、恋人の命乞いをした。アーサーはふたりに罪はないと判断したが、タンダレイスを冒険に送り出してやったのである。

(～)

15 つづく数ヶ月、囚人の一団がキャメロットへ次々と戻ってきた。すべてが、タンダレイスによって送られてきた者で、彼らは口をそろえて彼の勇気を絶讃した。しばらくして、タンダレイスがクラウディンという娘の警護をして、彼女の故郷へ戻してやっているとき、彼らは

11月

カンディリオンに率いられた背教者の一団に襲われた。勇敢に戦ったのにもかかわらず、カンディリオンがクラウディンを捕まえ、この若い騎士が降参しないならば彼女を強姦すると脅したとき、ついに負かされてしまった。土牢に入れられたタンダレイスは、カンディリオンの妹アントニィに見つけらた。彼女は気の毒に思い、ひそかに彼を助けて、自分の城へと逃がしてやった。彼はそこにしばらくの間留まっていた。それはアントニィが彼と恋に落ちるには十分の長さだった。　　　　　　　　　　　　　　　　（〜）

16　タンダレイスの想いは、ふたたびフロルディベルのところへ戻っていった。アーサーが近くに冬の宮廷を構えていて、そこで大きな槍試合が行なわれるのを知ると、彼はアントニィに頼んで参加させてもらうことにした。彼女は、必ず自分のもとに戻ってくるという約束を取りつけて、同意した。

　槍試合では質素な鎧を身に着け、タンダレイスはよく戦ったが、彼のことを分かる者はいなかった。彼はつづけて3日そこに戻って、賞品を獲得し、自分が誰か見やぶられないうちに去っていった。しかしフロルディベルが彼を認め、アーサーのところへいって、あの不思議な騎士は確かにタンダレイスだと報告した。こうして意志に逆らって、彼は見破られてしまったのだった。カンディリオンもまた、たまたま宮廷にきており、この騎士の身分を推量し、彼の勇敢さを認めて、妹に彼を解放するよう伝えた。タンダレイスとアントニィの両者に悪意のないことが認められると、この騎士はキャメロットに戻っていった。そこで彼は槍試合の賞品をもらうことになり、フロルディベルの父は以前の頑固さを悔やん

November

で、彼らの結婚に同意したのである。同時にアントニィも、タンダレイスを失ってしまったのだということを認め、喜びにあふれる中で、ガウェインの弟ガヘリスと結婚したのだった。

17 ある午後、アーサーが宣言した。「私はとても疲れている。私が眠っている間、それぞれ楽しい物語を語るように。」そして彼は、帳の下ろされたつづきの小部屋の昼間用の寝床へと退いていった。コルグレヴァンス卿は、冒険から戻ってきたばかりだったので、皆はその話を語るように頼んだ。しぶしぶながらも彼は語り始めた。「荒れ果てたところを旅するうち、妖精の国の端にまでやってきていました。そこに私は気持ちよく留まり、面と向かって言うのもなんですが、われわれの王妃さまより数倍も美しい娘たちにかしずかれていたのです。」ここで彼はグウィネヴィアに会釈し、彼女は優雅に微笑み返した。「私がそこの主人に、冒険を求めてやってきたことを告げると、彼は確かに私を正しい方に向かって送り出してくれました。それから昔からの小山がある、谷へやってきました。そこには、片足と片目の、巨人のようなまっ黒い男が座っていたのです。彼のまわりには、数千の動物たちが草を食んでおりました。というのは、彼はこの森の番人だったからです。これらの動物たちのうえに、どんな力が振るえるのかを尋ねると、鉄棒でそばにいた牡鹿を打ち、その動物が大きな声で鳴いたかと思うと、動物たちが彼のまわりに集まってきて、お辞儀をしたのです。それから男は私に、近くの谷にゆくようにと言いました。そこで私は大きな松ノ木を見つけ、その下にひとつの泉と、緑色をした大理石を見つけました。石の上には、銀の

11月

バレントンの泉での、野性の狩人との出会いの話をするコルグレヴァンス。アーサーと宮廷の者たちが心を奪われて聞いている

鉢が置いてあったのです。彼は私にその石に一鉢の水をかけるようにと言いました。そのようにしたのですが、その後私に降りかかってきた不名誉を知っていたならそうはしなかったでしょう。雷が鳴り、稲妻がひらめき、大雨が降ってきて、木から葉をちぎりとりました。突然、木は歌声をあげる小鳥たちに覆われたかと思うと、大きな騎士が馬に乗って、谷を下ってやってきたのです。男も、その馬も、鎧もすべて真っ黒で、美しく装われていました。しばらくの間、私たちは戦いましたが、私は打ち倒されてしまい、ここに戻ってきたのです。誰かが冒険に事欠くというのなら、その男がおりますよ。」彼らはみんな、コルグレヴェインスの運の悪さに同情した。そしてあえて自分に不利な話をしてくれた、彼の謙虚さを讃嘆したのである。しかしこの話を注意深く聞いていたオウァインは、これらの不思議に挑戦してみようと決心したのだった。　　　　　　　（〜9月13日）

November

18 かつて、クラリスとラリスというふたりの友人がいて、国のはずれの地から、名高いアーサー王の宮廷を見てみようと旅に出た。この王のことは、彼らが多くの噂と物語の中で聞き及んでいたからだった。馬で進んでいるとき、クラリスは近くの国の年老いた王の娘リドイーンに抱いている恋心を告白し、ラリスの方も友を助けることを約束して、自分もゴールのウリエンスの娘マリーンを愛していると告げたのだった。クラリスもまた、友を助けることを誓ったのだが、それぞれが自分の誓いを果たすのには長い時間がかかった。というのは、そのすぐ後で、ラリスは、眠っているうちに、モルガン・ル・フェイの女魔法使い、マドイーンによって連れ去られてしまったからだった。　（〜）

19 すっかり気落ちしたクラリスは、友人を求めて旅に出て、多くの冒険を重ねた後、「帰らざる谷」に到着した。そこには、モルガンの楽しみのための宮殿があった。ここにクラリスもまたモルガン自身によって囚われの身となってしまい、彼女はこの若い騎士を、自分のものにしたいと激しく望んだのである。ふたりの友人たちは、ラリスが彼を心から愛すマドイーンを説得してふたりを自由にしてもらわなかったら、それから先もっと長い間、この牢獄に留まることになったことだろう。　（〜11月24日）

20 モルガン・ル・フェイは、弟のアーサー王に害をもたらそうと、ずっと思い定めていた。彼女が剣エクスカリバーと、湖水の貴婦人によって与えられた鞘に込められた力のことを知ると、このふたつを盗み出し、自

11月

分の愛人ゴールのアッコロンのところへ送る方法を考え出した。ある日、アーサーと円卓の騎士たちの多くの者が狩に出かけたとき、夜になると、王がアッコロンとゴールのウリエンス王とともに、他の者からは離れてしまうということが起こった。彼らは、大きなはしけがつないである川のところへやってきた。船に乗ると、そこにはぶどう酒と豊富な食べ物でもてなしてくれる娘たちがいた。彼女たちには何の悪意もないように見えたので、王と彼の騎士たちはそのもてなしを受け入れ、心地良い寝床で休んだのである。しかし朝になると、ウリエンスは自分が妻モルガン・ル・フェイとともに寝台にいるのを発見し、一方、アーサーは他の囚人の騎士たちとともに土牢におり、アッコロン卿は深い井戸のそばにいて、両腕に絹の包みを抱えた使者にかしずかれているのが分かった。包みの中にはエクスカリバーが入っていて、その刃は炎の穂先のように、朝の光を受けて輝いていた。「さあ」と使者が言った。「貴方の御婦人、モルガン・ル・フェイさまからこれが送られて参りました。婦人は、貴方がお互いの愛を思い出し、この剣でなそうと計画したことを実行してくださるようにと命じておられます。」というのも、モルガンとアッコロンは長い間、アーサー王を殺すことを計画しており、魔法を使ってモルガンが、このすべての冒険を考案したのである。　　　　　　　　　　　　　(～)

21 とかくするうちに土牢の中では、ひとりの娘がアーサーのところへやってきて、彼を自由にすることは何でもしてみようと約束した。アーサーは何の疑いも抱かなかったが、彼女は本当は、モルガン・ル・フェイの娘のひとりだったのである。しばらくして彼女はふたたびア

November

　ーサーのもとを訪れ、逃れるためのひとつの方法があると告げ、この城の他の囚人たちもまた解放してあげようと約束した。「もし貴方が、待機しているひとりの騎士と戦い、彼を負かしたならば、貴方とすべての囚人たちは外に出してもらえるでしょう。」そうすることにアーサーは同意した。返してもらった鎧と、エクスカリバーのように見える剣をたずさえて、彼は泉へと出向いていった。そこではアッコロンが、質素な鎧を身にまとい、面頬を下ろして待ち構えていた。それからアーサーが剣を抜き、アッコロンもそのようにして、ふたりは激しくぶつかり合った。彼らは長いこと激しく戦い、アッコロンがアーサーを打つたびに血が流れ出たのだが、アーサーがアッコロンを打ったときには、かすり傷しか与えられなかった。この徴候を見て、王は何かが違っているとは思ったが、まだそれが何であるか推量することはできず、やっと事態を理解したのは、烈しい打ち返しを受けて、自分の剣が壊れてしまったときのことだった。彼は何が起こったかを理解し、自分の生命を心配した。しかし、アッコロンが血潮に濡れた草の上で足をすべらせ倒れたひょうしに、彼の手から剣がとび出し、まるで鳥がその古巣に帰ってくるように、アーサーのところへ戻ってきたのである。アーサーはそれをつかみ、即座に自分の剣であることを理解した。そして激しい勢いで、アッコロン卿に打ちかかっていった。鞘をもぎりとると、それを脇に投げ捨て、エクスカリバーで彼を烈しく打ち、それが致命傷になった。しかしアッコロンはすぐには死ななかった。彼は命を保ち、アーサーに姉モルガンの陰謀を告げ、彼女が弟に対して抱いている憎悪について話して聞かせたのである。　　　　　　　　　　（〜）

11月

22 それからアーサーは、モルガンの愛人アッコロンの体を、次のような伝言をつけて、彼女のもとに送ってやった。「ここに貴方の所有する何かがありますよ。それはどのようにして、私が自分の剣と鞘を取り返したかを語るものです。」この伝言を受け取ると、モルガンは怒りでわれを忘れるほどだった。外観を変えることのできる暗い呪文を使うと、姿を偽ってキャメロットへすぐに出かけていった。アーサーが眠っているうちに、鞘を盗み出すことはできたが、剣はアーサーが手にして寝ていたため、盗むことはできそうにもなかったのである。　　　　　（〜）

23 アーサーは目を覚まして、自分の失ったものに気づくと、騎士の一団とともに追跡に向かった。彼らはモルガンを見つけ、彼女もまた彼らに気がついた。しかしモルガンは谷へ逃げ込み、自分の技を使って、自らとお付きの者の姿を変え、大きな石になってしまった。そのため側を通り過ぎていった人々は、それらはてっきり古代の人々の仕事だと思い込んだのである。アーサーも側を通り過ぎていながら、彼女がそこにいるのが分からず、彼が行ってしまうと、モルガンは近くの湖にいって、その中に鞘を投げ込んでしまった。このようにして、アーサーはまだエクスカリバーを持っていて、その力の一部は確保していたものの、彼を死から守ってくれる鞘は永久に失ってしまったのである。このときから、彼は他の人と同じように、傷を受けるようになった。ある人々は、鞘をなくしたということが、やがてアーサーが妻の愛情を失うことの前兆となったと言っている。というのも、結婚においては、剣は男のもの、そして鞘は女のものだからである。

November

24 クラリスとラリスの冒険は、彼らがモルガン・ル・フェイの城から逃れたとき、すっかり終わってしまったというわけはなかった。彼らがやっとのことでアーサーの宮廷に到着したとき、ラリスの恋人の父、ウリエンス王が邪悪な王によって包囲されていることを知ったのである。友人たちはアーサーに頼んで、救出の一団を率いて出かける許可を得た。一行にはオウァインとガウェインも含まれていた。小競り合いが後につづいた。そのうちのひとつで、ラリスは囚えられてしまった。敵が最期に敗北を認めたとき、ラリスの姿はどこにも見えず、クラリスは彼を探しに出ていった。　　　　　　　　　　　　　　　　　(∾)

25 何ヶ月もの間、探しつづけたすえ、クラリスはついにラリスを見つけ出した。彼は実のところは、マドィーンによって助け出されていたのだった。彼女はふたたびしぶしぶと、自分が手に入れたいと願っていたこの男を手放してやらねばならなくなった。最期にはクラリスが勝利し、ウリエンスの娘を見つけ出すために、ラリスが戻ってきた。ウリエンスは、今は自分の敵をやっつけるための手助けをしてくれたこの騎士を快く思うようになっていた。クラリスは、悲しげに自分の愛人のことを尋ね、夫が前の冬に亡くなったことを知り戻ってゆくと、彼女が自分を待っているのを見出した。こんなわけで二組の結婚式が執り行なわれ、クラリスはリドイーンと、そしてラリスはマリーンと結婚したのである。

11月

26 モルゴースは、コンウォールのゴルロイスとイグレインとの間の二番目の娘であった。父の死後、母のもとに留まり、ウーゼル・ペンドラゴンによって人質にされているオークニーのロットとめぐり合うことになった。モルゴースはすぐに、この美しい若者に恋をし、ふたりはひそかに愛し合うようになった。数ヶ月間、彼らは誰にもその密会の約束を知られることなく、逢瀬を重ねることができた。それからモルゴースは、自分が身ごもっていることを知った。ウーゼルの怒りを恐れて、病気を装って自分の部屋に引きこもり、ひそかに元気な男の子を産み落とした。彼女は赤ん坊にガウェインという名前をつけ、豪華な衣装に包み、自分とロットのいずれかが、ふたたび赤子を確認できるようにと、指輪と子どもの本当の血筋を記述した手紙とを、年老いた善良な騎士の手に委ねたのである。

27 財産を持っていたため、ガウェインの養父は海賊に襲われ、子どもも盗まれてしまった。子どもが包まれていた豪華な衣類から、身代金が取れるかも知れないと思われたからだった。しかし海賊たち自身が、そのすぐ後で遭難してしまったのである。モルゴースとロットの子どもは見つけ出されて、ヴィアマンダスという商人に育てられた。彼は海賊たちの船から引き上げた品物で、金持ちになった。彼はすぐにローマに移り、そこで知恵と誠実さで人に知られるようになり、皇帝の注意も引くようになった。ガウェインは、ヴィアマンダスの「息子」として皇帝の護衛兵の中に加わり、その勇敢さと力によって、すぐに尊敬されるべき地位までのぼりつめた。それからヴィアマンダスが病に倒れ、命を落としそうになった。彼は皇帝の助言者たちを呼ん

で、この若い英雄の身分を明かし、書きつけとモルゴースが騎士に委ねた指輪を見せた。こうして、この良き商人の最期の息が止まってしまったのだった。ガウェインは、両親のことをもっと知りたく思い、また、まだ自分の叔父であることを知らないアーサー王によってなされた偉大な功績のことも聞きたくて、ブリテンの岸を目指して出発していったのである。　　　　　　　　　　　　　　　　　　　（〜7月6日）

28 クラリーネの息子は、湖水の小島の隔離された場所から世界へ向けて、馬で出ていった。彼は間もなく、世界で最高の騎士こそが、イウェレットであることを発見した。そこで彼はこの騎士の領地にやってきて、どうして「湖水の貴婦人」が自分を名なしのまま送り出したのかと不思議に思った。クラリーネの息子は、シャテル・ル・モルトの近くまで馬でゆき、そこで臆病者マブズによって捕まってしまった。この騎士こそ、「湖水の貴婦人」の息子だったのだ。マブズが臆病者になることは予言されていて、そのため母が「美しの森」の地の中に、彼のための特別に安全な場所を確保していたのである。しかしイウェレットがその領地を横取りしてしまった。彼女が、クラリーネの息子を救済のためにそこに送り込んだのは、正しいことではなかった。マブズは勇敢な騎士たちを好んで捕らえ、殺していたからである。　　　　　　　　　　　　　　　　　　（〜）

29 クラリーネの息子は、シャテル・ル・モルトの土牢の中に長いこと囚われていて、自分の高い身分も顧みられず、すっかり絶望していた。この城の特徴と

11月

いうのは、ただひとりマブズを除いて、中にいるすべての者が卑怯にとりつかれていることだった。この男だけが塀に囲まれて、このような卑劣さから守られていたのだった。クラリーネの息子と一緒に囚われていた仲間たちは、イウェレットがやってきてシャテル・ル・モルトを攻撃すると叫びはじめた。マブズはクラリーネの息子を選んで、馬で外に連れ出し、自分を護衛してイウェレットの動きの情報を持ってくるようにさせた。そして若者は、マブズが一年間、囚人たちを無差別に殺すことを控えるということを条件に、そうすることに同意したのである。　　　　　　　　　　(～)

30 クラリーネの息子は、「美しの森」に乗り入れ、とある大修道院にやってくるまで、馬を進めていった。そこで彼は、世界最高の騎士、イウェレットのよこしまな慣習のことを耳にした。彼に挑戦しようと思う者は誰でも、泉の近くにかかっている青銅のシンバルを打ち鳴らさねばならなかった。多くの者がそれに試み、生命を落とした。にもかかわらずクラリーネの息子は馬を進め、シンバルを打った。イウェレットがすぐに現われ、ふたりはイウェレットが切り殺されてしまうまで、戦った。クラリーネの息子は、泉の島からひとりの娘が彼の前に姿を現わすまで、自分の勇敢さについてあれこれと思い巡らしていた。「わたくしの女主人の名にかけて、ご挨拶申し上げます。貴方はわたくしの御主人さまの息子を守って立派に戦い、敵を打ちかしてくださいました。そのためご主人は、バン王とクラリーネ王妃の息子ランスロットと正式に名付けるようにと命じられたのです。貴方の正当な遺産は、世界中で最も優れた騎士になるということです。」このようにして、ランスロットは名

269

November

前を獲得し、正当な血統と名声を博することになった。それから彼はキャメロットへ向かって旅をつづけ、王の息子として、アーサーに受け入れられたのだった。　（～8月16日）

12月

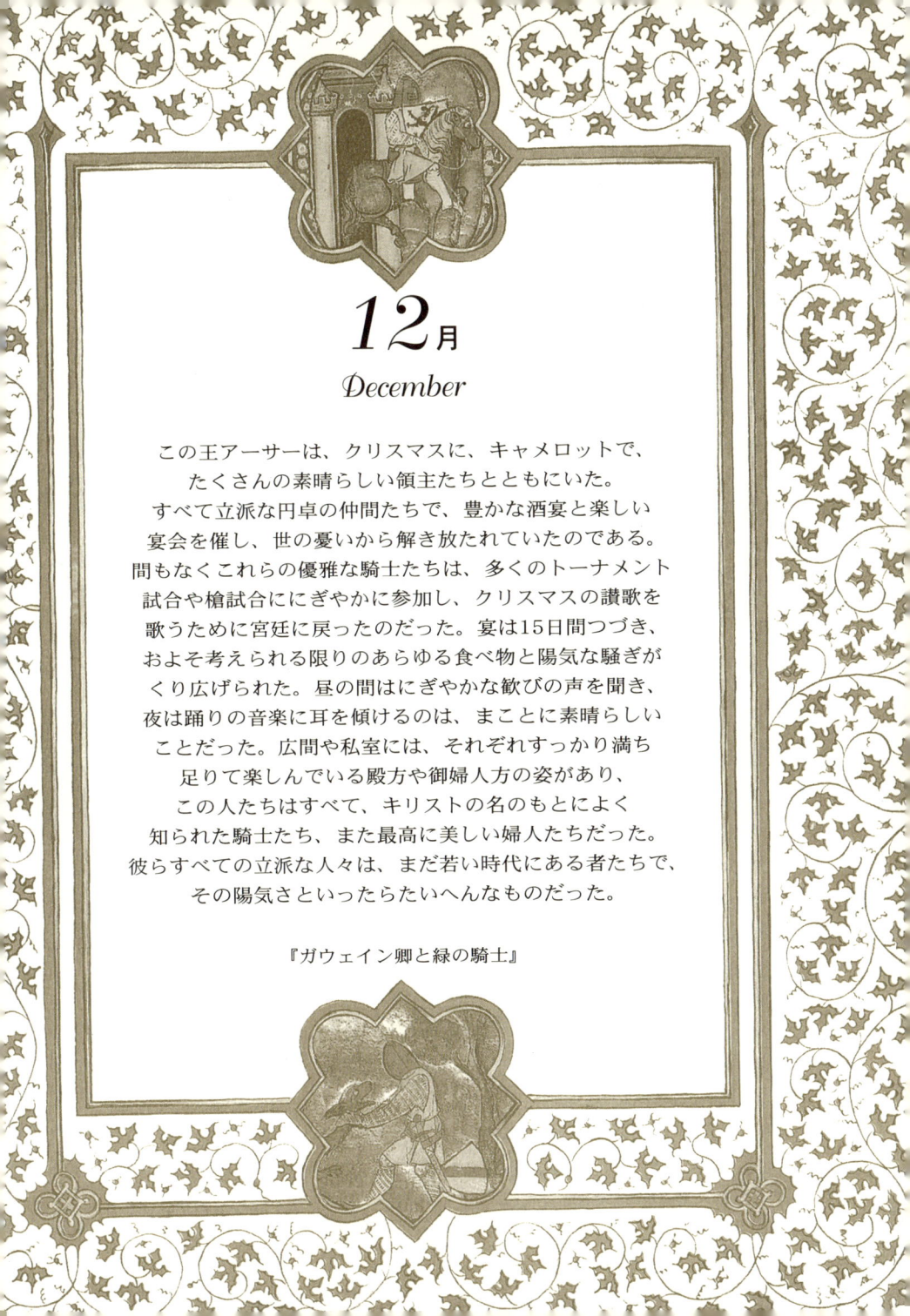

December

　この王アーサーは、クリスマスに、キャメロットで、
たくさんの素晴らしい領主たちとともにいた。
すべて立派な円卓の仲間たちで、豊かな酒宴と楽しい
宴会を催し、世の憂いから解き放たれていたのである。
間もなくこれらの優雅な騎士たちは、多くのトーナメント
試合や槍試合ににぎやかに参加し、クリスマスの讃歌を
歌うために宮廷に戻ったのだった。宴は15日間つづき、
およそ考えられる限りのあらゆる食べ物と陽気な騒ぎが
くり広げられた。昼の間はにぎやかな歓びの声を聞き、
夜は踊りの音楽に耳を傾けるのは、まことに素晴らしい
ことだった。広間や私室には、それぞれすっかり満ち
足りて楽しんでいる殿方や御婦人方の姿があり、
この人たちはすべて、キリストの名のもとによく
知られた騎士たち、また最高に美しい婦人たちだった。
彼らすべての立派な人々は、まだ若い時代にある者たちで、
その陽気さといったらたいへんなものだった。

『ガウェイン卿と緑の騎士』

December

1 ある日、アーサー王がイングルウッドの森で狩をしていると、自分が他の仲間たちから離れ、どこか分からぬ地にいるのに気づいた。そして突然、動けなくなってしまった。四肢が凍りついてしまったのだ。すると目の前に、夜の闇のような黒い鎧を着けた、恐ろしい姿が立ち現われた。声がして「アーサーよ、おまえは私の力の下にある」と耳元で囁いた。「質問に答えなければ、命はないであろう。」

アーサーは、唇と舌がまだ動かせたので、「あなたは誰なのだ、そして私に聞いてみたいという質問とは？」と尋ねた。

「私は、グロメール・ソマー・ジュールである。おまえは私の土地を取り上げ、ガウェイン卿にやってしまったのだ。もし生命を取り戻したいというのなら、質問の答えを持ってここに戻ってくるがよい。その質問とは、『女が皆心から最も望んでいるのは何か？』というものだ。」男はいってしまい、王は自分がふたたび動けるようになっているのを知った。こうしてアーサーは感情を抑えながら宮廷に戻ってきたのだった。

2 アーサーはガウェインを見つけ出して、森での出来事を話した。「さっそくやってみましょう、殿」とガウェインが言った。「一年以内に、きっと答えを見つけてみせます。」彼は道を進んでゆき、高貴な生まれの者からはした女にいたるまで、出会ったすべての女性たちを止めて、彼女たちが最も願っているものは何なのだと尋ねた。彼はすべてを記録し、さまざまな答えを集めた。けれど、どれもどこかがいささか違っているように思われので

12月

ある。　　　　　　　　　　　　　　　　（～）

3

その年はまたたく間に過ぎ去り、ガウェインがキャメロットに戻ってきた。そのとき彼は、真紅の衣装をまとって、道の側に座り込んでいるひとりの女に出会った。それは彼が今まで会った中でも最も醜く、ぞっとするような女であった。顎と鼻は顔のまんなかでひとつになり、その両眼は奇妙な色をしていて、それぞれが反対の方向を見つめていたのだ。頭はほとんど禿げており、その体といったら、あまりにも形が崩れていて、まるで焚きつけを入れる布袋のようだった。女のそばに並んだとき、ガウェインは馬に乗ったまま通り過ごそうとした。それからちょっと躊躇した。とにもかくにもそれは女性であったからだ。質問しようと口を開く前に、女が話しかけてきた。「私の名前はラグナルと申します。貴方が何を探しているのかも分かっておりますわ。それに私は正しい答えも知っているのですよ。でもそれをお教えするのは、いただけるご褒美しだいですけれど。」「どんな報酬をお望みか？」とガウェインが尋ねた。「貴方さまが私と結婚してくれるということですわ。」

ガウェインは、蒼白になった。しかし彼は言った。「もしあなたの答えが私が求めているものであり、そのことが証明されるなら、そのときはあなたの条件に同意しよう。」そしてその日、キャメロットの門からガウェインが入ってきたとき、彼はこの恐ろしく醜い婦人を鞍に乗せていたのである。何人かの者は彼女から目を離せずにはおられなくなり、すべての人々が、なんでガウェインが彼女をそばに連れているのか不思議に思った。アーサーもまた眉をひそめた。「理由は聞かない方がよかろうな、甥御よ。」ガウェインは、王がグ

December

ロメールと会うまで待って欲しいと答えたのだった。（〜）

4 翌日、アーサーはふたたび馬で森へとやってきて、以前と同じように、自分がグロメール・ソマー・ジュールと向かい合っているのを発見した。王は、ガウェインによって集められた答えが記録された書物を、黒い装いをした騎士へ手渡した。ちょっと眺めたかと思うと、騎士はそれを高く放り出してしまった。それから彼は黒い刃のついた剣をアーサーの頭上に振り上げた。「待ってくれ」と王は叫んだ。「ここにもうひとつ答えがある。」そしてラグナルの答えを差し出した。グロメールは、怒りのため、大声を上げた。「私の妹だけがその答えを教えることができるのだ。この裏切りのために、彼女は永遠に呪われるがよい。」それから彼は去っていってしまい、アーサーはキャメロットへ戻ってきた。そこにはガウェインとラグナルが待っていた。ふたりは、アーサーが勝利したことを知った。ガウェインは蒼白になり、ラグナルは喜んだ。そして婚礼は翌日と決まったのだった。　　　　　　　　　　　　　　　　（〜）

5 グウィネヴィアの抗議にもかかわらず、ラグナルは婚礼の宴に、できるだけ多くの招待者を参列させてくれるようにと主張した。食卓での振る舞いは、彼女の身に着けた輝く白いドレスとヴェールと同様に、すべての人々を公然と侮辱するようなものだった。すぐに儀式は終わり、結婚したふたりは、私室に導かれて自分たちだけになった。ガウェインは花嫁が口づけを要求するまで、炎を見つめたままそこに立っていた。勇敢にも、彼は前に進み出た。

12月

　すると彼はまさに自分の両腕に、輝くばかりの乙女を抱きしめていたのだった。「いったいどうしたことなのです？」と彼は答えを求めた。「私は兄グロメールに魔法をかけられてしまっていたのです。結婚してくれるやさしい男の方を見つけるまでは、あのような姿に留まっていることを強いられていたのですわ。さあ、今や貴方さまが、私を呪文の一部から解き放ってくださいました。けれどまだ呪文が残っているのです。私は夜の間は美しく、昼の間は醜く、また反対に、夜の間は醜く、昼の間は美しくというように留まっていられます。貴方さまは、そのどちらかを選ばねばなりません。」

　当惑して、ガウェインは考えた。それから、「私にはそんな選択はできません。あなたが決めてください。」と言った。するとラグナルは、手を打って喜んで言った。「これで呪文の第二の部分が破られましたわ」と彼女は叫んだ。「というのも貴方さまは、すべての女たちが最もそうして欲しいと思っていることをなさったからです。そう、自分のしたいようにするという自由ですわ。」このようにして、ガウェインは、美しい花嫁と結婚し、彼女とともに幸せに暮らしたのだった。　　　　　　　　　　　　　（〜5月28日）

6 一年が終わろうとし、暗い日がつづくころ、ウリィ卿というハンガリーの騎士がキャメロットにやってきた。彼はこの数年間、生命を萎えさせる恐ろしい病気をわずらっていた。ランスロットの並外れた勇敢さを耳にしなかったなら、ほとんど癒される望みを失ってしまっていたことであろう。心を奮い立たせて、彼はブリテンに向けた長く困難な旅に出たのである。「ランスロット卿、私の上に両手を置いてくださいますか？　というのも、もしそうして

December

くださったなら、私はきっと癒されるでしょうから。」ランスロットは苦悩に満たされ、顔をそむけた。「貴方の願いを叶えることができたらよいのですが。」と彼はやっとのことで答えた。「ここには私よりずっと偉大で、神聖な騎士の方々がおられますよ。」

7 ウリィ卿はその冬、宮廷で、自分の上に癒しの手を置いてくれる偉大な騎士たちを悩ませていた。しかし誰ひとりとして効果を上げた者はなかったのである。ついに彼はランスロットに向かって、できるかどうか、少なくとも試して欲しいと懇願した。この偉大な騎士は、ウリィ卿が横になっている棺台の側にひざまずいて、全身の力を込めて、この気の毒な病める騎士を救うのを許してくれるようにと祈りを捧げたのだった。彼が額に手を置くと、ゆっくりゆっくりとではあったが、ウリィ卿の顔に変化が生じ、苦しげな皺が和らいできて、彼は身を起こした。「さあ、これで私は、貴方の善意によって、完全な体になれました！」とウリィ卿は叫んだ。多くの者が、この罪深きひとりの男に起こった奇跡の贈り物ゆえに泣き出し、ランスロットも然りだった。

8 世の中に、クレゲスほど気前のよい男はいなかった。自分の食卓をすべての者に解放し、クリスマスの季節を彼ほど楽しんでいた者はないほどだったのである。10年間、彼は心から願った祝福されたときを、このような気前のよさを保ちつづけて過ごし、今や、クリスマスがふたたび近づいてきたときには、自分の貧しさを嘆くこ

12月

とになってしまったのである。吟遊詩人たちがクリスマスの讃歌を練習しているのを聞き、子どもたちの期待に満ちた顔を見ては、さめざめと涙していた。　　　　　　（〜）

9 妻のクラリィは、機嫌よくして、神を信じるようにと言った。クレゲスが熱心に祈りを捧げているまさにそのとき、桜の木の一枝が彼の頭上に落ちてきた。取り上げてみると、枝は桜の実と緑の葉で覆われているのだった。今は12月、クレゲスは、不思議に思っている自分の家族たちに、この奇跡を見せるために走り出ていった。「これをクリスマスの貢物として、アーサー王のところへ持ってゆこう」と彼が言った。クラリィ夫人が急いで籠を用意し、夫は急いで出ていった。　　　　　　　　（〜）

10 クレゲスが、アーサーが宮廷を構えるカールディフにやってくると、門番が彼のぼろぼろの衣服を見て、中に入れるのを断った。クレゲスは籠に入っている桜んぼを見せた。「これらに対して、王が下さるだろうご褒美のうち3分の1は俺さまのものにするぞ、入るがよい！」クレゲスは、籠の中のものを見せるまで入れるのを拒んだ取次ぎの者、執事などとも、同じような面倒を起こした。それぞれに、クレゲスはアーサーがくれる褒美の3分の1をやることを約束した。すべての人々が、正餐のはじまる前に見せてもらえることになっている不思議を待って、大広間に座っていた。クレゲスが入ってきて、アーサーに桜んぼが入っている籠を差し出した。「この不思議のゆえに」とアーサーが言った。「私が認めることのできるものなら、なん

December

なりと願ってよいぞ。」「王よ、あなたの広間にいる、わたしを侮った者たちに、12の打撃を与えることを許していただきたい。」アーサーはこのようなことを認めてよいかと苦悩した。こうして自分に与えられたこれらのうちの3分の1を門番に、そしてそのほかを、無作法な取次ぎの者と執事に与えてやることで、クレゲス自身すっかり満足したのである。アーサーはクレゲスを自分のもとに呼んだ。「この騎士は、かつては偉大な気前のよい男であったと思う。良きクレゲス卿よ、こんなに不思議なものを手放そうとするあなたの気前のよさと身分にふさわしい寛大さゆえに」そしてここで、門番、取り次ぎ役、そして執事たちの不正を宮廷の皆が嘲笑したのだが、「私はこのカールディフの城と、その称号と生活する費用とをあなたに進ぜよう。」このようにしてクレゲスとクラリィは、幸せに暮らし、彼らが望んでいたように、クリスマスを祝ったのである。

11 ある日のこと、アーサーとグウィネヴィア王妃は、馬でイングルウッドの森に狩に出かけた。しばらくゆくうち、王妃は疲れを感じた。そこで王は、王妃をランスロットの保護のもとに残したまま、石切り場にそって進んでいった。ふたりがタルン・ウェイザリングといわれる湖のそばで休み、腰を下ろして、あれこれ話し込んでいると、空が暗くなり、湖の深い底から、不平を言い、金切り声を上げながら、恐ろしい姿が、彼らの前に立ち上がってきた。それは物凄い光景だった。骨にはほんの少ししか肉が残っておらず、まるで海草のように、長い灰色の髪の毛が頭蓋骨にこびりついていたのだ。近づいてきたとき、王妃は鋭い叫び声を上げた。というのも、その幽霊が亡くなった母であ

12月

ることが分かったからである。それがふたりの近くまでくると、王妃は大きな恐怖に捕らえられた。多くの恐ろしい悪魔たちに遭遇してきたランスロット卿でさえも、その姿を目前にして顔面蒼白になり、思わずたじたじとなったほどだった。「悲しむがよい、娘よ」とその幽霊は言った。「おまえは大きな罪を犯してきた。それを悔い、そのようなよこしまな行為をやめないかぎり、未来永劫、地獄の業火に焼かれることになる。」幽霊はそれが何を指しているのかは言わなかったが、ランスロット卿と王妃には、それがふたりの許されない愛のことを言っているのだということが、よく分かったのである。

12 アーサーは、白い雄鹿の頭をたずさえて、狩から戻ってきた。さて、この頭は、王の選んだ、宮廷の最も美しい女性に捧げられるというのが、ペンドラゴン家の慣習となっていた。イーデルを受け入れ、許してやってから、グウィネヴィアには不吉な予感がしていた。彼女はアーサーに頼んで、間もなくイーニッドを連れてゲラントが宮廷に戻ってくるので、それまで待ってもらうことにした。イーニッドがこの頭を受け取るのにふさわしい者であることが、そこにいる全員に認められた。そこでアーサーはこの若い花嫁に雄鹿の頭を捧げ、ゲラントが戸惑う中、イーニッドを王者にふさわしい抱擁をもって迎えたのである。

(～8月24日)

December

13 モルガン・ル・フェイは、魔法の力と、その抜きん出た美しさにもかかわらず、恋人たちを自分のそばに留めておくことができなかった。そのため、彼女は谷にひとつの礼拝堂を建て、強力な魔法をかけて、そこに足を踏み入れた不実な恋人が、二度と出てこられないようにした。そこは「帰らざる谷」と呼ばれるようになった。多くの者がこの道をやってきて、魔法の虜になってしまった。このような状態は永久につづくように思われた。しかしたまたまランスロット卿が通りかかり、グウィネヴィアに対しての心からなる愛のために、できるかぎりの力を振りしぼって、そこを守っている幽霊を打ち倒し、囚われていた不運な騎士たちのすべてを解き放ってやったのである。

14 トリスタンを追放したのち、マルクはイソルトに与える罰について長いこと思い巡らしていた。そのとき、この地方にライ病患者の集団がいるという噂を耳にした。そこでマルクは、最も残酷で恐ろしい復讐を考え出した。自分の妻を引き出して、粗末な衣服を着せ、このライ病者たちの手に委ねるようにと命じたのだった。しかしトリスタンがそれを聞きつけ、ぼろぼろの外套とライ病者の持つ鐘を手にして変装し、その集団に密かに加わっていたのである。マルクの兵士たちがイソルトを馬から降ろし、病人の中へ押しやったとき、トリスタンが進み出て、いかにも卑猥な気持ちを持っているかのようなふりをしてイソルトを捕えた。そしてイソルトの恐怖を静めるために、自分はトリスタンでライ病者ではないと囁いたのだった。マルクの家来たちは声を上げて笑い、冗談を言いながら去っていった。彼らの姿が見えなくなるとトリスタンは変装をとき、イソルトと

12月

ともに、ふたりが安全でいられると思われる場所、彼らのことをよく理解し、同情してくれているランスロットの故郷、「喜びの園」へと逃れていった。このようにして恋人たちは、つかの間の平和を見い出したのである。　　　（〜9月1日）

15 ペルシヴァルは、ある立派な城に自分の住まいを確保していた。食事を待っていると、金と銀の駒がのっている素晴らしいチェス盤が目に入った。吃驚している目前で、駒たちが動き始めた。息を呑んで見守り、銀のチェス駒の男たちを応援することにした。試合はひとりでに最期まで進んで、ペルシヴァルの駒たちが負けてしまった。すっかり腹を立てて、ペルシヴァルはチェス盤を持ち上げ、窓から湖の中へ投げ込んだ。湖から、武具を身に着けた彼の教師、グロスターの魔女の幻影が立ち現われた。「円卓の騎士としては立派な行ないですこと！」と彼女は叱咤した。「そのチェス盤は、あなたの心の御婦人の持ち物なのですよ。その方は、世界を治める女皇帝でいらっしゃいます。探究を成し遂げたいとお思いなら、あの盤をふたたび見つけ出し、この城に返さねばなりません。」　　　（〜1月25日）

16 嫌悪しているウーゼル・ペンドラゴンによって結婚させられた夫ウリエンスから自由になろうと、モルガンは企んだ。もはや彼が生きているのをみるのに耐えられなくなる日がやってきたのである。彼女は侍女のひとりを送って、ウリエンスの剣を取ってこさせた。けれども侍女は、女主人の目に込められた狂気を見て取ると、走り出ていってオウァイン卿を起こした。彼が父の部屋に走ってゆ

December

くと、まさにモルガンが、父が眠っているところを刺そうとして剣を振り上げた瞬間だった。オウァインは「狂ってしまったのか」と叫んで、彼女を後ろから抱きかかえた。ウリエンスが目を覚ますと、モルガンは息子の足元に身を投げ出して、自分は悪魔に囚われてしまい、何をしているのか分らなかったのだと叫んだ。父と息子は彼女を哀れに思い、オウァインはアーサーの宮廷に向けてすぐに出発した。一方父の方は、自分の私室に閉じこもって、めったに妻には会わなくなってしまったのである。

17 長いことアーサーが、「鸚鵡の騎士」として変装し、冒険をしていたころのこと、ログレスに向かって船出する船に乗り、神秘的な孤島に漂流したことがあった。岸に到着すると、ひとりの小人が、高い塔の上に立ち、びっくりして十字を切っているのを見つけた。というのも、この小人は、自分の息子以外に、もう60年以上も他の人間を見たことがなかったからだ。息子というのは人を食らう大男で、自分の父を、その安全を守るために、この塔に閉じ込めておいたのだった。アーサーは小人に、彼の生まれた土地のたよりを知らせてやった。ノーサンバーランドからやってきた男であったため、小人が喜んだことに、自分はアーサー王であると示してやったのである。　　　　　　（〜）

18 アーサーは小人の話に耳を傾けた。それは、彼がどのようにして、身重の妻と領主への奉仕のために旅をつづけてきたかという話であった。妻の出産はとても難産で、領主がふたりをそこに置き去りにしてしまった

12月

のだった。妻は亡くなり、生まれた息子は一頭の一角獣から乳をもらい、小人にもまたこの獣が食事を持ってきてくれた。少年は、両親に比べてずっと巨大な体格の男に育ち、獣の肉と人の肉との区別がつかず、父親の戒めも何の役に立たなかったのである。

19 そんなわけなので、巨人のようなこの少年が父親の食事を持って塔に戻ってきたのを見て、アーサーはすっかり警戒してしまった。「私を食おうとしないだろうか？」と尋ねると、その小人は、生き残りたいなら武器を下ろし、身を守るそぶりを見せないようにと命じた。アーサーは、武器の力は役に立たないと思ったので、しぶしぶそのようにした。小人は穏やかな調子でこの巨人のような息子に話しかけ、この騎士は他ならぬアーサー王その人なのだと説明した。するとこの巨人は、臣従の礼を示してひざまずき、王の命じることは何でもすると誓ったのだった。

20 イグレイン王妃は子どもを身ごもり、身重な体になっていた。出産のときが近づくと、ウーゼル王が彼女のもとにやってきて、身ごもっているのはいったい誰の子か知ろうとした。「王さま、」とイグレインが言った。「夫の侯爵が殺されてしまったまさにその晩、ひとりの男が私の寝所にやってきたのです。どこから見てもゴルロイスさまとそっくりだったので、妻が夫とそうするように愛を交わしました。その晩、生まれようとしているこの子を身ごもったのでございます。」

ウーゼルが言った。「王妃よ、恐れることはない。私があ

December

なたの子どもの父なのだ。」そして彼は、その晩起こったことの真実を話したのだった。イグレインはそれを知って喜んだ。まだ生まれてはいない我が子の安全を心配しないでもよくなったからである。

　しかしその地には不平の声があった。ある者は、ウーゼルはイグレインが未亡人となってから、あまりにすぐに彼女と結婚したと言った。彼女がいったい誰の子を産むことになるののかは誰にも分からなかったからだった。しかし彼らはこのことをウーゼル王に直接話すことは控えていた。というのも、どんなに熱心に、王が自分の世継ぎをゆるぎないものにしたいと望んでいるか知っていたからだった。

　ときが満ちて、真冬に、イグレインは子どもを産んだ。それは力強く、健康な男の子であった。ウーゼルは大変喜び、その結果、疑いをあえて口にする者はいなかった。

　その後、幼児がわずか数週間にもならないうちに、マーリンが王の前に現われ、イグレインの夫の姿に変えてやり、彼女と寝床をともにさせた魔法のことを思い出させようとした。「その仕事の報酬をいただきたくてやってきたのです」とマーリンは言った。そして、ウーゼルにその子を渡すようにと迫ったのである。「というのも、あなたの王国にはこの子の出自に疑いを抱いている者がいることを知っているからです。この子を安全に育てるために私に養子として預けなさい。私がその成長を見届け、王としての振る舞い方も教えてやりましょう。」

　ウーゼルは、長いこと考えをめぐらし、沈黙していた。それからついにゆっくりと口を開いて言った。「私の跡を継いで、この子が王になれるかどうか教えてください。」

　「あなたよりずっと偉大な王にしてあげます、ウーゼル・ペンドラゴン」とマーリンが言った。「さあ、その子を私に

12月

預けるのです。」
　このようにして、夜の闇の中で、マーリンはこの子を受け取り、ウーゼルの大きな紫の外套にくるんで城の裏口へと運び、姿を消したのだった。その結果、いったい彼がどこにいってしまったか、誰にも分からなくなってしまった。イグレイン王妃は苦い涙を流し、ウーゼルは表情をますます曇らせ、子どもは死んでしまったと発表することになった。こうしてアーサー———この子はそう呼ばれることになるのだが———は、成人に達するまで隠れて暮らすことになったのである。　　　　　　　　　　　　　　（～１月10日）

21 緑の騎士がやってきてからガウェインが返礼の一撃を受けて立つために出かけるまでの時間は、あまりにも速く過ぎていった。大部分は、この緑の騎士を捜すために費やされた。いたるところでガウェインは尋ねてみたのだが、誰もその場所を知っているものはおらず、たとえそんな人がいたとしても、そこは恐怖の場所であると答えるばかりであった。冬になるにつれ、天候は悪くなっていった。ガウェインの向かった方角は、最初は北、それから西の方にあるウィラールの荒野へというふうだった。すっかり疲れきって、彼はある城の門のところで、一夜の宿を頼んだ。ベルシラク卿と名乗る、大柄の生き生きした城の主人は暖かく歓迎してくれ、ガウェインにクリスマスの宴が近づいていることを思い出させ、そうしたいだけ長い間、ここに留まってくれるようにと要請した。緑の騎士を探しているのだというガウェインの告白に対しては、そこはここから３リーグ離れたところだと言い、休んだ後ならば、一日かそこらでその場所にはたやすくゆき着けるだろうと言った。ガウェインは

感謝して、その暖かい気持と食べ物、暖炉の火と人々の交わりという申し出を受け入れた。ガウェインは領主の美しい妻にも会った。彼は歓迎され、十分に食事を取り、絹の帳の掛けられた心地よい寝台で休むために退いていった。

(～)

22 翌日は、晴れ晴れとして明るい夜明けを迎え、ベルシラク卿は狩にゆくつもりだと宣言した。ガウェインにはあえて一緒にゆくようにとは言わず、ガウェインのしてきた苦しい旅の後では、もう少し休みをとるようにと告げた。「ひとつ取引をしようではありませんか」と彼は微笑みながら言った。「今日私が獲得したどんなものも、あなたがここで獲得したものと交換することにしましょう。」それから彼は、猟犬のざわめきと角笛の呼ぶ音とともに出発していった。

ベルシラク卿が出かけていってしまうと、ガウェインは寝台にしばらくの間横になりながら、緑の騎士のことを思い巡らしていた。すると、美しいベルシラク夫人が入ってきて、寝台の端に腰を下ろし、甘い言葉をかけてきた。礼儀をわきまえた男であったため、ガウェインはそれを巧みにかわし、夫人が出てゆく前に、ふたりは口づけを交わし合った。領主が戻ってくると、ガウェインが唯一勝ち得たもの（口づけ）が、冗談半分にベルシラクの獲物、野うさぎと交換されることになった。

(～)

12月

ベルシラク卿の城にかくまわれていたとき、自分の受けることになる緑の騎士の斧の一撃のことを考え、寝台についているガウェイン。そのとき、城の女主人の誘惑を受ける

23 翌日も同じようになった。ベルシラクはふたたび狩に出かけた。夫人はガウェインの寝室にやってきて、たっぷりと会話を楽しんだ。最後にはしっかりとふたつの口づけを交わし合った。夕方になるとベルシラクが大きな鹿を持って戻ってきて、心から喜んでガウェインの差出したものを受け取った。

24 三日目も同様だった。しかし今回は、ガウェインと夫人が三つの口づけを交わし合った後、彼女は自分の腰から金色の蛇の縫い取りがある緑色の飾り帯をはずして、彼に与えたのである。「これを身に着けているものは誰でも、被害をこうむることはありません」と彼女が言った。「どんなに強い一撃を受けても、守られるはずです。」ガウェインは、これから受けることになる緑の騎士の一撃のことをしきりに思い出し、いささかの不安がなくはなかったが、彼女の申し出を受けることにした。そしてその

夜、ベルシラク卿が戻ってくると、ガウェインは獲物の立派な猪と交換に、盗み取った三つの口づけは差し出した。しかし飾り帯は与えずに、自分のシャツの下に隠してしまったのである。

†飾り帯：体を横切って対角線に付ける短剣ベルト。

25

翌朝、ベルシラクの入念な指示を頭に入れると、ガウェインは馬を進め、ツタで覆われた土手の間にある、深い谷へやってきた。洞窟の入り口が丘の深いところまで暗く開いているのを発見し、斧を研いでいる恐ろしい音を耳にした。すると緑の騎士その人が現われた。以前といささかも変わらぬ恐ろしい姿をしていた。「義理堅くも私との誓約を果たそうとしていると見えるな、ガウェイン卿」と彼が言った。「一撃を受けて立つ用意はできているか？」「できています」とガウェインは答え、肌の近くに例の緑の飾り帯があるのを確かめた。「ばっさりと切っていただきましょう。円卓の騎士のひとりが、他の臆病者のようにびくびくすることがないことを見せてやります。」

緑の騎士は斧を掲げて打ち下ろしたが、ガウェインの首から髪の毛一筋のところでそれを止めた。「お前は震えているな。静かにするのだ、男よ。そしておれさまに仕事をさせるのだ！」ふたたび狙いを定めると、二度目に斧を振り上げ、もう一度ガウェインの首のところで斧を止めた。今回ガウェインは動かなかった。「ずっとよくなったぞ」と騎士は言った。「やっと度胸がすわってきたと見える。」

「打ち下ろすか、さもなくばつべこべ言うな。もう尻込みはしないぞ！」とガウェインは叫んだ。

12月

　もう一度緑の騎士は斧を持ち上げ、三度目にそれを振り下ろし、その結果、斧がガウェインの首に切り込んだ。

　ガウェインは雪の上に血がしたたるのを見た。「さあ、よく見ておけ、戯れは終わったのだ！」と彼は叫んで、足を蹴って立ち上がった。しかし緑の騎士はただ微笑み、言った。「機嫌を直してくれ。最初打つのを控えたのは、あなたが私との約束を守ったからだ。二度目の打撃は、あなたが自分の名誉を守ったため、控えたのだ。それでも私の美しい妻の口づけを受けることは止められなかったのだがね。しかし、三度目の打撃は受けるに値するものだ。というのも、妻の手から魔法の助けを受けとっているのだから。それだけがどうもふさわしいものとは思われぬ。」

　ガウェインは吃驚してこの緑の騎士を見つめた。この世の者とも思われぬその様相の下に、今やあの元気の良い主人ベルシラク卿の姿を見たのだった。「一体どうしてこのような姿になったのですか？」と彼は尋ねた。

　「円卓の名誉を試みるために、モルガン・ル・フェイが私にこのような魔法をかけたのだよ。これで私はふたたび元の姿に戻れるというものだ。勇んでアーサー王のところへ戻り、あなたの冒険を報告するがよかろう。」

　アーサーはこの話を聞くと、今後ガウェインが、五線星形†をした緑の飾り帯を彼の楯に付けるようにと命じ、その結果すべての人たちが、どんなに勇敢にガウェインがこの不名誉と戦い、緑の礼拝堂で勝利したかを知ることになったのである。

†五線星形：5つの角を持った星、神秘の象徴。

December

26 オウァインとオリセンドという名の娘とがランスロットを呼び出し「暗闇のエスカロン」の呪いを解いて、自分たちを助けてくれるようにと頼んだ。エスカロンは魔術を使う騎士で、埋葬されている教会を、恐ろしい様相をした霊が出没するところへと化してしまっていたのである。ランスロットはやってきて、短剣で守られた扉を力まかせに開け放った。それらの短剣は自ら意思を持つ者のように彼に襲いかかってきた。扉を開けることによって、内部に閉じ込められていた邪悪なものたちが解き放たれ、ランスロットは意識を失い、戸口のところで倒れてしまった。オウァインとオリセンドが介抱して意識を戻させ、祭壇の前で感謝の祈りを捧げた。

27 王妃グウィネヴィアは、夫がアヴァロンへ旅立ってから、もう一年ほど長く生き残った。そしてたった一度だけ、ランスロットに会ったのである。カムランの戦いの後、王国内のすべての土地の知らせをもって、ランスロットが彼女のところを訪れてきた。その中には円卓の仲間たちがちりぢりになってしまったことも含まれていた。そして自分と一緒に、「喜びの園」へきて欲しいと頼んだ。グウィネヴィアはどうしてもそうしようとはしなかった。「今やもう過去は死んでしまいました。そのままにしておくことにしましょう」と彼女は言い、ランスロットはそれ以上言葉もなく去っていった。一年の後、グウィネヴィアの死の知らせを受け、その墓のかたわらで祈りを捧げ、過ぎ去った昔と、すべてのことを顧みず分かち合ったふたりの愛のために、さめざめと涙したのである。　　　（～6月9日）

12月

28 ガウェインの最も恐ろしい冒険というのは、「危険の寝台」での体験だった。出迎えてくれた主人は心根の良い者と思われる、ある城に到着したときのことだった。夜になると、素晴らしい寝台が置かれている部屋に案内された。寝つくと間もなく、ひとりの美しい娘が敷布の間にすべり込んできた。唇に手を当てると、「お気をつけください。私に指を触れようものなら、すぐに襲われてしまいますよ。」そこでガウェインは自分の武器と鎧を身に着けたまま、この娘に触れたのだった。するとすぐに、寝台が部屋中転げ回った。その間、天井からは槍が降ってきた。ガウェインはそれらをかわして脇に打ち払い、この城の主人との戦いに赴き、すぐに彼を切り殺してしまった。それから寝台に戻り、待ち受けている娘を両腕に抱いたのである。

29 アーサーはマーリンの不在に長いこと耐えていた。喪失感があまりにも大きいものであったので、ノーサンバーランドのブレイスを使者に遣わした。この男はマーリンに一目置かれている賢者であり、彼の魔法の何がしかを分かち合う者でもあったからだ。しかしブレイスの返答は謎に満ちたものだった。「毛が生え変わるのを待っている、檻の中にいるハヤブサを動揺させるようなまねはお止めなさい。というのも、時代が変化するときになったら、鷲が自分自身を変えるように、すべての星の運行が変化するのに合わせて、あの賢者が戻ってくることでしょう。そしてあの『眠れる主人』が帰ってくるように、ごらんなさい、そのときになったら、この王国を正しくするあの無垢なる若者が帰ってくるはずです。それから、あのガラスの塔は粉々になり、マーリンが再生の身となって飛び出してくるでしょう。」

「危険な寝台」の試みを受けるガウエイン。寝台はひとりでに動き、弓と槍が雨あられと降りそそぎ、棍棒をふりかざす巨人がガウエインを襲う〔12月28日〕

12月

しかしブレイスは、これから先長いことかかるときのことを話していたため、アーサーにはその意味が明らかではなかったのである。

30 アーサー王は永い眠りから目を覚ました。その眠りの中で、たくさんの熱のこもった夢を見て、身を起こしまわりを眺めた。深く茂った美しい緑の風景がまわりじゅうに広がっていた。浅い小川の両方の堤の上には甘いリンゴの木が植わっていて、白い花がまるで雪のように咲いていた。季節は冬にもかかわらず、芳しく優しい空気が立ち込め、上方の空には太陽と月とが一緒に輝き、星の姿もあった。そこでアーサーには自分がアヴァロンにいることが分かったのである。そこは「夏の星たちの国」であり、雨も雪も降ることはなく、世界の偉大な者たちが、武器を取るよう呼び出されるのを待つところだった。ひとり微笑むと、アーサーは筋肉を伸ばし、木々の間で、円卓がふたたび合い見ることがあろうと囁く声に耳を傾けながら、小川のそばを散歩するために出ていったのである。

> ヒック　ジャセット　アルスルス
> クオンダム　レクソウエ　フトルス
> 'ここにアーサー眠る、(彼こそは、) かつての、そしてこれからの王である'

†彼の回帰を約束する印として、アーサーに与えられた碑銘。

December

31 ウーゼル・ペンドラゴンが亡くなってからは、ブリテンの地に平和はなかった。国中のあらゆる地方からやってきたちっぽけな王たちが、すべてを統治する大王としての権利を主張したが、誰も他のすべての者を支配するような力を持つ者ではなかったからだ。そこでマーリンが策をめぐらし、ロンドンのセント・ポール大聖堂の境内に巨大な石を置き、その上に金床を据えたのである。そこに突き立てられたのは一本の短剣で、石のまわりには金文字で次のような言葉が書かれていた。「この石と金床より、この短剣を抜き取った者が、全ブリテンに生まれた正当な権利を持つ王である。」

　この言葉が広まると、国中のあらゆるところから、欲にかられた男たちが集まり、剣を抜こうと試みた。しかし誰ひとりとして成功した者はいなかった。マーリンは大きなトーナメント試合のおふれを出した。望む者が誰でもこの試合に現われて、王になる権利を試みてみるためだった。マーリンは、遠く離れたサウヴェージの森に住むエクター卿がこれを聞き、若い息子たち、カイとアーサーをこの行事に参加させるために連れてくることを確信していたからである。

(〜1月1日)

アーサー王伝説群✝年代記

1　聖ヨセフと聖杯 ……… 3月3日
2　牢の中の聖ヨセフ …… 3月4日
3　聖ヨセフ、グラストンベリーへ
　　……………………… 3月5日
4　聖杯の教会堂の建立 … 11月13日
5　ヴォルティゲルン、サクソン人
　　を招聘する ………… 2月22日
6　長剣の夜 …………… 2月23日
7　ヴォルティゲルンの塔、崩れる
　　……………………… 7月31日
8　マーリンの懐胎と誕生 11月1日
9　竜を見つけるマーリン 8月29日
10　マーリンの予言 …… 8月30日
11　ストーンヘンジを建てるマーリ
　　ン …………………… 2月25日
12　ティトゥレルの未来図 2月10日
13　ムントサルヴァッハ … 2月11日
14　聖杯の聖堂 ………… 2月12日
15　ペンドラゴン一族の予言
　　……………………… 10月8日
16　アーサーの懐胎 …… 3月21日
17　アーサーの誕生 …… 12月20日

18　モルガンの子ども時代　1月11日
19　アーサーの子ども時代　1月10日
20　ガウェインの懐胎 …… 11月26日
21　誘拐されたガウェイン 11月27日
22　クラリーネと「湖水の貴婦人」
　　……………………… 2月9日
23　ランスロットの子ども時代
　　……………………… 2月13日
24　剣の到来 …………… 12月31日
25　石に突き立てられた剣　1月1日
26　ベデグレインの戦い … 7月17日
27　12の像 ……………… 7月19日
28　ガウェインの登場 …… 7月6日
29　マブスの城のランスロット
　　……………………… 11月28日
30　マブスを護衛するランスロット
　　……………………… 11月29日
31　ランスロット、名前を得る
　　……………………… 11月30日
32　アーサーの戴冠式 … 5月27日
33　モードレッドの懐胎 … 9月3日
34　少年のマーリンを夢に見るアー

	サー	9月6日
35	円卓を作る	3月11日
36	バリンと不思議な剣	3月16日
37	バリンとランセオル	3月17日
38	痛ましい一撃	3月18日
39	マーリン、バリンを救出する	3月19日
40	バリンとバランの戦い	3月20日
41	ニムエの家族の過去	4月16日
42	白い鹿の探求	4月17日
43	ガウェインの追跡	4月18日
44	トールの追跡	4月19日
45	罪のない赤子の大殺戮	5月16日
46	ローマの女帝が見た夢	1月12日
47	見つけ出された賢人	1月13日
48	アーサーとコンウォールの巨人	3月31日
49	トリスタンの誕生	8月17日
50	トリスタンのまま母	8月18日
51	泉の乙女たち	5月8日
52	ガウェインの探索	5月9日
53	ペレアスのために戦うガウェイン	5月10日
54	ペレアスとエタード	5月11日
55	モロルトの探索	5月12日
56	南の境界地方の侯爵	5月13日
57	「岩の婦人」	5月14日
58	ペリノールの追跡	5月15日
59	ランスロットの登場	8月16日
60	カルリスルのカール	8月2日
61	カールの妻	8月3日
62	槍とカール	8月4日
63	カルリスルからの帰還	8月5日
64	エクスカリバー登場	6月21日
65	グウィネヴィアを望むアーサー	4月20日
66	花嫁を連れてくるランスロット	4月21日
67	アーサーとグウィネヴィアの婚礼	5月19日
68	円卓の祝宴	6月10日
69	天幕の騎士	5月26日
70	ガウェインとハンバウト	6月22日
71	西方の島	6月23日
72	ガント・デストイトの婦人	6月24日
73	盗まれたエクスカリバー	11月20日
74	アッコロンと戦うアーサー	11月21日
75	眠るアーサー	11月22日
76	盗まれた鞘	11月23日
77	ガルハウトの反乱	1月3日
78	はじめてのロづけ	1月4日
79	ガルハウトの死	1月5日
80	ランスロットと4人の女王	4月3日

81	ランスロットの投獄	4月4日
82	ランスロットの脱出	4月5日
83	タルン・ウェイザリング	12月11日
84	危険の礼拝堂	1月22日
85	癒されるメリオット	1月23日
86	「悲しみの園」	1月24日
87	「無慈悲な獅子」	1月17日
88	「鸚鵡の騎士」	1月18日
89	アーサーと巨人	1月19日
90	アーサーの船旅	12月17日
91	小人の話	12月18日
92	人食い巨人	12月19日
93	ランスロットと女鷹匠	3月8日
94	蛇女	3月9日
95	不思議な動物	3月10日
96	偽グウィネヴィアの誕生	8月21日
97	だまされたアーサー	8月22日
98	偽グウィネヴィアの死	8月23日
99	リゴメルの不思議	1月9日
100	アイルランドへ船出するランスロット	2月21日
101	卑しい奴隷ランスロット	4月24日
102	トリスタンとマルハウスの戦い	4月25日
103	アイルランドに漂着したトリスタン	4月26日
104	イソルトに介抱されるトリスタン	4月27日
105	アイルランドへ出発するガウェイン	5月2日
106	ガウェインと妖精フェイ・ローリー	5月3日
107	ガウェイン、ランスロットを救出する	2月26日
108	ランスロットの復活	2月27日
109	金髪の持ち主の探索	9月7日
110	マルク王の花嫁を探すトリスタン	9月8日
111	風呂の婦人	9月9日
112	ペレス王の構想	9月10日
113	ランスロットの幻覚	9月11日
114	狂気のランスロット	9月12日
115	トリスタン、イソルトを見つける	2月20日
116	恋の妙薬	3月7日
117	マルク王とイソルトの結婚式	3月12日
118	ペルシヴァルの子ども時代	4月13日
119	森の中の騎士たち	4月14日
120	ペルシヴァルの母	4月15日
121	マルク王の悟り	6月30日
122	角笛奇談	1月20日
123	ボウドウィンの謀殺	2月8日
124	アリサンダー・ル・オーフェリ	

	ン ……………………… 2月14日
125	美しき巡礼者のアリス 2月15日
126	ベイドンの戦い ……………… 6月19日
127	マーリンとニムエ …… 8月1日
128	マーリンの叫び声 …… 8月6日
129	ノーサンバーランドのブレイス
	……………………… 12月29日
130	天幕の婦人 ……………… 2月4日
131	宮廷に到着したペルシヴァル
	……………………… 2月5日
132	グウィネヴィアへの侮辱
	……………………… 11月6日
133	イーニッドを娶るゲラint
	……………………… 11月7日
134	ペンドラゴン家の慣習
	……………………… 12月12日
135	緑の騎士 ………………… 1月6日
136	イポメネスの子どもたち
	……………………… 11月9日
137	野獣の探求 ……………… 11月10日
138	アーサーが見た探求の野獣
	……………………… 6月3日
139	白い片足を持つ鹿の探索
	……………………… 1月2日
140	レイズ婦人 ……………… 10月9日
141	ペルシヴァルの夢想 … 1月14日
142	雪の中の血潮 ………… 1月15日
143	モリアインの探求 …… 2月6日
144	モリアインとアグロヴァイル

	……………………… 2月7日
145	ペルシヴァルと9人の魔女たち
	……………………… 7月20日
146	ペルシヴァルの習得 … 7月21日
147	「危険の森」の冒険 … 3月27日
148	「ランタンの騎士」… 3月28日
149	耳を切られた犬 ……… 3月29日
150	犬の復讐 ………………… 3月30日
151	竪琴を教えるトリスタン
	……………………… 1月21日
152	パロミディズの嫉妬 … 7月12日
153	ベルシラク卿の城 …… 12月21日
154	野うさぎを手に入れる 12月22日
155	鹿を手に入れる ……… 12月23日
156	緑の飾り帯 …………… 12月24日
157	緑の礼拝堂 …………… 12月25日
158	ランスロットとトリスタンの戦
	い ………………………… 7月18日
159	ブルターニュのイソルト
	……………………… 5月25日
160	無礼なトリスタン …… 6月18日
161	グリフィンの城 ……… 10月11日
162	「失われた森」のランスロット
	……………………… 4月8日
163	伝言を受けるトリスタン
	……………………… 10月7日
164	メリアドックとオルウェン
	……………………… 3月22日
165	メリアドック、王になる

	……………………………	3月23日
166	放浪するメリアドック	3月24日
167	ライ病者トリスタン ………	12月14日
168	イソルトを誘拐するマルク王	
	……………………………	9月1日
169	グリグロイスの登場 ………	4月9日
170	グリグロイスとベオテ	4月10日
171	馬上試合のグリグロイス	
	……………………………	4月11日
172	グリグロイスとベオテの結婚	
	……………………………	4月12日
173	金色の髪の毛 ………………	6月11日
174	ギスミラントと妖精 ……	6月12日
175	乙女と獣たち ……………	6月13日
176	乙女の逃亡 ………………	6月14日
177	リスの婦人 ………………	8月7日
178	ブラン・ド・リス ………	8月8日
179	黒い帆 ……………………	7月29日
180	トリスタンの死 …………	7月30日
181	サン・ピテのブレウス卿	
	……………………………	6月27日
182	ランスロットとトゥルカン	
	……………………………	6月28日
183	グロメール・ソマー・ジュール	
	……………………………	12月1日
184	ガウェイン、出発する	12月2日
185	ガウェインとラグナル	12月3日
186	女性が最も望むものは	12月4日
187	ガウェインとラグナルの結婚	
	……………………………	12月5日
188	グリフレットの登場 ……	4月1日
189	ライ病やみたちの城 ……	4月2日
190	鷹の騎士 …………………	11月3日
191	ブレオベリスと巨人 ……	11月4日
192	金色の手袋 ………………	11月5日
193	ボウメインズ登場 ………	4月23日
194	トルコ人とガウェイン	5月28日
195	巨人たちの城 ……………	5月29日
196	グロメール、姿を現わす	
	……………………………	5月30日
197	ペルシヴァルと隠者 ……	10月2日
198	「名なしの騎士」宮廷にくる	
	……………………………	1月28日
199	エレインの探求 …………	1月29日
200	魔法をかけられた婦人	10月3日
201	「名なしの騎士」、名前を得る	
	……………………………	10月4日
202	ガウェインとフロリエ	4月29日
203	フロリエの子ども ………	4月30日
204	馬勒のついていないラバ	
	……………………………	6月4日
205	カイの冒険 ………………	6月5日
206	ガウェイン、ラバに乗る	
	……………………………	6月6日
207	馬勒の乙女 ………………	6月7日
208	アーサーの誓い …………	5月20日
209	アーサーと猪 ……………	5月21日
210	森の中のカイ ……………	5月22日

211	試されたボルドウィン 5月23日		················4月7日
212	ボルドウィンの応酬 … 5月24日	234	オウァイン、ウリエンスを助ける ················12月16日
213	失われた恋人たちの谷 12月13日		
214	フロイスとアマルフィナ ················10月5日	235	ランスロットの夢 …… 8月31日
		236	オウァインの泉への探求 ················9月13日
215	カイとアマルフィナ … 10月6日		
216	コルグレヴァンスの話 11月17日	237	姿を隠すオウァイン … 9月15日
217	グリフレットとブラニセンド ················4月22日	238	泉の貴婦人 ·············· 9月16日
		239	オウァインを探す …… 10月17日
218	探求を与えるグウィネヴィア ················2月16日	240	狂気のオウァイン …… 10月18日
		241	獅子を助けるオウァイン ················8月19日
219	ゴルラゴンの話 ········ 2月17日		
220	狼人間 ···················· 2月18日	242	リネッドを助けるオウァイン ················8月20日
221	ゴルラゴンの復讐 …… 2月19日		
222	ガウェイン探しの探求 7月13日	243	オウァインの治療 …… 10月19日
223	魔女の岩 ················ 7月14日	244	オウァインとリネッド 10月20日
224	メラウギスとガウェインの逃亡 ················7月15日	245	ブルノア登場 ············ 7月8日
		246	楯の探求 ················ 7月9日
225	メラウギスの勝利 …… 7月16日	247	ラ・コット・マレ・タイルの結婚 ················7月10日
226	リネットの登場 ········ 8月10日		
227	騎士に任じられたボウメインズ ················8月11日	248	暗闇のエスカロン …… 12月26日
		249	ラウンファル ············ 10月12日
228	黒いラウンドの騎士 … 8月12日	250	妖精と結婚するラウンファル ················10月13日
229	緑のラウンドの騎士 … 8月13日		
230	青いラウンドの騎士 … 8月14日	251	面目を失うラウンファル ················10月14日
231	リオノルスとガレスの婚礼 ················8月15日		
		252	ラウンファルの嫌疑を晴らす ················10月15日
232	アーサーと牡牛 ········ 4月6日		
233	アーサーとマボナグライン	253	パロミディズとグラティサント

	…………… 5月17日	278	ふたつの太陽 ……… 3月13日
254	探求の獣の死 ……… 5月18日	279	封印された箱 ……… 3月14日
255	タンダレイスとフロルディベル ……… 11月14日	280	ロホルトを殺した人 … 3月15日
256	タンダレイスの捕虜 … 11月15日	281	グウィネヴィアの夢 … 1月30日
257	フロルディベル、恋人を見分ける ……… 11月16日	282	燭台の冒険 ……… 1月31日
258	カラドックの衰弱 …… 9月4日	283	聖母のミサ ……… 2月1日
259	カラドックの治療 …… 9月5日	284	アーサーへの忠告 … 2月2日
260	ラモラックとモルゴース …………… 5月1日	285	騎士に任じられるガラハッド …………… 4月28日
261	モルゴースの死 …… 5月2日	286	聖霊降臨祭の宮廷 …… 5月31日
262	ラモラックの死 …… 7月1日	287	ガラハッド登場 …… 6月1日
263	ゲラントの誤解 …… 8月24日	288	聖杯、現われる …… 6月2日
264	ゲラントの不運 …… 8月25日	289	聖杯の探求、始まる … 6月8日
265	オウァインの城 …… 8月26日	290	チェス盤の城 ……… 12月15日
266	魔法の試合 ……… 8月27日	291	聖杯の城のペルシヴァル …………… 1月25日
267	マボナグラインの解放 8月28日	292	聖杯の行列 ……… 1月26日
268	ディンドレインの将来 1月7日	293	叱られたペルシヴァル 1月27日
269	徹夜の祈りを捧げるディンドレイン ……… 1月8日	294	「危険の寝台」……… 12月28日
270	クラリスとラリス …… 11月18日	295	乙女たちの岩 ……… 7月2日
271	「帰らざる谷」……… 11月19日	296	ガウェインとモロルトの救出 …………… 7月3日
272	包囲されたウリエンス 11月24日	297	ペルシヴァルの誘惑 … 7月1日
273	二組の結婚式 ……… 11月25日	298	手と手綱 ……… 2月3日
274	クレゲス卿の困窮 … 12月8日	299	ランスロットの聖杯の探求の予見 ……… 7月4日
275	桜んぼの奇跡 ……… 12月9日	300	ランスロットと隠者 … 7月5日
276	三つの贈りもの …… 12月10日	301	不老の長老の島 …… 1月16日
277	ノルガレスの貴婦人 … 10月10日	302	ベレアの救出 ……… 9月24日

303	聖杯の城のアーサー …11月8日		…………………2月29日
304	聖杯の五種類の全質変化	325	聖なる都サルラスへ …3月25日
	…………………11月11日	326	聖杯探求の終わり …3月26日
305	「危険の墓」…………10月1日	327	ウリィ卿の登場………12月6日
306	ペルシヴァルの夢……8月9日	328	ランスロットの奇跡…12月7日
307	「嘆きの城」…………10月16日	329	ロゼナップのトーナメント試合
308	ガウェインと三人の乙女		…………………7月22日
	…………………2月24日	330	パロミディズの勝利…7月23日
309	不可思議な船…………9月17日	331	パロミディズの洗礼…7月24日
310	三人の騎士たち………9月18日	332	ガウリエルの探求……7月25日
311	ソロモンの船…………9月19日	333	囚われた乙女…………7月26日
312	奇妙な剣………………9月20日	334	フルエルの国へ引き返す
313	危険な鞘………………9月21日		…………………7月27日
314	ディンドレインの登場 9月22日	335	ガウリエルの復活……7月28日
315	ラムボルズの剣………9月23日	336	アストラットの乙女…6月15日
316	「懐疑の城」……………3月6日	337	トーナメントで勝利するランス
317	ガウェインと「運命の婦人」		ロット…………………6月16日
	…………………9月2日	338	快復したランスロット 6月17日
318	ボールスの選択………6月20日	339	グウィネヴィア誘拐…5月1日
319	聖杯の礼拝堂でのランスロット	340	待ち伏せにあったランスロット
	…………………7月11日		…………………5月4日
320	ランスロットとガラハッドの出	341	荷車の騎士……………5月5日
	会い……………………9月14日	342	「剣の橋」………………5月6日
321	囚われたディンドレイン	343	ランスロットとメルワスの戦い
	…………………9月27日		…………………5月7日
322	ディンドレインの死…9月28日	344	アストラットの乙女の死
323	成し遂げられた聖杯探求		…………………11月12日
	…………………2月28日	345	毒を盛られたリンゴ…6月25日
324	ガラハッドと傷ついた王	346	決闘裁判………………6月26日

347	グウィネヴィアの弁護 6月29日		358	グウィネヴィア、エイムズベリー修道院へ……10月27日
348	語り合うランスロットとグウィネヴィア……9月25日		359	アーサー、運命の夢を見る……10月28日
349	王妃糾弾……9月26日		360	カムランの戦い……10月29日
350	助けに来るランスロット……9月29日		361	エクスカリバー、湖へ帰る……10月30日
351	復讐を誓うガウェイン 9月30日		362	通り過ぎたアーサー……10月31日
352	和解……10月21日		363	隠者になるランスロット……11月2日
353	海峡を渡る……10月22日		364	グウィネヴィアの死……12月27日
354	ランスロットとガウェインの戦い……10月23日		365	ランスロットの死……6月9日
355	モードレッドの裏切り 10月24日		366	アーサー、アヴァロンへ……12月30日
356	ガウェインの死……10月25日			
357	マリンの嫉妬……10月26日			

参考文献

Beroul: *The Romance of Tristan*, New York & London, Garland Publishing Inc., 1989
Bruce, James Douglas: *The Evolution of the Arthurian Romance* (2 vols), Gloucester, MA, Peter Smither, 1958
Budler, Isabel: *Tales From the Old French*, Boston & New York, Houghton Mifflin Co, 1910
Chrétien de Troyes: *Arthurian Romances*, trans. D.D.R. Owen, London, J.M. Dent, 1987
Cooke, Brian Kennedy: *The Quest of the Beast*, London, Edmund Ward, 1957
Der Pleier: Meleranz, ed. Kark Bartsch, Stuttgart, Litterarischer Verein, 1861
Der Pleier: *Tandercis und Flordibel*, ed. Ferdinand Khull, Graz, 1885
Geoffrey of Monmouth: *The History of the Kings of Britain*, trans. L. Thorpe, Harmondsworth, Penguin, 1966
Gottfried von Strassburg: *Tristan*, trans. A.H. Hatto, Harmondsworth, Penguin, 1967
Hall, Louis B.: *The Knightly Tales of Sir Gawain*, Chicago, Nelson Hall, 1976
Heinrich von dem Türlin: *The Crown*, trans. J.W. Thomas, Lincoln, Univ. of Nebraska Press, 1989
The High Book of the Grail (Perlesvaus), trans. N. Bryant, Cambridge, England, D.S. Brewer, 1978
Hill, Joyce, ed.: *The Tristan Legend: Texts from Northern & Eastern Europe in Modern English Translation*, Leeds, Univ. of Leeds, 1977
Jaufry the Knight & the Fair Brunissende, trans. Alfred Elwes, North Hollywood, CA, Newcastle Publishing Co, 1979
Karr, Phillis Ann: *The King Arthur Companion*, Albany, CA, Chaosium Jnc, 1986
The Knight of the Parrot, trans. T.E. Vesce, New York, Garland Publishing Inc., 1986
Konrad von Stoffeln: *Gauriel von Muntabel*, ed. Ferdinand Khull, Graz, Leuschner und Lubensky, 1885
Lacy, Morris J., ed.: *The Arthurian Encyclopedia*, New York & London, Garland Publishing Inc., 1986
Lancelot of the Lake, trans. Corin Corley, Oxford University Press, 1989
Levi, Ezio, ed.: *Fiore di Leggende*, Bari, Laterza, 1914
The Mabinogion, trans. Lady C. Guest, London, David Nutt, 1902
Malory, Sir Thomas: *Le Morte DArthur*, New Hyde Park, NY, University Books Inc., 1961
Marie de France: *French Medieval Romances*, trans. E. Mason, London, J.M. Dent, n.d.
The Marvels of Rigomer, trans. T. Vesce, New York, Garland Publishing Inc., 1988
Matthews, Caitlin: *Arthur and the Sovereignty of Britain*, London, Arkana, 1989
Matthews, Caitlin and John, illus. Miranda Gray: *The Arthurian Tarot*, Wellingborough, Aquarian Press, 1990
Matthews, Caitlin and John: *Hallowquest: Tarot Magic & the Arthurian Mysteries*, Wellingborough, Aquarian Press, 1990
Matthews, John: *The Grail: Quest for the Eternal*, London, Thames & Hudson, 1981
Merlin (3 vols), ed H.B. Wheatley, London, Early English Texts Soc., 1899
The Quest of the Holy Grail, trans. P. Matarasso, Harmondsworth, Penguin, 1969
Reiss, Edmund, Louise Homer Reiss and Beverly Taylor, eds.: *Arthurian Legend and Literature: An Annotated Bibliography. I: The Middle Ages*, New York & London, Garland Publishing, 1986
The Romance of Morien, trans.J. L. Weston, London, David Nutt, 1901
The Romance of Perceval in Prose, trans. D. Skeels, Seattle, Univ. of Washington Press, 1966
Schutz, James A.: *The Shape of the Round Table*,

Toronto, Univ. of Toronto Press, 1963
Sir Cleges and Sir Libeaus Desconus, trans.J.L. Weston, London, David Nutt, 1907
Sir Gawain and the Green Knight, trans. Rev. E.J.B. Kirtlan, London, Charles H. Kelly, 1912
Tarbe, Prosper, ed.: *Poètes de Champagne antèrieurs au siècle de François Ier*, Rheims, Regnier, 1851
Ulrich von Zatzikhoven: *Lanzelet*, trans. K.G.T.

Webster, New York, Columbia University Press, 1951
Wace and Layamon: *Arthurian Chronicles*, trans. E Mason, London, J.M. Dent, 1962
Way, G.L.: *Fabliauxor Tales*, London, Rodwell, 1815
Weston, Jessie Laidly: *Sir Gawain and the Lady of Lys*, London, David Nutt, 1907
Wolfram von Eschenbach: *Parzival*, trans. A.T. Hatto, Harmondsworth, Penguin, 1980

謝　辞

The authors acknowledge the kind assistance of all at Eddison Sadd who undertook to convey their vision to printed form, especially Amanda Barlow, the designer and illustrator. Thanks also to the following: Elisabeth Ingles, who bore so bravely the task of editing the manuscript; Elizabeth Eddison, for her sterling work in gathering the illustrations; Dick Swettenham for his timely translation of *La Puzella Gaia*; Prudence Jones for her support in the early stages of this project.

The quotations at the beginning of each month were translated as follows: January, December: by the Rev. E.J.B. Kirtlan; February, November: K.G.T. Webster; March: P. Matarasso; April: A.H. Hatto; June: D. Skeels; July: E. Mason; September: N. Bryant.

The authors and Eddison Sadd wish to acknowledge the museums and institutes which gave permission to reproduce the illustrations, as follows:

t-top; b-below; l-left

The Archbishop of Canterbury and the Trustees of the Lambeth Palace Library: piiit, MS 6 f54v; pxvi, MS 6 f43v.

Bibliothèque Nationale, Paris:
pi, MS Fr 95 f159v; px, MS Fr 118 f219v; p31, MS Fr 342 f84v; p32, MS Fr 12577 f18v, pxi, MS Fr 113 f156v; pvi, MS Fr 112 f239, p103, MS Fr 100 f50; p110, MS Fr 119 f312v; p113, MS Fr 122f1;pviii, MS Fr 99 f143; p132, MS Fr 343 f3;p138, MS Fr 343 f7; pix, MS Fr 115 f387; pviib, MS Fr 343 f61v; p213, MS Fr 116 f667; p221 MS Fr 343 f59v; p248. MS Fr 95 f113v.

Bibliothèque Royale Albert Ier, Brussels:
p81, MS 9243 f49v; ppiv ~ v, MS 9243 f39v; p.171, MS 9243 f45.

The Bodleian Library, Oxford:
p22, MS Douce 178 f299r; p56, MS Rawlinson Q.b.6.f357; p67, MS Rawlinson Q.b.6. f384r; p.xii t, MS Rawlinson Q.b.6.f267r; p158, MS Douce 199 f151v; p114, MS Rawlinson Q.b.6.f267r; p158, MS Douce 215 f14r; p183, MS Donce 178 f411v; p184, MS Douce 199 f221v; p187, MS Douce 383 f1; p206, MS Douce 178 f296v; p210, MS Rawlinson Q.b.6. f246; p217, MS Douce 215 f39.

The British Library, London:
p17, MS Cotton Nero AX f94v; piiib, MS Add. 12228 f202v; p39, MS Add. 17006 f8r; p53, MS Egerton 3028 f30; p60, MS Add. 10292 f3v; p94, MS Add. 10294 f45v; pii, MS Kay 15 Eiv f120; p178, MS Add. 38117 f185; p240, MS Add. 10294 f87v; p241, MS Add. 10294 f89; p243, MS Add. 10294 f90v; p245, MS Add. 10294 f94; p257, MS Add. 10294 f65v; p287, MS Cotton Nero AX f129.

Burgerbibliothek, Berne:
p292, MS Cod AA 91 (Parzival) f118.

Österreichische Nationalbibliothek, Vienna:
p59, MS 2537; pviit, MS 2537; p163, MS 2737; pp173–174, MS 2537; p228, MS 2537.

The Pierpont Morgan Library, New York:
pp.xii ~ xiiib, MS 806 f253v; p148, MS 805 f48; p194, MS 805 f119v; p211, MS 805 f109; p224, MS 805 f207; p231, MS 805 f99; ppxiv ~ xvt, MS 805 f139; pxiv ~ xvb, MS 805 f135.

Princeton University Library:
p191, Garrett MS 125 f37r; p215, Garrett MS 125 f52r; p261, Garrett MS 125 f40r.

訳者あとがき

　ヨーロッパ中を席巻して広がる大物語絵巻、それが「アーサー王物語」である。
　史実に現われる人物としては、6世紀頃、大ブリテン島の侵略者サクソン人と華々しく戦ったブリトン人の「戦闘隊長」、カムリの族長アルスルの存在が知られている。時代が経過するに従い、この人物の周りで、数々の冒険の伝説が形成されていったと考えられる。それら摩訶不思議とも言うべき物語の最初のものは、中世ウェールズ幻想物語集『マギノビオン』の中の「キルッフとオルウェン」の中でつぶさに追うことができる。表題ともなった、二人の若者たちの恋の成就の枠の中で語られているのは、族長アルスルと彼の右腕とも言うべき超能力者のカイ（ケイ）をはじめとする、いずれも常人とは思われぬ戦士たちや、巨人、魔女、異界のイノシシなどが繰り広げる、荒々しくも心躍るケルトの物語である。やがてヨーロッパの各地で、さまざまな民族が独自の社会を形成してゆくにともない、それぞれに多彩な特徴を持った物語が生み出されてゆく。絢爛たる騎士たちの冒険とたおやかな貴婦人との恋は、主として宮廷を中心に繰り広げられたフランスもののロマンスとなる。ま

た質実剛健を旨とするドイツにおいては、再生の力を持つケルトの「大釜」がキリスト教の洗礼をたっぷり受けた「聖杯」の探求を描く求道的物語となってゆく。一方、制度と社会を重んじたアングロ・サクソン人の国イングランドにおいては、個人的な冒険と恋によって、「円卓」の結束に結ばれた理想の王国（ログルまたはログレス王国）が崩壊してゆくさまを語る、「アーサー王物語」となるのである。しかしながら、いずれももとをただせば、猛々しい半人半神の戦士たちと彼らを束ねるケルトの伝説的人物アルスルにゆきつくところが興味深い。

　30年にわたってアーサー王伝説関係の著書を数多く手がけ、各地で精力的な講演活動を行なって活躍する神話収集家ジョンと、ハープ奏者や歌手としての活動とともに、ケルト関係の啓蒙書をも著しているケイトリンという、マシュウズ夫妻によって編まれた、一年の365（366）日、それぞれに関した物語を編んだ本書を手にしてみると、この「アーサー王物語」群の多種多様な魅力に対する思いがいっそう深まるのである。序文で述べられている如く、ときにはいささかこじつけの感もある事件があるとはいえ、この物語の裾野の広がりには、あらためて驚きを禁じえない。この書物は決して小手先で上手くまとめたような仕事ではなく、編者たちの長年にわたる物語への深い思い入れと興味、幅広い調査と研鑽の結果であることも分かるであろう。それぞれの物語を気分の赴くままに、どこからでも自由にひもといてみて欲しい。物語の不思議さと人間への

愛着がいっそう深まるにちがいない。

　ヨーロッパ社会の、ローマの精神とキリスト教思想によって培われた垂直な関係の裏側で、このアーサー王とともに終始社会を支配し続けた裏の魔術師マーリン（メルズィン）の存在が浮かび上がってくる。彼こそは完璧なドルイド僧であり、王者アーサーと聖なる対を形作っているケルトの力そのものである。垂直の関係のもとに形成された社会のひずみが各所で露呈しはじめている今日、大きな連合体の中で、各々が自由と独立を再び見出す努力の証とも言うべきこの物語の世界に触れてみる意義は大きいのではなかろうか。

　物語の多岐にわたる広がりと積み重ねられた年月の長さゆえに、さまざまな変化がおこっているのは如何ともし難い。その変化は特に固有名詞のところで顕著になる。訳にあたっては、なるべく原語主義をとってはいるが、すでに大方で定着してしまっている呼称はそのままそれを採用することにした。巻末の資料等で確認していただきたい。

　この企画をたてられた東洋書林の長岡正博氏、複雑きわまる編集の労をとって、数々の貴重な助言をいただいた麻生緑さんに心からの感謝を申し上げる。

2003年7月

中　野　節　子

人名索引

〈登場する日付〉

【ア行】

アイアンサイズ Ironsides 8/15
アヴァンク avanc 10/16
アヴェナブル Avenable 1/12, 13
赤い騎士 red night 2/5
アグラヴェイン Agravain 3/2, 5/27, 7/6, 7, 9/3, 25
アグロヴァイル Aglovale 2/6, 7
アーサー Arthur 1/1, 3, 4, 6, 9, 10, 17, 18, 19, 20, 28, 30, 31, 2/1, 2, 16, 17, 18, 19, 3/11, 13, 14, 15, 16, 17, 21, 23, 24, 25, 26, 27, 28, 29, 30, 31, 4/1, 6, 7, 8, 9, 14, 17, 18, 20, 21, 22, 23, 30, 5/2, 13, 14, 16, 19, 20, 21, 23, 24, 27, 6/1, 2, 3, 4, 10, 11, 12, 19, 21, 22, 24, 25, 26, 7/5, 6, 7, 8, 12, 13, 16, 17, 19, 22, 23, 24, 25, 26, 28, 8/5, 6, 8, 17, 21, 22, 23, 25, 30, 9/1, 2, 3, 6, 8, 9, 26, 30, 10/5, 6, 9, 11, 12, 15, 17, 21, 22, 24, 25, 26, 27, 28, 29, 30, 31, 11/2, 3, 5, 6, 8, 11, 12, 14, 16, 17, 18, 20, 21, 22, 23, 24, 27, 30, 12/1, 2, 3, 4, 9, 10, 12, 16, 17, 18, 19, 20, 25, 29, 30, 31
アダム Adam 3/28
アッコロン（ゴールの）Accolon of Gaul 11/20, 21, 22
アブラッハ Ablach 3/29
アブラマール Ablamar 4/18
アベル Abel 9/19
アベレウス Abelleus 4/19
アマルフィナ Amurfina 10/5, 6
アミス Amice 7/16
アムスタンス Amustans 8/23
アラストラン Alastrann 3/29, 30
アリサンダー・ル・オーフェリン Alisander le Orphelin 2/14, 15
アリス（美しき巡礼者）Alice le Bell Pilgrim 2/15
アルトス Artos 序
アントニィ Antonie 11/15, 16
アンドレット Andret 6/30, 9/1
アンブロシウス Ambrosius 2/25, 10/8
イウェレット Iweret 11/28, 29, 30
イヴォール Ivor 3/22, 23
イエス Jesus 3/3, 4, 5
イグレイン Igrain 1/10, 11, 3/21, 8/30, 9/3, 10/8, 11/26, 12/20
「泉の騎士」Fountain, Knight of the 9/15
「泉の貴婦人」Fountain, Lady of the 8/20, 9/15, 16, 10/20
イソルト Isolt（仏：イズー Yseult、独：イゾルデ Isolde） 1/21, 2/20, 3/7, 12, 4/26, 27, 5/17, 18, 25, 6/30, 7/12, 18, 23, 24, 29, 30, 9/1, 7, 10/7, 12/14
イソルト Isolt［白い手の］ 5/25, 6/18, 7/30
イーデル Yder 11/7, 12/12
イーニッド Enid 8/24, 25, 26, 27, 11/7, 12/12
イポメネス Ypomenes 11/9
「岩の婦人」Rock, the Lady of the 5/14
インウィル Ynwyl 11/7
ヴィアマンダス Viamundus 11/27
ヴォルティゲルン Vortigern 2/22, 23, 6/19, 7/31, 8/29, 30, 11/1
ウーゼル・ペンドラゴン Uther Pendragon 序, 1/10, 11, 2/22, 25, 3/21, 10/8, 11/26, 12/16, 20, 31
ウリィ Urry 12/6, 7
ウリエンス（ゴールの）Uriens of Gore 3/23, 24, 8/20, 11/18, 20, 24, 25, 12/16
「運命の婦人」Fortune, Lady 9/2
エヴラウク Evrawc 4/13
エクター（マリスの）Ector de Maris［ランスロットの弟］ 6/9, 11/2
エクター Ector［アーサーの養父］ 1/1, 10, 10/1, 12/31
エスカロン Escalon 12/26
エタード Ettard 5/9, 10, 11
エドワード Edward 5/14
エリアウレス Eliaures 9/4
エレイン Elaine［アストラットの］ 6/15, 16, 17, 11/12
エレイン Eleyne［シナドウンの女主人につかえる娘］ 1/29, 10/3
エレイン Eleine［ペリノール王の娘］ 5/15
エレイン Elain［ゴルロイスとイグレインの娘］ 1/11
エレック Erec 7/27

人名索引 *309*

円卓（の騎士）Round Table knights 1/3, 6, 9, 24, 3/11, 28, 4/1, 5, 6, 7, 14, 17, 28, 30, 5/2, 12, 26, 31, 6/8, 10, 25, 7/12, 18, 22, 25, 8/16, 9/5, 10/29, 11/3, 5, 14, 20, 12/25, 27

オウイン Owain 2/5, 4/14, 5/8, 14, 7/27, 8/19, 20, 26, 27, 9/13, 15, 16, 10/17, 18, 19, 20, 11/17, 24, 12/16, 26

「黄金の髪の婦人」Blonde Hair, Lady 1/18

「鸚鵡の騎士」Parrot, Knight of the 1/18, 12/17

オリセンド Orisende 12/26

オルウェン Orwen 3/22, 23, 24

【カ行】

カイ Kay 序, 1/2, 10, 15, 20, 2/16, 18, 3/14, 15, 23, 31, 4/7, 23, 5/20, 22, 23, 6/4, 5, 6, 7/8, 8/2, 3, 10, 15, 22, 10/6, 17, 11/5, 12/31

カヴァロン Cavalon 7/13

ガウェイン Gawain 1/6, 15, 20, 2/3, 6, 7, 16, 18, 24, 26, 27, 3/6, 9, 10, 15, 4/6, 7, 9, 10, 11, 12, 15, 17, 18, 23, 29, 30, 5/2, 3, 8, 9, 10, 11, 12, 14, 17, 20, 22, 23, 24, 27, 28, 29, 30, 6/1, 2, 6, 7, 8, 16, 22, 23, 24, 25, 29, 7/2, 3, 6, 7, 13, 14, 15, 23, 27, 8/2, 3, 4, 5, 6, 7, 8, 11, 15, 9/2, 3, 24, 29, 30, 10/1, 3, 4, 5, 6, 9, 10, 17, 21, 22, 23, 24, 25, 26, 28, 29, 11/12, 14, 24, 26, 27, 12/1, 2, 3, 4, 5, 21, 22, 23, 24, 25, 28

ガウディオネス Gaudiones 5/3

ガウリエル（ムンタベルの）Gauriel of Muntabel 7/25, 26, 27, 28

カエルダン Kaherdin 5/25, 6/18, 10/7

カドール Cador 9/4, 5

カハス Cahus 1/30, 31

ガヘリス Gaheries 3/2, 5/27, 7/6, 7, 9/3, 29, 11/16

カラドック Caradoc 3/22, 9/4, 5

ガラハッド Galahad 2/28, 29, 3/20, 25, 26, 4/28, 6/1, 7/5, 8/16, 31, 9/14, 17, 18, 19, 22, 23, 27, 10/2

カール（カルリスルの）Carl of Carlisle 8/2, 3, 4, 5

ガルハウト Galehaut 1/3, 4, 5

ガレス Gareth 6/27, 7/3, 23, 8/11, 9/29

ガーロン Garlon 3/18

カンディリオン Kandylion 11/15, 16

ガント・デストイトの婦人 Gant Destoit, Lady of 6/24

ギスミラント Gismirante 6/11, 12, 13, 14

巨人 Giant 1/19, 3/31, 5/13, 29, 10/5, 11/3, 4, 12/19

漁夫王 Fisher King 11/8, 11

グァルッフマイ Gwalchmai 序

グァルハヴェド Gwalchaved 3/28, 29, 30

グィガロイス Gwigalois 4/29, 30, 9/24

グィミエール Guimier 9/4, 5

グィンガモル Guingamore 8/5

グィンゲライン Guingelain 10/4

グウィネヴィア Guinevere [王妃] 1/4, 20, 30, 31, 2/5, 16, 3/9, 10, 14, 15, 4/8, 20, 21, 5/1, 4, 5, 6, 19, 26, 6/1, 8, 25, 26, 29, 7/18, 8/21, 22, 23, 9/10, 11, 12, 25, 26, 29, 10/11, 14, 15, 21, 24, 27, 31, 11/6, 7, 12, 14, 17, 12/5, 12, 13, 27

グェンヒヴァル Gwenhwyfar 序

クラウディン Claudin 11/15

グラティサント Glatisant 5/17, 11/10

クラリィ Clarye 12/9, 10

クラリス Claris 11/18, 19, 24, 25

クラリーネ Clarine 2/9, 13, 11/28, 29, 30

グリグロイス Gliglois 4/9, 10, 11, 12

グリサンドル Grisandole 1/12, 13

グリフィス Griffith 3/22, 23

グリフレット Griflet 4/1, 2, 22

クレゲス Cleges 12/8, 9, 10

黒い騎士 black knight 1/23, 9/13, 10/17, 11/17

グロスターの魔女 Gloucester, witch of 1/27, 7/20, 12/15

グロメール・ソマー・ジュール Gromer Somer Jour 5/28, 30, 12/1, 3, 4

ケイ Cei 序

ゲニエヴル Genievre 8/21, 22, 23

ゲネイル Geneir ap Gwystyl 4/14

ゲラント Gereint（コンウォールの）8/24, 25, 26, 27, 28, 11/6, 7, 12/12

ゴヴェルナル Governal 8/18

「湖水の貴婦人」Lake, Lady of the 1/2, 24, 2/9, 13, 4/16, 8/1, 16, 11/20, 28

コラム Columb 3/17, 7/18

ゴルヴェインス Gorvains 7/13, 16

コルグレヴァンス Colgrevance 9/13, 10/17, 11/17

ゴルラゴン Gorlagon 2/17, 18, 19

ゴルロイス Gorlois 1/11, 3/21, 4/25, 10/8, 11/26, 12/20

【サ行】
「魚の騎士」Fish Knight　1/18
サドック卿　Sadok　2/8, 14
ジョラム　Joram　4/29, 30
セグワリデス　Segwarides　7/24
セフェレ　Sefere　7/24
ソロモン　Solomon　9/19, 20

【タ行】
ダイアナ（女神）Diana, Goddess　4/16, 8/1
ダイオナス　Dionas　4/16, 5/15, 8/1
ダイオニース　Dionise　2/27, 4/24, 5/3
ダヴィデ　David　9/20
タウラト（ルギモンの）Taulat of Rugimon［黒い騎士］　4/2, 22
タンダレイス　Tandareis　11/14, 15, 16
ティトゥレル　Titurel　2/10, 11, 12, 6/1
ディンドレイン　Dindrane　1/7, 8, 3/25, 9/22, 27, 28
デスコナス、リベアウス　Desconus, Libeaus　1/28, 10/3
デメティア　Demetia　11/1
ドヴォン　Dovon　4/1
「動物の王」Animals, King of the　9/13, 10/20
トゥルカン　Turquine　6/27, 28
トリスタン　Tristan　1/21, 2/20, 3/7, 12, 4/25, 26, 27, 5/25, 6/18, 30, 7/12, 18, 23, 24, 29, 30, 8/17, 18, 9/1, 7, 8, 10/7, 12/14
トール　Tor　4/17, 19
トロージャン　Trojan　3/9, 10

【ナ行】
「名なしの騎士」Fair Unknown　1/28, 29, 10/3
ニムエ　Nimue　4/16, 5/11, 15, 8/1

【ハ行】
ハウエル（ブルターニュの王）Hoel of Brittany　5/25, 10/7
パトリス　Patrice　6/25, 26, 29
バラン　Balan　3/16, 17, 20
バリン　Balin　2/24, 3/16, 17, 18, 19, 20
ハーレウス　Herlews　3/18
パロミディズ　Palomides　5/17, 18, 7/12, 23, 24
バン王（ベノイクの）Ban, King of Benoic　2/9, 11/30
ハンボウト　Hunbaut　6/22, 23, 24

ピナル　Pinal　6/25
ヒュウ（赤色の）Hew, the Red　5/14
ピラト　Pilate　3/3
フェルガス　Fergus, Lord　5/13
ブラニセンド　Brunnisend　4/22
ブラン　Bran　11/3
ブラン・ド・リス　Bran de Lys　8/7, 8
ブランゲイン　Brangane　3/7, 12, 10/7
ブリセン　Brisen　9/10, 11
フルエル　Fluer　7/25, 27
ブルノア・ル・ノア　Brunor le Noir　7/8, 9, 10
ブレイス　Blaise　12/29
ブレウス　Breuse　6/27
ブレオベリス　Bleoberis　11/3, 4, 5
フロイス　Flois　10/5
フロリエ　Florie　4/29, 30
フロルディベル　Flordibel　11/14, 16
ベオテ　Beaute　4/9, 10, 11, 12
ベディヴェール　Bedivere　序, 3/31, 10/29, 30, 31
ベドウィル　Bedwyr　序
ペリノール　Pellinore　3/1, 2, 4/17, 5/15, 17, 6/3, 7/7
ペルシヴァル　Perceval　1/7, 14, 15, 16, 25, 26, 27, 2/4, 5, 28, 29, 3/25, 26, 4/13, 14, 15, 7/1, 20, 8/9, 9/14, 18, 22, 27, 28, 10/2, 16, 12/15
ベルシラク　Bercilak　12/21, 22, 23, 24, 25
ヘルゼロイド　Herzeloyde　2/4, 4/13, 15
ベルチス　Belchis　7/16
ベルトレイト　Bertolait　8/21, 23
ベルナルド（アストラットの）Bernard of Astolat　6/15
ヘルワス　Hellwas　1/22
ベレア　Beleare　9/24
ペレアス　Pelleas　5/9, 10, 11
ヘレイン（聖杯の乙女）Helayne the Grail Maiden　6/1, 9/9, 10, 12
ペレス　Pelles　2/24, 28, 29, 3/18, 19, 6/3, 7/4, 9/9, 10, 12
ベレンゲレウス　Bellengereus　2/15
ヘンギスト　Hengist　2/22, 23
ペンドラゴン、ウーゼル　Pendragon, Uther　序, 1/10, 11, 2/22, 25, 3/21, 10/8, 11/26, 12/16, 20
ボウヴィアン　Beauvivant　7/10
ボウドウィン　Boudwin　2/8, 14
ボウメインズ　Beaumains　4/23, 8/10, 11, 12, 13,

14, 15
ホーサ Horsa 2/22
ボールス Bors 2/28, 3/25, 26, 6/20, 26, 9/12, 14, 18, 27, 10/2, 11/2
ボルドウィン Baldwin 5/20, 23, 24, 8/2, 4
ホンツレイク Hontzlake 5/15

【マ行】

マドイーン Madoine 11/18, 19, 25
マドール（ポルトの）Mador de la Porte 6/25, 29
マブズ Mabuz 11/28, 29
マボナグライン Mabonagrain 4/7, 8/28
マリン Marin 10/26
マリーン Marine 11/18, 25
マーリン Merlin（ウェールズ語：メルズィン Myrddin） 1/10, 13, 17, 2/25, 3/11, 19, 20, 21, 4/17, 20, 5/11, 15, 16, 6/21, 7/2, 14, 17, 18, 19, 8/1, 6, 18, 29, 30, 9/3, 6, 10/8, 11/1, 12/20, 29, 31
マルク Mark 1/21, 2/8, 14, 15, 20, 3/7, 12, 4/25, 6/30, 7/12, 23, 9/1, 7, 8, 12/14
マルゴン Margon 1/20
マルディサント Maldissant 7/10
マルハウス Marhaus 4/25, 27
緑の騎士 Green Knight 1/6, 12/21, 22, 24, 25
「無慈悲な獅子」Merciless Lion 1/17
メネリーフ Meneleaf 5/22
メラウギス Meraugis 7/13, 14, 15, 16
メリアドック Meriadoc 3/22, 23, 24
メリオダス Meliodas 8/17, 18
メリオット（ログレスの）Meliot de Logres 1/23, 5/15
メルワス Melwas 5/1, 4, 6, 7
モードレッド Mordred 1/30, 5/16, 9/3, 25, 26, 10/22, 24, 26, 27, 28, 29, 11/2
モリアイン Moriaen 2/6, 7
モルガン・ル・フェイ Morgain le Fay 1/11, 2/14, 15, 3/9, 10, 13, 15, 24, 4/3, 4, 5, 7/6, 8/5, 21, 10/4, 19, 31, 11/18, 19, 20, 21, 22, 23, 24, 12/13, 16, 25
モルゴース Morgause 1/11, 3/1, 2, 4/3, 5/16, 7/6, 7, 9/3, 6, 10/8, 11/26, 27
モレル Morel 9/24
モロルト Morholt 5/8, 12, 13, 7/2, 3

【ヤ行】

ヨセフ（アリマタヤの）Joseph 2/11, 3/3, 4, 5, 25, 6/1, 8/16, 9/9, 23, 11/13
ヨセフス Josephus 3/25

【ラ行】

ラ・コット・マレ・タイル（「不様な鎧」）La Cote Male Taile 7/8, 9, 10
ライオナル Lional 6/20
ラウンディーン伯爵夫人 Laudine,Countess 10/19
ラウンファル Launfal 10/12, 13, 14, 15
ラグナル Ragnall 5/28, 30, 12/3, 4, 5
ラムボルズ Lambors 9/23
ラモラック・ド・ガレ Lamorack de Galles 3/1, 2, 6/25, 7/7
ラリス Laris 11/18, 19, 24, 25
ランス・ル・ノア Helance le Noir 7/10
ランスロット Lancelot 1/2, 3, 4, 5, 9, 22, 23, 24, 2/6, 7, 21, 26, 27, 3/8, 25, 26, 4/3, 4, 5, 8, 20, 21, 24, 28, 5/1, 2, 3, 4, 5, 6, 7, 26, 6/1, 8, 9, 15, 16, 17, 20, 29, 7/4, 5, 9, 10, 11, 18, 23, 30, 8/10, 11, 16, 22, 23, 31, 9/1, 9, 10, 11, 12, 14, 25, 26, 29, 30, 10/1, 11, 21, 22, 23, 25, 31, 11/2, 12, 30, 12/6, 7, 13, 14, 26, 27
ランセオル Lanceor 3/17, 7/18
ランタンの騎士 Lantern, Knight of 3/28, 29, 30
リオノルス Lionors 8/14, 15
リタ王 Rhitta 3/15
リドイーン Lidoine［ガヴァロン王の娘］ 7/13, 14, 16
リドイーン Lidoine［クラリスの恋人］ 11/18, 25
リネット Linet 8/12, 13, 14, 15
リネッド Luned 8/20, 9/15, 16, 10/18, 19, 20
リベアウス・デスコマス Libeaus Desconus 1/28, 10/3
ルーカン Lucan 10/29, 30, 31
レイズ Leithe 婦人 10/9
レオデグロンス Leodegraunce 4/20, 8/21, 23
ロウリー（妖精）Lorie 2/26, 5/3
ログリン Logrin 3/15
ロット Lot 5/17, 27, 7/6, 7, 17, 8/11, 9/3, 11/26, 27
ロホルト Loholt 1/30, 3/14, 15
ロンギナス Longinus 3/19

地名・事項索引

〈登場する日付〉

【ア行】

アイルランド Ireland　1/9, 2/20, 21, 22, 25, 3/7, 27, 4/25, 26, 27, 5/17, 6/25, 7/30, 9/7, 10/7
アヴァロン Avalon　10/11, 31, 12/27, 30
アストラット Astolat　6/15, 16, 17, 11/12
アランディル Arundel　2/8
アロイ Arroy　5/8
イースト・ランド East Land　4/3
イニス・ウィトリン（ガラスの島）Ynys Witrin　3/5, 11/13
イングルウッドの森 Inglewood, forest of　12/1
ウィラールの荒野 Wirral, Wilderness of　12/21
ウェールズ Wales　2/23, 3/22, 4/23, 7/31
「失われた森」Lost Forest　4/8
エイムズベリー Amesbury　1/11, 10/21, 27
エクスカリバー Excalibur　1/28, 6/21, 10/29, 30, 11/20, 21, 23
エル・ウィッズヴァ（スノードン山）Yr Wyddfa　7/31
オークニー Orkney　3/1, 4/3, 5/16, 27, 6/27, 7/3, 6, 7, 17, 8/11, 9/3, 11/26
(聖) オースティンの礼拝堂 Austin, Chapel of (St)　1/30, 2/1

【カ行】

「懐疑の城」Enquiry, Castle of　2/24, 3/6
「帰らざる谷」No Return, Valley of　11/19, 12/13
カエルレオン・オン・ウスク Caerleon-on-Usk　5/27
カエルレオン Caerleon　1/20, 7/6
「悲しみの園」Dolorous Gard　1/24
カムラン Camlan　10/28, 12/27
カムリ Cymry　序
カメリアルド Cameliarde　4/20, 8/21
カラドックの砦 Caer Caradduc　2/23, 25
カーディフ Cardiff　12/10
カルリスル Carlisle　7/26, 8/2
カンタベリー Canterbury　6/9
「危険の寝台」Perilous Bed　12/28
「危険の墓」Perilous Cemetery　1/7, 10/1
「危険の森」Dangerous Forest　3/27, 28, 8/31
「危険の礼拝堂」Perilous, Capel　1/22, 23
キャメロット Camelot　1/2, 3, 6, 2/14, 19, 3/10, 13, 20, 26, 4/7, 21, 28, 29, 30, 5/2, 28, 31, 6/5, 8, 10, 14, 7/2, 22, 8/2, 10, 15, 16, 22, 29, 10/4, 5, 6, 17, 19, 20, 31, 11/4, 12, 15, 16, 22, 30, 12/3, 4, 6
キャンドルマス（聖燭祭）Candlemas　2/1
グィスティル Gwystyl　4/14
「空虚の丘」Hollow Hills　9/24
グラストンベリー Glastonbury　1/28, 10/4
クリスマス Christmas　1/6, 12/8, 9, 10, 21
グロスター Gloucester　7/20
ケナドン Kenadonne　4/23
ケルノウ Kernow　3/31
公現祭の前夜 Twelfth Night　1/25
五月祭 Maying　5/1
ゴール Gore　3/23, 24, 4/3, 6/3, 11/20
コルビン Corbin　2/28, 9/9, 12
コンウォール Cornwall　1/11, 2/8, 20, 3/12, 21, 4/25, 27, 5/25, 6/30, 8/24, 30, 9/7, 10/7, 11/26

【サ行】

サウス・マーシュ South Marches　5/12
サウヴェイジの森 Sauvage, Forest　1/1, 10, 12/31
サマー・カントリー Summer Country　5/1, 4, 6
サルヴァティアン Salvation　2/10
サルラス Sarras　2/28, 29, 3/25, 9/28
サルルース Surluse　1/3, 4
サン・ピテ Sans Pite　6/27
(聖) サンプソンの島 Sampson, St.　4/25
「事件の城」Case, castle of　9/11
シティ・オブ・ザ・レギオン（軍団の町）City of the Legions　5/27
シナドウン Sinadoun　1/29, 10/3
「死の城」Mortal, Castle　1/7
シャテル・ル・モルト Schatel le Mort　11/28, 29
ストーンヘンジ Stonehenge　2/25
聖杯 Holy Grail　1/8, 14, 27, 2/3, 10, 11, 12, 24, 28, 29, 3/6, 11, 19, 25, 6/1, 2, 8, 7/4, 5, 11, 19, 22, 9/2, 9, 10, 17, 19, 28, 11/8, 11, 13

地名・事項索引　*313*

聖霊降臨祭 Pentecost 5/31
セント・ポール大聖堂 the great Minster of St Paul 12/31
ソールズベリー Salisbury 2/25
ソロモンの船 Solomon, Ship of 2/29, 3/25, 9/14, 27, 28

【タ行】
タルン・ウェイザリング Tarn Watheling 5/20, 22, 12/11
ティンタジェル Tintagel 1/10, 3/21
ディーンの森 Dean, Forest of 11/6
ドーヴァー Dover 10/25

【ナ行】
「嘆きの宮廷」 Court of Suffering 10/16
ノーサンバーランド Northumberland 12/17, 29
ノルガレス Norgalles 4/3, 10/31

【ハ行】
バグデマガス Bagdemagus 4/5
ハンガリー Hungary 12/6
フランス France 11/2
ブリテン Britain 1/4, 2/10, 20, 22, 23, 25, 3/5, 30, 5/16, 19, 6/19, 27, 7/6, 17, 8/17, 21, 30, 9/1, 10/7, 8, 23, 25, 11/2, 27, 12/6, 31
ブルターニュ Brittany 3/31, 4/25, 5/20, 25, 7/29, 8/18, 10/7
不老の長老の城 Ageless Elders, Castle of 1/16

ブロセリアンドの森 Broceliande, forest of 8/6
ベイドンの丘 Badon Hill 6/19
ベデグレインの森 Bedegrain 7/17
ベノイク Benoic 2/9, 10/22
ペロンの石 Perron Stone 7/18
ペンテコステ（聖霊降臨祭） Pentecost 5/31

【マ行】
マリス Maris 6/9
ムンタベル Muntabel 7/25
ムントサルヴァッハ Muntsalvach 2/10, 11, 12
メルディンの砦 Caer Merddin 11/1

【ヤ行】
「喜びの園」 Joyous Gard 1/24, 8/22, 9/1, 10/21, 12/14, 27

【ラ行】
ライオネス Lyonesse 8/17
リゴメル Rigomer 1/9, 2/21, 26, 27, 4/24, 5/2, 3
ルギモン Rugimon 4/2
ログレス Logres 1/23, 2/7, 22, 23, 12/17
ロナゼップ Lonazep 7/22, 23
ローマ Rome 1/12, 13, 11/27
ロンドン London 1/1, 10/24, 27, 12/31

【ワ行】
ワタリガラスの城 Raven Castle 8/26

【編者】
ジョン・マシュウズ John Matthews
アーサー王と聖杯伝説の著名な研究家。*"The Grail:The Quest for Eternal Life"* *"At the Table of the Grail"* や *"Warriors of Arthur"*（ボブ・スチュワートとの共著）などで知られ、とくに *"Gawain, Knight of the Goddess"* は高く評価されている。

ケイトリン・マシュウズ Caitlín Matthews
著述家、歌手、ハープ奏者。*"Mabon and the Mysteries of Britain"* と *"Arthur and the Sovereignty of Britain"* の二巻本で「マギノビオン」のケルト=アーサー王伝説を明らかにした。女神やケルトの伝説に造詣が深く、近著に *"Sophia,Goddess of Wisdom"* がある。
＊二人の共著に *"The Western Way"* *"The Arthurian Tarot: A Hallowquest"* がある。

【訳者】
中野節子 なかのせつこ
1941年、東京都生まれ。東京学芸大学学芸学部英語科卒業。東京学芸大学大学院修士課程英語教育学専攻修了。学術研究員としてウェールズ大学バンゴール校ウェールズ語学科留学。大妻女子大学短期大学部教授。イギリス児童文学、ウェールズ文学を専攻領域とする。主な著書に「イギリス女流児童文学作家の系譜1〜5」(『翔くロビン』『ひなぎくの首飾り』『野に出た妖精たち』『夢の狩り人』『イバラの宝冠』共著、透土社)、『ファージョン自伝』(監訳、西村書店)、『マギノビオン―中世ウェールズ幻想物語集』(訳、JURA出版局)などがある。

アーサー王物語日誌
冒険とロマンスの365日

2003年9月28日　第1刷　発行

編　著	ジョン・マシュウズ
	ケイトリン・マシュウズ
訳　者	中野節子
発行者	伊藤甫律
発行所	株式会社　東洋書林

〒162-0801　東京都新宿区山吹町4-7
TEL 03-5206-7840
FAX 03-5206-7843

印刷・シナノ
製本・小高製本

ISBN4-88721-605-X　ⓒ2003, Printed in Japan
定価はカバーに表示してあります。